奇书诡途

田国鹏 著

——因一本旷世奇书，引出那些你想知道却不知道的事。

贵州出版集团
贵州人民出版社

图书在版编目（CIP）数据

奇书诡途／田国鹏著. —贵阳：贵州人民出版社，2017.9

ISBN 978-7-221-14355-6

Ⅰ.①奇… Ⅱ.①田… Ⅲ.①长篇小说—中国—当代 Ⅳ.①I247.5

中国版本图书馆CIP数据核字（2017）第235053号

奇书诡途

田国鹏／著

出 版 人 苏 桦
总 策 划 陈继光
责任编辑 陈继光
特约编辑 陈胤凡
封面设计 源画设计
版式设计 陈红昌
出版发行 贵州人民出版社（贵阳市观山湖区会展东路SOHO办公区A座）
印 刷 长沙鸿发印务实业有限公司（长沙市黄花工业园3号）
版 次 2017年10月第1版
印 次 2017年10月第1次
印 张 20
字 数 250千字
开 本 710mm×1000mm 1/16
书 号 ISBN 978-7-221-14355-6
定 价 36.00元

奇书诡途
QI SHU GUI TU

目录

前　言

话说天下大势，分久必合，合久必分。

东汉末年，宦官弄权，朝野动荡，赶上天灾人祸，盗贼四起，民不聊生。

天下大乱之际正是英雄枭雄显世之时，而实际上这乱世里的翻腾当然少不了英雄枭雄的身影。问世间谁是英雄，谁又是枭雄？也许，时间会给出答案，同样，时间也可能埋没一切。

张角，冀州巨鹿人，"乱世胸中怀天下，志在四方大作为"。一日上山砍柴，偶遇太平老人授传《太平要术》，命其速读速记，七日便当取回。太平老人曰："用其术可治民间瘟疫，大小疾病各有术法可医，救死扶伤解救万民，殊不知汝为人人，人人为汝。切记，心正、法正、术正，万万不可悖之。"言罢，化成一缕青烟而去。张角乃非常人物，今日偶遇神人授天书予己，此乃何等造化，心中豪情壮志的熊熊烈火开始燎原。张角日夜抄写天书，《太平要术》于七日之期受烛火焚烬，其手抄本更名《太平天书》，由于未抄全，不是全本。但张角借此书中术法治病传道，一时间广得民心，创立太平道，自称"大贤良师"，广为宣传教义"苍天已死，黄天当立，岁在甲子，天下大吉"。十余年间，徒众足达十万之多，遍布各州。"黄巾起义"终于在中平元年初轰轰烈烈地爆发了，天下间战火连绵，狼烟弥漫。

此时的朝中更是乌烟瘴气，权钱交易因乱世更加露骨。军中有大将，怎奈一名号而已，真正的神勇之将无钱无权，能人志士只能流落江湖。幸而朝野仍有一二贤臣，冒死上书，以血荐轩辕。朝中这才下诏，各地方组织乡勇平反叛乱。能人志士、贤将良臣如雨后春笋般冒出，英雄枭雄横空出世，成为当时，也成为历史耀眼的恒星。

经过各地新生势力和朝廷正规军的严厉打压，也由于黄巾军有失纲纪，逐渐丢落原始的愿景，最后终于变质，成了彻底的贼党。得民心者得天下，张角所领导的黄巾军后期有失纲纪，不得民心，张角争天下不得，抑郁染疾，可怜天不予人，其心不正、其法无用、其术无为，张角殁不合眼。黄巾军死的死，降的降，不死不降的丢了黄巾军的旗号，竖起昔日占山为王的大旗，干起往日捞偏门的勾当。

攻打黄巾军的董卓所领的兵士历来对地上地下的财物手下不留情，抢光了地上的，又把地下的洗劫一空。张角陪葬的物品拿了不说，还被掘棺戮尸，以示余党。

《太平天书》也在此次洗劫中下落不明，有人说此书流落到了华佗手中，华佗其心专医，精通了上面治病的术法，成就"神医华佗"之称。也有人说此书流落到了诸葛孔明之手，诸葛亮善研天文、地理、兵法和经卦，通晓了上面全部的术法，看破天机，才有了"神鬼莫测诸葛亮"的大名。

总之，此书几经失传，几经易手，与它相关的秘闻和鲜有人知的故事历朝历代都在上演。

民国十九年，军阀混战，外面硝烟四起，而"地下"三教九流各色人物为了寻找传说中的秘书，抱着不同的目的，怀着相同的野心踏入了一场鲜为人知的诡途。

引　子

　　我老爸给我讲了许多他自己经历或听来的故事，都被我整理好写成了小说，我最喜欢听的还是关于狐狸一类的怪事奇闻，以前我老爸曾给我讲过红毛狐狸的诡异事，这次又给我说了个关于狐狸的怪事奇闻……

　　这事情是从一个来咱们村下乡的老知青处听来的。老知青没事的时候总是拿着小本写写画画，然后一个人自言自语，村里人都以为他得了疯癫病不去理会。偏偏老知青被分到老爸的分队跟着干活，老爸一来敬重文化人，二来平易近人，三来喜欢历史演义传奇故事，所以和老知青走得很近。

　　老知青就把一些故事说给老爸听。这个故事发生在二十世纪四十年代，正值连年战乱的时候，老知青所在的是太行山脚下的一个偏僻小村子，村中人虽然不多，但也有二百多户人家。一到落日沉到深山的时候，那些躲在山里的恶狼便都出没在村庄附近，有的还跑到村里祸害牲畜。村里人拿恶狼没有办法，只好小心防备。

　　老知青是个教书先生，靠着一点薄田和教书养活一家五口。老知青的父母上了年岁，久病不起，老知青媳妇平时除了下地种田，就是照顾两位老人，老知青靠着教书挣点口粮。可是那一点口粮根本不够一家五口维持多长时间的生计。有一天，老知青看到自己家已经底朝天了，便厚着脸皮让媳妇和十岁的孩子——小豆子去娘舅家讨要点口粮以便生活。小豆子的娘舅家虽说不算是地主，但也是个富农，粮食富裕，吃喝不愁。小豆子和他母亲就骑着家里唯一的财富——毛驴早早上路了。两人早早的上路了，小豆子的娘舅家离他们村子只有十几里，按老知青媳妇说的，两人吃完午饭就回来。可是老知青的书都教完了，已经到了黄昏，娘俩还没回家，老知青心里有些不踏实，便拿着翻晒粮食的木叉前去迎接娘俩。

那时候一旦太阳西下，村子附近就有狼群出没，那些狼都是太行山里面的，白天躲在山里面，晚上成群结队地出来祸害人和牲口。前几天村里的一个小伙子白天去城里赶集市，贪玩忘了时辰，天黑回来的。正骑驴走在山路上，谁知后面正跟了两头大灰狼，当时小毛驴就吓得停在原地打哆嗦。小伙子无论如何也催不动小毛驴前行，回头看去，两只大灰狼正搭在毛驴的后面，而地上血糊糊的一团，才知道那驴被狼给掏了，幸好他家人点着火把来得及时，吓退了狼群，小伙子才在狼口下讨回一条性命。

老知青想着这事就心急火燎的，难道娘俩也遇到了狼群？可是天还没黑，这一路上偶尔还有行人过往呢。正担忧着，就见小豆子手里拿着糖葫芦骑着毛驴赶来了，后面还坐着个人，但不是老知青的媳妇，而是一个头发虚白的老太太。老知青问了小豆子才知道，娘舅家的大儿子要娶媳妇，留着小豆子母亲帮忙做新被子。小豆子母亲讨要了口粮，不好意思回绝就应承下来，于是让小豆子一人骑着毛驴带口粮回来了。可是小豆子的毛驴走在半路的山道上就停着不走了，回头一看，才发现有两只大灰狼正用前爪搭在毛驴的后背上看着自己。小豆子当时就吓得哭了起来，说来也巧，一个头发虚白的老奶奶拿着石头砸退了两头恶狼，还给小豆子一个糖葫芦哄他别哭。小豆子见没了恶狼，又有好吃的糖葫芦就不哭了，头发虚白的老奶奶说正好顺路，就坐着毛驴一起回来了。

老知青见那老太太十分陌生，并不是村子里的人，而且看着老太太有一些异样的感觉，由于老太太救了小豆子一命，老知青对老太太是感恩戴德，问老太太要到哪里去，老太太说看亲戚来了，就笑呵呵地走了。那天晚上出奇的静，而且村子附近没有狼群出现。

第二天大家都议论纷纷，说是看到村子东边有白光一闪一闪的，也不知是啥东西，还有的说可能就是那东西吓退狼群的。更奇怪的是，村里的小孩都唱着童谣，"山连山，水连水，谁要动了谁是鬼"。后来问他们才知道，有个头发虚白的老奶奶教他们唱的，说是谁要唱会了，就奖励糖葫芦。

老知青对老太太怀疑起来，她究竟是谁家的亲戚？打听了村里人，没人提起。她哪来的东西能做那么多的糖葫芦？还有，大夏天的怎么做成的糖葫芦？

接连几天狼群不再出没村子附近，可是老知青却发现村子越来越不对劲，尤其是那些小孩，好多都逃课出去。老知青生气地寻找逃课的孩童时，追踪他们到了村东的乱坟地里，小孩子们蹦着跳着念着童谣"山连山，水连水，谁要动了谁是鬼"。只见一处新坟堆旁一只胖大的白毛狐狸头部伸进坟洞里叼出几块血红的死人肉，小孩们争先上去抢着喊着吃糖葫芦了。

老知青当时就吓得连跑带颠回到村中跟大家商量，村里人一听都吓得面无血色，看来村中闹了狐妖，还好村里的一位老者认识一位会些本事的和尚，那和尚正在附近村里化缘。老者命两个年轻的小伙骑着毛驴速速去请和尚前来帮忙，到了下午小伙带了和尚回来。和尚听完老知青的叙述之后，神色凝重地告诉大家，这是千年的白狐精要修炼渡劫，吃齐一百个童男童女之后就是大罗金仙都不好对付。

当晚，和尚令全村人都回到家里准备好铜盆铁锅，要是有人敲门就大声敲打铜盆铁锅，万不可开门。那一晚，外面刮起了大风，吹得门框哐当哐当响个不停，还伴着狐狸诡异的叫声。突然之间，也不知是谁家先敲起了铜盆，紧接着村里"咚咚当当"地响个不停。突然间，天空一道电闪雷鸣"噼里啪啦"，村东的乱坟堆处火光冲天，村里所有的声音都停了，就听见什么东西惨叫一声。

第二天，人们奔着乱坟堆过去察看，和尚正昏倒在坟地中，脸上被什么抓得血肉模糊，一只胖大的白狐被雷电击死在一旁。村民们抬回了和尚，和尚醒来后说白狐精太厉害了，临死前还要跟我同归于尽，而且还对村子下了诅咒。过了数日，和尚不治而终，和尚临终前要求村民把他放在乱坟堆处不要埋葬，要用自己的肉身压制邪气，还告诫村民，如果村里有了异端就尽早搬离。

那一年村里好多小孩都染上了怪病，得病的人夜里呻吟，发出的声音就和狐狸的叫声差不多，大晚上的让人毛愣愣的。村里的大夫也说不上来是什么病。所以医治不好，建议去其他地方找大夫看看患的是什么病。后来大多数村里人想到和尚的话，认为又是什么妖气引起的祸患，大多数人都害怕就带着家人搬走了……

老知青一家老幼病残人多，怕亲戚厌恶，就没有搬走，跟留下来的一些光棍孤寡老人忐忑不安地生活着。这些留下来的人白天晚出早归，晚上紧闭门户不敢出去，日子过了一段时间，倒也安宁。

有一天，老知青家的驴没有拴好，从家里跑了出去，老知青火急火燎地四处找，结果顺着蹄印走到乱坟堆处。走到那块老知青的心是突突乱跳，平时这个地方就忌讳，发生了白狐精事件之后更是没人敢来这里。老知青壮着胆子硬抬着自己的腿走进了乱坟堆，这一进来让老知青倒吸一口凉气。

乱坟堆中间不知被谁刨出个洞，蹄印也是奔着洞里面去了，老知青想要去看个究竟，毛驴毕竟是家里主要的劳动力和重要财产。耕田和运输都少不了它，丢失的话，损失一大笔钱财。老知青就硬着头皮摸索着进到洞里去了，刚走十几步就出现个拐弯，老知青差点吓得跌在地上。

原来里面点了不少火把，洞两边立着不少木架，左边架子上挂着白狐的皮毛，右边挂着剥了皮的狐狸，还有几只剥了皮的狐狸歪着脑袋看了看老知青，那眼睛里满是怨恨。那场景真是瘆人！老知青驴也不找了，连滚带爬地跑回家中，跟媳妇孩子和父母简单收拾了下就跑到小豆子娘舅家躲去了。

后来解放军来了，老知青听留守在村里的光棍说乱坟堆处抓住了十多个土匪特务。让人想不到的是，那个作法的和尚没有死，那个和尚还有老太太都是国民党潜伏在地方的特务。和尚平时没事也会研究易经八卦和看看风水，发现乱坟堆处有个大墓，于是勾结同伙想要盗取一些财宝。但是盗墓也是个大工程，而乱坟堆又在村子附近，特务和土匪把老百姓强赶出去不是办法，毕竟他们也是残余势力，事情闹大了还得惊动解放军。为了让老知青村里人合理地离开，恰巧这个大墓里又有白狐群居在里面，特务利用鬼神迷信，又加上给一部分小孩的糖葫芦中下了药，这才上演了这么一段诡异之事。特务们吓跑了村里的老百姓，就肆无忌惮地挖墓盗宝，乱坟堆下的古墓中居住着白狐，可恨十几个良心尽失的歹人抓捕了墓中的白狐剥了皮毛，皮毛留着卖钱，肉当饭食用。

后来又听别人说：土匪和特务刚被抓捕几天后都离奇地死亡了，临死之前极为诡异，磕头告饶着什么，然后双手使劲抓挠自己的脸，那脸血肉模糊得都看不出来是个脸了，看来是白狐精报复他们了……

还有的人说：和尚死前神神叨叨地说了几句什么书和虫子，他们盗墓里面也并没有发现什么古董和冥器，反而都是一些骷髅白骨，后来这个墓又被回填了，骷髅白骨和白狐尸体被埋在地下。

　　老知青村的人陆陆续续地回来了，但是那个敏感的乱坟堆更没有人敢接近了……

古玩市场

    在电脑前修订了一小时公司的定岗定编制度，又思考了良久关于整改绩效考核的事情，想着想着头便大了。其实公司制定的这一系列东西终是墨守成规，传统的板书似管理，公司的领导者们一定也想到过创新改革，只不过不愿再去尝试。因为公司的创立，这些领导者经历了千辛万苦，现在他们尝到了甜头，所以不想再去尝试别的，或许满足了吧，或许是怕了。公司只注重制度管理，只注重业绩，其实都忽略了人情，到目前还真没有看到一家公司把企业文化做得好的。

    今天是周末休息，忙好了公司上的事情便活动了一下筋骨，沏茶上网看了看新闻。喝了口热茶，整理更新小说，脑海中浮现着那些神秘的图画、古怪的器具，心想：这要是自己亲眼所见，那是何等幸事，那样的话，如果让我再描述绝对比听来的还要更有味道。

    这时手机铃声响起，我接起电话，传来铁哥们儿赵公明的声音，"良子，忙啥呢，你那小说还没完事啊，哥们儿我等得花儿都开了，你看这一年一年又一年啊，岁月不饶人啊，别等我眼花了，你还没写完呢。"

    "是啊，正写着呢，这也不是三天两头能弄完的事儿，再说了，先把手头上公司的事解决好了才能写它啊。你今天休息呢吧，又在哪儿做小观察大思考呢？有空还真得找你这位资深搞培训的好好聊聊，交流交流人力资源管理这方面的宝贵财富。"我站起来伸个懒腰说。

"好啊，今天有时间，咱去古玩市场边上那个公园吧，天天忙活也不是个事，咱们也得休息下享受生活。我选这个古玩市场有几个好处：第一，方便，正好在咱们两家的中间；第二，今天周末，搞古玩的人特多，适合在旁边做行为观察，正好研究人物性格；第三，这里启发灵感，你呢没准能给小说搜点料子，怎么样？资源最优化吧，一举多得。"赵公明在那边为自己合理的安排沾沾自喜。

我眼前一亮，点了点头认同，"嘿，真有你的，好个赵公明，现在出发，待会儿见。"

赵公明在那头哈哈一笑，"最好骑自行车去，锻炼身体不说，还低碳环保，最重要的是不怕堵车啊，不见不散哈。"

我关了电脑，锁了门，骑上自行车奔着古玩市场而去。

都说阳春三月，春意盎然，现在已经四月初头，正是春风醉人、暖阳柔面的好时候。

Q市这座海滨小城还是蛮干净的，空气质量在全国也是数一数二，我享受着外面新鲜的空气，思想更加活跃起来。

五分钟左右我便到了古玩市场，看着熙熙攘攘的人群，心想这小子还真会找地方。锁了车子，我踱步到古玩市场南面的公园找了处凉亭，坐在长木椅上掏出手机打给赵公明。手机里传来"您拨打的电话忙，请稍后再拨"。难道是这小子同时在给我打电话？

果然，我刚刚挂了手机，铃声便响了起来，"哥们儿，你先去古玩市场溜达溜达，我这边突然有了点小事儿，处理一下再去找你啊。"赵公明在手机中说。

"哦，好的，你是大忙人，先忙你的，我去古玩市场那边转转，电话联系，拜。"我回道。

挂了手机，看着古玩市场里来来往往各式各样的人物，如此多的人里竟没有几个像我这般年纪的人，大都是年岁颇长的老人。这来的人也是各式各样，有钱的做投资的，没钱看个热闹的，还有行里人打探价格的，形形色色，三教九流。对待古董，或许我们这样年岁的人的好奇心更强烈一些，对其历史背景及故事传闻。而真正的行家看重的是价值方面，价值决定利益。好多人对着古董指指点点，好像在鉴别似的，看到他们说得绘声绘色的，这才知道年岁大的吃过的盐比我们走过的路多得多。

各种各样的古货器具五花八门，奇形怪状。如此大的古玩市场买家少有，问者不少，看客居多，像我一般看个新鲜，听个乐呵。

我尽往人多的地方凑，行至一个围了三层人的大摊子前踮脚向里看去，一个秃顶老头，长着一副娃娃脸，圆圆的鼻头就像涂了蜡一样油亮油亮的，只见他手拿一对瓷人眯缝着眼睛问道："介个……是东洋人吧……近代的手笔……"

只听里面卖家操着一口南方口音不爽地说着："那是潘金莲和武大郎，宋瓷，出自名家之手的，你还是放下吧。"

秃顶老头在眼前左看右看，上看下看，耸了耸蜡油鼻头，口中喃喃道："潘金莲和武大郎……你们真有好手艺……"引得围观的众人一片大笑，秃顶老头见众人娱乐，自己也跟着嘿嘿地笑了起来，圆鼻头还一抖一抖的，"宋瓷啊，那太贵重了，怪不得拿着这么沉。人物描绘得也很细腻啊，你们看看潘金莲肩上的刺青，看着像蝎子呢？难道就是寓意蛇蝎女人吗？呵呵，好啊好啊，让人浮想联翩，这个东西太贵重了，你这有便宜点的土货吗，让我看看。"

众人又是一阵哄笑，有人说道："老同志，你看得那叫入骨三分啊，人家肩上的没准儿是花或是天生长出的美人痣呢，你却说成是蝎子，这不是玷污艺术品吗？"

我的左眉间也有一颗指甲大小的痣，听到那个人提到痣，我用手还摸了摸眉毛，心里也笑起了那老头。

"要便宜的有，这个夜壶五块钱卖给你，拿回家撒泡尿照照，有年头了，而且是个实用的好东西，你看上面挂的土迹，正宗的土货。"卖家提起一个上面沾有土迹的黑色夜壶示意给众人看。

众人又是一片哄笑声，还有人笑言"夜壶不错，老同志你买了吧"。

秃顶老头娃娃脸绷直了，一本正经地说："便宜没好货，好货不便宜，看样子你们手里也没啥值钱的东西，唉，一个偌大的古玩市场，怎么就没个入眼的东西。"

"切，老同志，你手里就有什么入眼的东西吗，拿出来亮亮，也让大家开开眼界，别在一旁说风凉话啊。"旁边的人讥讽地说着。

秃顶老头哼着鼻子，不服气地说道："你们还别不信，我手里的家伙那是真的不一般，真正的艺术品，就是今天没有带过来。"

"行了行了，赶紧到别处溜达溜达吧，我们可不看你家里的牛皮。"众人又开始哄笑起来，不再理秃顶老头。

秃顶老头不以为然地哼着京剧往别处溜达去了，大家开始讨论秃顶老头："那个老头一来古玩市场就乱吹牛皮，好像家里真有什么奇石珍宝似的。"

"你还别说，前些时日还看到老头拿着东西让人给他鉴宝呢。"一个鼻孔大嘴角歪的人说道。

有人好奇地问了起来："真的啊，那这意思人家家里还是有宝贝啊？"

"什么宝贝，一个死人头，你去乱坟岗刨去，能弄一大车呢，老头当个宝贝，人家都懒得给他鉴别。"鼻孔大嘴角歪的人回道。

"我就不信了，弄个秦始皇的骷髅头，你们还不当宝贝啊？"又有人插了一嘴。

"你怎么也学起了那老头，你有那能耐吗，牛皮可不是好吹的，自己得有几把刷子才行。得了，咱往那边瞧瞧去，东扯西扯的没啥意思。"人们讨论完后，往其他地方四处转悠去了。

我又随波逐流地看了一些新鲜，听了一些乐呵，知道在这古玩市场中要真想买些行货回家，必须得带个行家鉴货，不然如我等一窍不通之士，非被卖家白话得云山雾罩，然后狠宰一通。走着走着，突然身后有人撞了我一下，我转过头去，心里暗笑，正是刚才被人取笑的秃顶老头。

"小兄弟，对不起，没留神。"秃顶老头客气地说着，鼻头上都要滴出蜡油来。

"没关系，人太多，再说了，人与人之间多多接触嘛。"我开玩笑道，了解这个老头也是个诙谐幽默的人。

"对对，小兄弟这话说得有道理，人和人之间多多接触，那就是缘分，对了，小兄弟，你眉宇之间略带黑晕，最近留神点，别怪老哥说得不好听，你最近一段时间时运不佳，不过看你面善心慈的，自然会化解的。走了，小兄弟多多留神啊。"老头唠唠叨叨说了许多，临走前还不忘多看我几眼。

听完秃顶老头说的，我心里想到：这个人也挺有趣，是不是把我的痣看成黑晕了，真把自个儿当个算命的了，不过人还是不错的。为什么好多人跟秃顶老头开涮取乐呢，世界上有好多的人不可理喻，嘲弄与讽刺在生活里总是被一些人当作武器。人与人之间多一些友善多好，生活本来可以更美好的。

"瞧一瞧，看一看，黑白两道的，阴阳两界的，要什么有什么，识货的买不了吃亏，懂行的买不了上当。"一个戴着粗金链子的中年男人拿着喇叭吆喝，地上摆着锅碗瓢盆。

人们听到这一嗓子，还以为有什么好东西，赶紧围了上去，有人就问道："黑道白道的货是啥样的？"

中年男人把袖子卷了卷，胳膊上也露出一个刺青来，看着十分眼熟，好像一个小蝎子一样。中年男人拿起摊位上的两个碗，一个有黑花纹的白碗，另一个是有白花纹的黑碗，"黑道白道的，根据个人喜好满足大众口味，用了我的黑道白道碗，那才叫吃嘛嘛香，身体倍儿棒，白天用白道碗，晚上用黑道碗，白加黑让你身体更健康。"

又有人跟着起哄："阴阳两界的又怎么讲？"

"这位大哥问得巧，我正要给大伙介绍。大伙都是有亲有故的，亲情是我们不可磨灭的感情，人没了亲情，那还是人吗？所以咱们要好好珍惜和维系我们的亲情，人活着有亲情，人死了同样也有亲情。我手里拿着的一个是阳盛，一个是阴衰。大家给活着的亲人用阳盛，这碗好啊，盛满你们的亲情，祝福亲人健健康康的。这个碗是阴衰，我们逝去的亲人在阴间也需要亲情啊，咱们用阴衰传递我们的亲情。大家还等什么，你们的亲情无限，我的碗数量有限，先买先得，10块钱一个碗，一个装满亲情的碗，晚了碗就没了啊。"中年男人唾沫星子乱飞地喊道。

本来人多的地方惹眼，没想到我的目光却被一无人问津的小摊吸引住。这个小摊只有一平方米大，摊上除了几本破书，别无他物。过往的人只在这个小摊位上扫过一眼便不再多眷顾一秒，摊主是一位六旬左右留着花白长胡子的老爷爷，也是放在人群中没人注意的再普通不过的人。

可是，我总感觉这位爷爷似曾相识，而且他的目光一直在向我这边注视，也许是我的错觉，本来我身边过往的人就很多，兴许跟我一样在看什么乐呵呢。但是越看越不自在，也不知怎的，总感觉有什么事情要发生。我很想在他的目光下掩饰自己不自在的表情，心里莫名其妙地想着一些乱糟糟的事情，不过我的脚步不由自主地走到他的摊位前，看着摊布上几本泛黄的破书，有的线订，有的盒装，上面都被尘土蒙盖了厚厚的一层。我透过尘土扫了几本书的书名，什么《推背图》《六爻卦象》《文言》，等等，突然眼睛像是被什么刺了一下，隐隐生痛。

太平天书

我揉了揉眼睛，定睛一看，正是一本名叫《太平天书》的古书，这样的一本破书放到任何一个地方都不会惹人眼球，甚至拾破烂的都会对之不屑一顾。难道是因为我听过关于这本书的传说和故事，同时把相关的故事整理到了小说内容当中，所以我会对此书的感觉与众不同？可是这也太凑巧了吧，世上真有此书，而此书正安安静静地放在我的面前。

"小哥，得过，且过，摸着石头过河打吆喝。"长胡子老爷爷嘴里冒出不着边际的话。

我收回目光看了下左右，确认左右无人，这长胡子老爷爷确实在对我说话。我心中揣摩着话的意思，八成这老头子在绕着弯弯骂我。这些倒卖古玩的人行走江湖，三教九流各有接触，肚里的荤段子一出接一出。想着刚才秃顶老头被卖家绕着弯子讽骂的情景，再看着眼前这老头子看着我笑眯眯的样子，不觉心中暗自好笑。

什么得过，且过，我是寒号鸟吗？还是说让我不买就赶紧走人，且过且过，暂且过去？还摸着石头过河打吆喝，是说我光看不言语，到底是买还是不买，吆喝吆喝放个话出来？

我拿起那本被虫子蛀了好些洞洞的《太平天书》说道："摸着石头过完河才能打吆喝，你得让我看好再说买不买啊，做生意的还没见你这样赶人走的，还得过，且过，我过这个村，你就没这个店啦。这本书怎么来的，你知道它的背景吗？"我翻开书，饱经历史的尘埃随着打开的扉页上下翻飞，我打了一个喷嚏，吹落了满纸的尘埃，看着上面小如虫蚁看不懂的经文一样的字体问道："这本破书多少钱？"

长胡子老头眼睛如一把尖刀一动不动地盯着我半语不发，把我看得全身都不自在，我放下书结结巴巴地说："您这宝贝太贵重，我这凡眼俗胎估计看不起，更买不起，打扰您老人家的生意，您别介意。我这就得过，且过，得过，且过啊。"我转身正要离去之际，背后被人拉住。

回头一看，正是长胡子老头用满是突起筋脉的如枯树般的右手拉着我的衣角，看样子我这遇到的还是一位黑市卖家，八成我不买还要强卖给我。这要是碰上不是上年岁的黑心小商小贩，我指定动口不成再动手，可是老胳膊老腿的人我奈何不起。那就看看接下来能拿我怎么办吧，我也摆出一副让我强买没钱，要命一条的架势。

"小哥，得过，且过，摸着石头过河打吆喝。长筒子照亮子，短地头忒黑呼，闹陇上并肩子，驴牛走地界子。"长胡子老头比画着手势，江湖术语说得我更是头大，前言不搭后语不说，根本听不明白。

我有点生气，"大爷，你把话讲明白些，想要硬卖货吃钱就直说，物价局不管咱去公安局，我就不信了我，到那儿怎么也比在这儿明白。"

长胡子老头听我放出这话，立刻松手赔笑，顺着白胡子话里有话地说："小哥，莫生气，别人生气我不气，气出病来无人理。人生本是一场梦，为了小事莫生气。纵然身处风雷雨，坚信朝阳必再遇。这种事最好不要进局子里谈，虽说不至于掉脑袋，呵呵，那也不是儿戏。"

我听出来了，这老头子话里有话，像是有什么大事要跟我说，只不过可能因为这场合人杂忌讳。"我说大爷，您刚刚说这个《劝世良言》我爱听。您别的话可就言重了，咱俩素不相识，就算咱俩现在有生意上的来往，可还未成交，违法犯法的事情总不至于关我什么事吧。"

"是呦，咳咳，可能是老夫看走了眼，以为你识得此书，书中虽没有颜如玉，书中虽也没有黄金屋，咳咳，可书中有……咳咳……说到哪儿了……本欲将书赠予有缘人……"老头子也不知是装的还是真的，说话含含糊糊起来，还假装不认识我了，然后垂着自己的驼背叹气道："唉，'我本将心向明月，奈何明月照沟渠'，可惜啊可惜。"长胡子老头摇头晃脑地叹着气，然后用眼睛的余光观察我的动静。

好个看似老实巴交，实际上是精明圆滑的老头，跟我弯弯绕，他想要从我嘴里套出什么话来。哥也不是吃素的，管他玩的什么把戏，捅捅路子，透透底细。不是因为我对《太平天书》的举动才引出的这段吗，咱就还唱这段。"明月照沟渠正好，有沟有渠，水到渠成嘛，大爷，这本书您要赠给有缘人，我没听错吧？"

"老夫向来说一不二，吐吐沫是个钉，这还有假？"长胡子老头一改刚才的态度，用手轻轻地抚摸着那本《太平天书》泛黄的封面，跟我眨了眨眼睛说道。

"哦，那我斗胆问一句，我对这本书略知一二，不知算不算您说的有缘人？"我注视着长胡子老头等着他的回答。

听完我说的话，长胡子老头手一哆嗦，手中的《太平天书》掉在摊上，激起大股的尘土。他眼冒精光，像个孩子一样蹦了起来，脱口而出："真的，太好了，老夫没有看错，这些年总算没有白等。"

"哎，轻点好吗？大爷你弄疼我了。"我揉着被老头抓疼的皮肤说。

长胡子老头意识到自己失态，左右看了看，面色红润，拿起掉在摊子上的《太平天书》悄声说："人多眼杂，看见咱爷俩拉拉扯扯影响不好，主要是事关机密，墙有缝，壁有耳，万一被哪个兔子耳朵听去泄了风声，关乎人命。咱们借一步说话，走，找个清静角落。"长胡子老头拿起书揣进怀里，拉着我奔向公园一处没人的角落。

我指着他的摊子："我说大爷，你这摊子上的书不怕被人偷了去啊，你们不是指着这吃饭吗？"

"山中还有千年树，世上难逢万岁人，你可是我要找的万岁人，别管那些古董有多珍贵，谁爱拿谁拿，老夫有的是这样的破书，小哥可是我等了几十年才等到的贵人。"长胡子老头一语道破，我却如晴天打了个霹雳。

走到公园角落的一棵垂柳后，长胡子老头再次四下里谨慎地看了看，然后猛然拉起我的左手，翻过手心，出于本能第一反应，我赶紧用力想挣脱他钳子般的枯手。感觉这老头鬼鬼祟祟的，莫不是想把我引到无人的地方用什么方法麻醉、迷倒之类的谋取钱财？

"赶紧放手，你年岁也一大把了，还干这种营生，我可不是吃素的，再不放手我可招呼上了，小哥我除了在大学里动过拳脚后，便没机会舒展筋骨了，三年了，小哥我的胳膊和腿正憋得痒痒。"我边用力挣脱边给这老头最后一次警告。

"别动，别动，最好老实点儿，要不老夫可不客气了。"长胡子老头脸上一阵白一阵红，气喘吁吁。

我抓准机会冷不防一甩，便脱离了长胡子老头的枯手。我用右手指着他，十分生气地说："别给我整事了，看你老胳膊老腿的，我是真不想招呼你，别给小哥惹急眼了，听着没？"

长胡子老头胸口起伏不定，看来跟我耗费了不少力气，"老夫让你别动，你这小哥，还、还真不听话，老夫是想，是想看小哥够不够资格拿走这本书，长江后浪推前浪，一代新人赶旧人。"

我摇手无奈地笑着说："得、得，打住打住，您这本书我不要，我不买了成吧，又过招又玩命的，这生意没得谈。一本破书，跟贩卖军火、贩毒似的，今天算我倒霉，咱点到为止。"

"邪不压正天地宽，女为悦己者容！"长胡子老头挺直腰板，铿锵有力地念道，然后盯着我看。

"士为知己者死，人生何处不留香。"我回应道，心中盘算着此人的来路，按辈分，我老爸都得管长胡子老头叫哥。

"古人不见今时月，今月曾经照古人。呵呵，一家人不说两家话，老夫文墨轩，江湖名号'圣手书生'，小哥姓田，雅号如何称呼，'北侠'正士前辈是小哥太爷爷吗，那么田山良又是小哥什么人？"长胡子老头打着哈哈，俨然一副江湖人士，顺着凋零的长胡子笑呵呵地问。

今天算是个什么日子，遇到一位古怪的老头，还自称江湖人士，但这绝对不是拍电视电影，他不但知道我太爷爷的正名诗，而且知道我老爸的名字，按理说是个熟人，可我老爸没有提过这样一位老友。"还没看出来，大爷您比查户口的挖得还深，把我太爷爷都挖出来了。您都把我老爸的名字说出来了，我也没必要藏着掖着，人称我老爸叫老良，所以都叫我小良子，咱雅号叫芷平，敢问您跟我爸认识啊？"

文老爷子气色红润，捋着胡须点头赞道："士者国之宝，儒者席上珍，侠骨遗风啊，刚才莫怪老夫冲撞。老夫跟小哥父亲乃同门师兄弟，这本《太平天书》请你亲手交给我的二师兄，他看后会明白如何去做。此事不同寻常，小哥务必第一时间亲手送到，言已至此，老夫还有重要之事，先告辞一步。"说完掏出怀里的《太平天书》，双手捧送予我，随手解下系在腰间的一支通体紫红色毛笔，"初次见面没什么东西送给小哥，这支毛笔权当纪念，后会有期。"文老爷子把毛笔塞到我手中后匆匆离去。

左手拿书，右手握笔，左右明显失衡，右手拿的这支毛笔，不算粗、不算长，质量颇重，怎么也得有十斤左右。摸不出是什么质地，非金非银，更非木头塑料，到很像是石头。这么个稀奇古怪的玩意儿，拿起来又有重量，称得上贵重物品，难道文老爷子和我老爸真是同门师兄弟，老爸可真没告诉过我他还是什么门派的，更别提师傅，还有同门师兄弟了。

看着消失在人群中的文老爷子，心中的疑惑自然得回老家走一趟才能解开。这本《太平天书》里写的都是看不懂的文字，我老爸虽然认识不少字，可他只上过小学三年级，书里的文字他能看得懂？好歹他们也是同门师兄弟，为何文老爷子不让我带他亲自把书送给我老爸？

"砰砰"两声枪响传来，我冲着古玩市场的方向看去，沸腾的人群发了疯地乱跑。倒地的人就有不少，有一个摔的就有一个绊的，连锁反应。

好多人惊慌地向公园这边跑来，我心中莫名地不安起来，总感觉是不是文老爷子出事了？于是，赶紧把《太平天书》藏进衣服的内兜中，握着毛笔向古玩市场方向跑去。

从我身边匆匆跑过的人都用异样的眼神扫了我一眼，八成是把我当神经了。突然那个秃顶老头停下来挡住我的去路，鼻尖上冒出细汗，呼哧呼哧地喘气，"小伙子……赶紧回吧……没看见多大动静吗……有啥宝贝先放下别管了……老爷子我……这把年纪还在乎命呢……你……你年纪轻轻的……快回快回……"

"大爷，谢谢您，我是个记者，这种场面也碰到过，既然有事发生，不到跟前看，就在远处看看。您别担心，光天化日的，还有人敢行凶不成？谢谢您的提醒，您慢走啊。"好不容易劝走了秃顶老头，要不这好心的老头得跟我好心到底，唠叨不停不说，还非要把我拉回去。

就这么会儿工夫，原本潮水般的人群散得稀稀落落，迎面小跑过两个中年男子，一个长发披肩男子对光头男子指指点点，"你非得整出这大动静出来吗，悄声地解决不好？"

光头男子冷笑两声，伸出右手食指做了个噤声动作，"嘘，安静，怕什么，堂主不是说了，最好给他们点颜色，知道什么叫害怕，知道害怕，后面的事情就好解决了。"

两名男子跟我擦肩而过时眼睛在我身上一扫而过，我虽然耳聪偷听了他们的谈话，但是并不敢刻意去直视打量他们，八成这两个跟这场事故有瓜葛。

突然那两名男子的步声止住，我感觉背后凉飕飕的，"站住，那边出事了你还敢去，不要命了？"

此时，我感觉自己的命运就在自己回答的这席话上，"刚刚闹肚子去了趟厕所，听见两声鞭炮响，出来看这人咋都跑散了呢，给我看摊子的伙计不会卷了我的货一起跑了吧。妈的，老子三千块的本钱呢，哥们儿，你们一定是在拍电影，这大排场，怪不得生意都不做了哈。"我转过身来，若无其事地跟两位打着哈哈。

光头男子拍着长发男子背部哈哈直笑，"走吧走吧，哈哈，有意思，有意思。"在他拍长发男子的瞬间，右手臂上露出一个奇怪的刺青，在圆圈中有只像蝎子一样的动物。

我刚想离开，有人冰冷地喊道："等等，你手里拿的东西是什么？"

"是个古董，古时候的毛笔。"我扬着手中的假毛笔尽量自然地说着。

"那我们买了，多少钱？"听着脚步声，两人要走了上来。

"呜哇呜哇……""警察来了……太好了……"警笛声响起，还有一个熟悉的声音在附近响了起来。

然后就听到那两人慌乱地逃跑的声音，我这才静下心，擦了擦额头上的汗，我长长地舒了口气，走到古玩市场的中心，满地凌乱。我找到文老爷子的小摊位前，几本破书在风中半开半合，那本《推背图》上一大摊鲜红的血水在阳光下极为刺眼。人呢，四下无人，刺耳的警笛声传了过来。

刚刚的警笛声明明就在耳边啊，而且还有人说警察来了，可是现在的警笛声感觉离公园还有段距离呢，我想不明白是怎么回事。摸了摸兜里的书，思绪万千，手从衣兜里掏出来的时候一个纸条也掉了出来，纸条上粗黑的碳素笔写着字：小心被人跟踪！难道这张纸一直夹在书里，可是这个字明明就是刚写不久的，用手去摸的时候，字迹还有些潮。对，秃顶老头，刚刚只有我和他近距离接触，他还拉着我要我离开现场呢。还有，刚才那个说"警察来了"吓跑两个坏蛋的声音，也是秃顶老头的，秃顶老头究竟是什么人？为什么要帮助我？

先不管这些了，事情扑朔迷离，先安全地回到家再说。有了纸条的提醒，我走了几个单行道，然后逆行了马路一段后，看看后面没人，赶紧拦了辆的士，前往汽车站。兜里的《太平天书》和手中的毛笔都沉甸甸的，脑子里一会儿出现秃顶的老头，一会儿出现给我书的老爷子，还有那两个坏蛋和特殊的刺青。真没想到平静的生活仿佛一下子卷入了另一个世界中，陌生的人、奇怪的话、神秘的书和诡异的事故……

神秘无门

坐在车上胡思乱想，这本《太平天书》交给老爸有什么指示？文老爷子生不见人、死不见尸，流血的人是不是他？那两个歹徒又和这次事件有何关系，要么他们是单纯的抢劫？可是又有什么贵重的东西令他们做出这么大举动？《太平天书》，一定是这本《太平天书》了。

到了村口，我箭步跑到家中，老妈很是惊讶地说："不是说这周不回家了，咋这匆忙地回来啊，看你上气不接下气的，快坐下来喝杯水。"

"有重要的事得找我老爸，我老爸人呢？"我在四个房间里找了一圈，没看见老爸的人影。

老妈倒了一杯水，笑着说："老良，小良，瞧你这一对父子，又找你老爸讲故事呢吧？这不快到清明了，你老爸去给你太爷爷和你爷爷上坟去了，前脚刚走不久。你在家等着吧，赶紧坐会儿，喝点水。"

"哦，不了，老妈我也跟着去上坟，走了老妈。"我飞快地朝着君子山的方向跑去。

到了君子山的山顶处，老爸正坐在坟前烧纸，我缓了口气走到坟前跪下，冲着一前一后的两个坟磕了三个响头。突然，《太平天书》

从我的兜子里掉了出来，我刚想捡起来给老爸看，没想到他下手比我还快。

老爸嘴唇抖动，嘴里好半天说出一个字："书。"

看老爸如此激动的神情，那么老爸定是文老爷子的同门师兄了，关于这本书、关于其中的谜底，也许很快就会打开。

"是的，这本《太平天书》是一个六十来岁的老头让我亲自交到您手上，说您看后会明白怎么做的。他自称您是他的二师兄，可他比您还大呢。这支古怪的毛笔也是他给的，他自称江湖人士，叫什么'圣手书生'文墨轩。跟我说了一大堆什么得过，且过之类的术语，搞不明白听不懂。直到我跟文老爷子对上了我太爷爷的正名诗，他就把这本《太平天书》跟毛笔给了我。"我边说边把毛笔递送给老爸。

老爸看着毛笔，脸色浮起笑容，"好个'圣手书生'文师弟，你看他是六十多的样子，实际上老爷子八十三岁了。还有，这笔绝不是你写字画画的普通毛笔，这可是把上古时代用陨石做成的匕器。我师傅当年曾用过这把匕器，劈石穿洞，削金断铁，此神器的形状与毛笔相似，师傅便给了文师弟防身用。如此贵重的神器文师弟竟然赠送予你，他可是视为生命一样呢。对了，你文师伯怎么样？"

我正对老爸说的那个如此玄乎的匕器入神，听到老爸打听文老爷子，忙回过神来，"哦，八十三了？身体居然还如此硬朗健硕，真是保养得不错啊。岁数大的怎么还成了师弟。对了，我文师伯可能遇到危险了。"然后我把枪响还有两个歹徒和血书的事说了。

老爸脸色凝重，口中恨恨地道："你果真看清了那个刺青？白日邪教，终又露面，他们的野心邪念又开始蔓延起来。"

"白日教？《太平天书》？老爸，你真是江湖上什么门派的啊？"我吃惊不小，原本小说中的情节发生在我的生活里，太不可置信。

老爸郑重地点了点头，"嗯，你老爸我确实是拜过师门的江湖中人，拜的是僧衣神丐殳誉为师，进的是替天行道、解奇释惑的无门。以前我给你讲的那些故事，里面那个僧衣丐者就是我的师傅。"

"无门？"我脱口而出，心中想道，这是一个怎样奇怪的门派，听起来如此神秘。

老爸接着解释："'无门中人皆志士，志士无为皆有为'说的是无门中人都是有志之士，明智、致远、真挚，正其道；而无门志士无为并不是无所作为，无门志士大隐于市，行侠仗义不明其身，讲究真人不露相。无门中有个规矩，同门师兄弟不得接触，所托之事必须由不是无门中的志士或外人作为介质。"

我似懂非懂地问："那同门师兄弟岂不是谁也不认识谁，这还叫同门师兄弟啊？"

"对，同门中的人只知其江湖名号而不知其人，当年师傅他老人家定下这条规矩也是怕出现隐患，为门派中人留下生路。如此，一旦出现凶险，门派中人不受牵连，且可在暗中谋事。"老爸看着眼前爷爷的坟，长长地叹了一口气："可惜，门派中的任何事情，我只能闻之，不能为之，当初你爷爷知道我进了无门的事，临终前要我立下重誓，无论如何也不要再学你太爷爷。要我务必做个平平凡凡的常人，不得参与门派中事，否则死不瞑目。当时无奈，只得发誓。还好，我没发誓我的后人可不可为这无门做事，这本书关系重大，绝对不能落入歹人的手中。书中有师傅的密文暗语，说把书最后交给在ZJK的一个收破烂的人的手中，此人叫王玉龙，详细地址你要记住。我想那些想谋取这本书的歹人肯定会想尽一切办法找的，所以你抓紧时间动身！"老爸语重心长地说。

此时此刻我有一种奇妙的感觉，那种穿梭现实和虚幻的感觉，有的时候谁也想不到，自己能成为自己想象故事中的主人公。对我来说，这同样是一个光荣神圣的任务，我也预想到，接下来的是一段难以诉说的旅程，除了好奇，只能是好奇，因为这不是简简单单的旅游探险。神秘之门才出现一丝罅隙，等待着的依旧是打不开的神秘。

"我想我要尽快动身了，已经有人发现我了。"接过老爸手中的《太平天书》和匕器，我把秃顶老头的事情说给老爸。

"这个人是友是敌暂时还不知道，看样子也不简单。他的手法很快啊，在和你接触的时候偷偷把纸条放进你的兜里，他用高超的口技吓跑了两个坏蛋，但不知他的用意何在？不管怎样，还是小心为妙，你赶快回家收拾一下，越早动身越好。"老爸若有所思地说。

关于这件事情如何向我老妈启齿是个头疼的问题，我和老爸一路上思前想后，终于想到一个主意，就是谎称我要出去深造培训一段时间，毕竟让我妈知道我去做一件匪夷所思而且有危险的怪事，我妈肯定是不赞同的，况且知道后会提心吊胆地担忧我。

到了家，老爸走到厨房里对着张罗饭菜的老妈郑重地说："秀兰，你先好好给儿子做几个拿手菜啊，小良要出差一段时间呢，可能好长时间不回来了。"

老妈抽空把我们父子全身上下打量了一遍，嘿嘿笑道，"你们父子神神秘秘地搞什么啊，看看你们这表情，挺严肃的，前段时间不去培训了吗，这次又搞什么呀？不过出去学习学习也好，活到老，学到老。好了好了，你们俩该进去进去，老良给小良讲故事，别在厨房愣着了，我又不需要你们搭手，多呛得慌。"

我笑着说："妈，你和我爸可要好好保重身体啊，这次学习可能好长一段时间不回家了，没事我会给你们打电话的。"还没等我说完，就看见老妈眼里含着泪水，但那不是被油烟呛的。

老妈擦了擦眼泪，勉强笑道："好男儿就要以事业为重，我和你爸会照顾好自己的，好好深造，等你回来。"

我隐去眼角的泪水走进内屋，"我得收拾下东西，下午动身。"

打开手机一看，竟有好多的未接电话，原来是赵公明打的，这才想到跟赵公明约好在公园见面一事。自己遇此怪事一阵忙活，把这小子给忘了，于是，拿起手机打了回去。"公明，我，良子，不好意思哈，有点事情回家一趟，你等我回市里抽空再跟你细说。"

"哦，好的好的，把我吓死了，古玩市场也不知怎么了，有枪声，有警察，好不热闹，哥们儿我还以为拍电影呢。说什么的都有，你回来直接到我家吧，喝点小酒再唠唠。"赵公明也说起了古玩市场的事件，看样子这事情闹得不小。

骷髅诡闻

在家乡的路边等车，没有让老爸老妈来送，亲朋最怕伤别离，自己一个人默默地走开还好受点。班车没有过来，路边还有一个人在等车，这人长得鼠目，八字撇须，张嘴露出一口黄牙，背上背着一个土色双肩背包，背包鼓鼓的不知装了些什么。此人看到我也来路边等车，打了个招呼，露出满嘴黄牙，笑呵呵地说："去市里，这位大哥是本地人吧？"

我听出他的口音好像有点南方那边的味道，上学期间我们宿舍便有一半南方人。

还没等他回话，马路对面的一个女疯子的诡异笑声把我俩都吓住了，"哈哈，哈哈，死了，又死一个。"

"你们这地方可真够吓人的，昨天刚刚碰上一个女疯子把我吓得差点滚下山去，今天又遇到这个女疯子，听她这笑声全身都不自在。"他指着对面的女疯子，吓得脸色一阵红一阵白。

"山上？哪个山上？"我看着被吓得丢魂一样的男人问道。

"泥坛子了，真是个穷山恶水的地方。"

"是啊，我们本地人都很少进去呢，你去那里做什么？还是独自一人进去闯荡，有胆子啊。"我又好奇又佩服。

"哦，那个，是这么回事。我父亲患上一种怪病，瞧了好多大夫，走了好多医院，都说不出个所以然来。后来遇到一位老中医，他把脉观相之后就道出我父亲一些发病的症状和情况，我不得不说这位老中医是个高人，因为我和父亲去找他时只说来看病二字，其余什么都没说，老中医直接道出病情病状。老中医说我父亲这种病要想治愈相对有点难了，需要几十种中草药熬制。有一半草药老中医那儿有，有一部分可以在药店买到，但是还有七种却找遍了药店都翻不出来的。老中医最后给了些明示，这些草药未列入《本草纲目》和其他草药典籍中，只有个别中医曾采取研制成中草药，而且这七种草药又分布东西南北，采取不易。原来老中医年少时曾跟随他师傅走遍东西南北讨教各种中医和一些医隐，所以这七种草药也都接触过，并做了图文记录。我复制了这七种草药的图文记录，走南闯北，东奔西走了两个月，最后的两种药材便在这泥坛子中了。为了找到这七种草药，这一路上几次险些掉进阎王殿中，昨天那女疯子又吓得我丢魂，我王中这条命可是历尽艰险，如今峰回路转了。"王中说到这时，脸色缓和了过来，嘴角挂起了欣慰的微笑。

王中说的这些勾起了我的猎奇心，正所谓世界之大，无奇不有。王中父亲得的究竟是什么样的怪病，竟然在高科技的今天却令那些大医院无所适从？那位老中医又是个怎样的高人，大隐隐于市，小隐隐于野，他是医隐？七种草药分布东西南北，听他说历经生死，王中又是如何采取这七种草药的？在猎奇之中，心中不得不对这个其貌不扬的人由衷地佩服，王中为了父亲治好怪病，千辛万苦采取草药，的确是个孝子。

想着想着，竟不由自主地说道："同是天涯沦落人，相逢何必曾相识。"

王中先是一愣，接着咧开嘴笑道："兄弟，看不出你这个北方小子还有点江南才子派，不知道是你念这首诗触动了还是怎的，我王中和你在一起好像似曾相识了。不说这些肉麻的话了，这些日子拼命地找草药，都没和人说过几句话，那段日子自己好像活在另一个世界中。生生死死，希望和失落不停交替，搞得我精神恍惚，甚至精神失常。"

　　"那些都过去了，重要的是你靠个人的毅力完成了常人做不到的事，你父亲的病有着落啦。"我拍着王中的肩膀，伸出大拇指。

　　王中叹了口气唱起了郑少秋的《天大地大》："'天大地大何处是我家，大江南北什么都不怕，天大地大留下什么话。'"然后注视对面那个女疯子良久，摇摇头无奈地连连哀叹数声，苦笑着说："其实我和她是同类人，在我和父亲访医看病找药的日子，碰到的人大多把我和父亲看成了异类人。尤其是我要采取这七种草药的事，很多人更是把我当作疯子或精神病患者。说实在的，兄弟，那个女疯子也是有故事的人，而且她的故事绝对比常人的更耐人寻味。只不过，世上的人大多不太喜欢我们这些疯子的故事。'注定一生与天争，注定一生假假真真，成功的门谁是输赢，世人逃不开名利缠身。'"

　　"是啊，一生假假真真，成功的门谁是输赢，世人逃不开名利缠身。"我也感叹道，"王哥，兄弟倒是想听听你的经历，不知愿不愿和兄弟分享？"

　　王中点点头，从灰褐色的背包中掏出一包云烟，甩出一根。我不客气地接了过来，然后点上，和王中相视一笑。"人生如烟，烟消云散，但这烟的味道总给人留下深刻的印象。父亲和我的经历就这样不声不响地过去，虽然也给好多人留下了我们父子的味道，但是却是烟臭，父亲和我可能在他们的眼中是令人厌恶、好笑、粗鄙、另类的疯子，寨子里的人们都认为我父亲不是个吉祥的人，说我母亲是被我父亲拖累死的，还认为我是个不务正业的人。"王中猛吸一口嘴里的烟，朝着天空吐出一个大大的烟圈，好像所有的故事都包含在这里，王中要一吐为快。

我和王中上了车，坐在了最后面的座位上，王中小声地讲起了他父亲的故事：

我父亲说那时年轻，我还没有出生。我父亲生活在偏远的一个山寨子里，我还有个二叔，当时他们兄弟二人靠着种地打猎为生，虽然生活保守，但是我父亲喜欢这种质朴和简单。时间在变，小小的山寨子被外来人打破了原有的宁静，山寨子也在变化中发生了一系列不可思议的事件。

山寨外有条河，我们管它叫"骷髅河"，这名字听起来有点怪，关于这名字的故事那可要掰掰手指数上一数了。村里老人们有的说这河是从密林深山的好多窟窿眼流出来汇聚而成的，之前都称它叫"窟窿河"，可能是跟"骷髅河"叫法太近，叫得久了，便都叫后者了。还有的老人说"骷髅河"是根据河中的骷髅较多而被命名的，确实在我们的河中洗澡或是捞鱼，十有八九都会碰到骷髅，这骷髅是人、是动物、还是其他什么的不得而知，总之，我们见得多了，也就不足为怪，见得久了便认为是寻常之事，没有人去好奇骷髅的来由。每逢雨季过后，发一场大水，那黄水卷着白骨的景象尤有一观。最为流传的一种说法是多年之前河中有水怪，这水怪嗜血好肉，留下骷髅骨架，村里好多人惧怕"骷髅河"的一处水段，说是在那处水段曾让好多人经历过水怪的噩梦。

这处水段河面广阔但河流湍急，从进水端旋转多圈再顺流而下，这就好比驴拉磨转圈圈，所以这种水段被称为"磨流"。当然这种情况造就了相当优越的生活环境，它沉积了大部分食料于此，各种鱼类多会生活在这儿，便于觅食，大鱼和猎食动物也被吸引过来，形成了良好的食物链。在没有水怪害人之前，村民们在此处打鱼都是满载而归。在大家都在认为此处是我们打鱼的天堂的时候，谁会想到其实水下是让人窒息的地狱呢？

先是王三和王四两兄弟在此处打鱼落得一伤一残，这是噩梦的开始。话说那天王三和王四两兄弟像往常一样，在鸡还未打鸣之际，先人一步划着船来到"骷髅河"的磨流处。

王三张个哇口，看了看挂着淡淡雾气的河面说道："老四，今天是不是感觉穿得少了，身子骨有点禁不住这水汽了。"

王四擦了擦头上的热汗，打个激灵道："三哥啊，要我说是今天这雾起得太寒，你看我摇橹到现在，明明把身子活动开了，满头大汗，可是在这雾里还打哆嗦。"

两人正说着，只听水里"哗啦"一声，一条大青鱼摇着尾巴浮在水面，追逐着漂在水面上的一块腐肉。两人不约而同地揉了揉眼睛，天啊，这条大青鱼少说也有两米长，打了这些年的鱼也没见过谁能打到让人目瞪口呆的大鱼，就是平时瞎掰胡咧咧，也只说看到一米长的鱼，便也不小了。而今两人亲眼目睹这两米长的大青鱼之后，全身的寒意竟自忘了，摩拳擦掌地布网抓鱼。王三双手握住鱼叉，待王四甩网罩住大青鱼之际，双眼激动得都要从眼眶中跳了出来，那鱼叉从水面上激起一层水花，紧接着"噼里啪啦"好一阵翻腾。

"闹腾吧，任你有千斤力气，在这水缩子里也使不了。"王四擦了擦溅在脸上的水珠，看着在网中挣扎的大青鱼被网收得越发紧了，身子也随着蜷了起来，王四的嘴勾起了月牙。这种渔网当地人管它叫"水缩子"，只要这一网下去，打捞的鱼越多、越重、越挣扎，这网收得是越发紧，所以在有限的空间里想要发力是没有条件的。

王三死死抓着鱼叉，手上、脸上和后背冒着热汗，湿漉漉热乎乎的。待手上的力道渐渐软了下来，王三算是松了一口气，"老子的，三顿饭的力气都跟你玩儿了，今天也算是让咱两弟兄有个交代。"

两人又连拉带拽的总算是把大青鱼搞到了船上，王三解开水缩子，看着直挺挺的大青鱼想起了什么，"老子的，这鱼在水中闹腾得多欢，没见红，上船就这么没动静了？"说着，王三用右手拉动两下鱼叉，本以为简单动动鱼叉就松下来，哪想到动了双手使了全力，鱼叉却还没拔下来。王三还真以为是刚才把力气全耗在了抓鱼上，此时是虚身无力，便示意王四过来试试。

　　王四像是发现了什么似的，对着河面若有所思，被王三叫来拔鱼叉很是不高兴，"哪顿不是比我多吃两碗，干活的时候力气都跑哪儿去了。"王四朝手心吐了口吐沫，狠狠一拉，王四的眉头先是一紧，又来一次，眉头便拧成一股。

　　王三此时哪还能看热闹，跟着兄弟齐拉鱼叉，两兄弟把鱼叉木棍上的外皮儿都撸下来了，那鱼叉总算是被拔了下来。两兄弟险些把船搞翻了，双双坐在船上扶着船舷大口喘气。

　　鱼叉上还带着一块从大青鱼后背带下来的椭圆形肉壳，"骷髅！"王三脸色苍白地指着大青鱼后背，扶着船舷的左手吓得不知放在哪里是好，手指抖动碰在船板上"咚咚"直响。

　　王四也被这突如其来的骇人状况吓得一愣，多年的打鱼生活见过骷髅也是常事，但在鱼后背肉里发现骷髅头让人意想不到。这骷髅头黑洞洞的眼睛仿佛正看着两人，寒意促使王四打了个喷嚏，也正是这喷嚏打破了让人窒息的恐怖氛围。王四狠下心壮下胆，用脚把鱼叉上的肉壳跺下，提起鱼叉瞄着骷髅头又是一扎。谁承想骷髅头会蹦，鱼叉扑了个空，骷髅头蹦到了王三怀里，更吓人的是骷髅头嘴里伸出个黑舌头。

　　"啊！"王三的叫声中夹杂着恐惧、痛苦和绝望，骷髅头的嘴正死死咬在了王三的左腿上，确切地说应是骷髅头的黑舌头扎进王三的左腿中，鲜红的血液正顺着黑舌头流入骷髅的嘴中。也是王三幸运，要不是在骷髅头蹦在怀中的时候用手胡乱阻挡，虽是没把骷髅头从身上弄开，但也捡回了一条小命，如果这黑舌头在王三怀里扎进去，那有可能就是心脏或是肺叶。

王四也来不及再想别的，只有手中的鱼叉可用，也只敢动用手中的鱼叉去动那骷髅头，直接用手去碰，就是给他十个胆子恐怕也是不够。眼看鱼叉把骷髅头的脑袋扎个透明窟窿，雾起得更大了，伸手不见五指，船上两兄弟大喊"救命"！

也该着他们命大，碰上了我父亲，我父亲有个外号，外人称呼"王老邪"，鸡不鸣，狗不叫的地方都能去。这天本来正在河段外围捞鱼，听到有人呼叫便觅声而来，映入我父亲眼帘的是王三正双手扶着扎进左腿的鱼叉，王四瞪大眼睛看着汩汩流血的右臂。船板上躺着一条大青鱼，大青鱼旁一个骷髅头正在摇晃，突然从骷髅头的嘴里蹿出一条黑舌头，钻进了大青鱼的身体中，本来死了的大青鱼弹着身子跳进水中，沉入了深水里消失了。

我父亲上船后先为两人简单包扎了伤口，防止伤口大量失血，然后及时摆船将二人送入村里的诊所医治。王三和王四两兄弟流血过多差点没命，不过总算是保住了贱命，王三腿筋被鱼叉扎断，一条左腿算是废了，王四右臂落下一个酒盅大的疤痕。

事情并没有结束，王三和王四兄弟过了月余，竟然患了急症死去了，人死之前皮肤都长了不少脓包，人死之后皮肤溃烂得很快，还一个劲儿地流黑水。寨里的人怕是什么传染疾病，赶紧让他们家人给火化了。据王三、王四的家人说，火化的时候发生了更怪的事情，火堆里一阵噼里啪啦的动静过后，火里飞出一群黑压压的虫子，虫子冲着临近的骷髅河钻到水中就没有出来。

自此，骷髅河水怪、水鬼的传闻人人都可以说上一段，连那走街的戏子、说书的先生也不忘添油加醋地描绘一番。

水葬传说

听到这，我不由自主地联想到那骇人的骷髅头，真是奇怪至极。"河中骷髅究竟是从何而来，还有那伤人骷髅头的下落呢，不会也沉入河底了吧？"我小声问道，车上的人正聚精会神地看着车载 VCD。

王中摇摇头，把车窗推开了少许，深深地嗅了嗅外面的春风，看着天边一抹红云说道："骷髅河之所以有如此多的骷髅，我想应该和水葬有关。"

"水葬？"原来如此，葬人的方式因各地风俗而不同，我们知道现代大体上采用火葬，还有土葬，而古老的葬法和个别民族用水葬。或许是因为经济条件较差，请不起超度的缘故，水葬简便，更不破费财力，或许是一些神话把水赋予了魔力，水代表神灵净化灵魂，水可以承载美好归宿。

"人们总是喜欢向美好的事物方面遐想，而实施起来却是完全相反。我见过水葬，江河湖海上漂着的死尸，腐烂、生蛆、发臭、露骨，鹰鸦的啄食、鱼虾的撕咬，当你看到这样的场景时，净化灵魂和美好归宿之类的想法再也没有了。美好的神话只能是人们虚构出来的，而丑陋的恶魔却是现实创造出来的，这也许是现在好多人欲近神明而神不灵，但是人们远鬼怪反倒遭邪患。"王中苦笑着调侃起来，寓意深重。

"活有活路，死有死法，各有典故吧。"我揉了揉发困的双眼说道。

"说起水葬，想起了我在滇池采药途中听到一位老人讲的故事，算是水葬的起源。在很久很久以前，川滇交界一个偏远的山野中存在着一个古老的族落，他们沿河而居，视水为神明，他们日出而作、日落而息，他们共同劳作，群享收获，他们聚饮团食，他们相敬友爱。族民们的风调雨顺从丑牛年到午马年，到了申猴年，终于发生了旱灾，族民们种的庄稼烧焦了，连河床都裂了几道大缝。幸好族民们牛年到马年都好好种田，粮食富余不愁吃，但是喝也是头等大事，干旱让依靠吃河水的族民担忧起来。族民们在河床上掘水，一开始两三米深，到后来两三丈深，河床上出现了大大小小数不清的黑窟窿，在干枯的河床上就像是骷髅黑洞洞的眼睛。到了酉鸡年，河床上的黑窟窿只能打上来微潮的沙子，然后再从沙子中挤压控取几滴眼泪般的救命水。挺过了申猴年的族民们却在酉鸡年折腰跪地，他们叫天天不应，他们唤地地不灵，他们有泪却流不出，或许他们只有死路一条，那些河床上的黑窟窿就是为自己掘好的坟墓。大多数族民们跳进了自己挖掘希望的黑窟窿，但是失望的是没有人能够上来，没死的族民发现一件奇怪的事情，在那些跳进族民的黑窟窿里竟然会冒出一股水，只是冒水的时间只有短短的一刻钟，而且就冒那么一次。"王中伸出一根食指神秘地说，然后舔了舔干裂的嘴唇，从背包中取出一瓶矿泉水仰起脖子"咕咚咕咚"喝掉大半瓶。

听王中讲到这儿，看着他喝水的样子，我也感觉嗓子发干，饥渴被引诱出来，咽了几下口水，还是抵抗不住，于是也掏出矿泉水，猛灌了几大口。

王中等我喝完了水，接着讲道："那些活着的族民开始为争取自己的生命而不惜一切代价，甚至为争夺黑窟窿而大打出手，不管你是曾经共同劳作的族友，或是曾经共享喜乐的亲邻，还是那衣食父母，甚至那骨肉子女，轻者伤痕累累，重者命丧黄泉。活着的族民从死者处找到了希望，但是要让希望一直存在，就必须不断有人跳进黑窟窿。终于有一位奇人路过此地，奇人自称是"水淼先生"，观云气辨星月，发现此处云气混沌，隐隐间透有怨瘴，夜间星月不明，料定必有灾患，而且其中显有隐情。水淼先生边在河床上下来回巡探，边取土尝嗅，并摆上石头做上记号。水淼先生把族民们聚集起来分派了任务，一部分族民手拿铜锣守候在做了记号的黑窟窿旁，一部分族民拿着锄头镐头跟着水淼先生来到河床中间的一处岩石旁，这处岩石被以前的河水冲刷成形，乍一看去宛如恶龙巨头。族民们来到岩石旁有些踌躇起来，本来以为外来的和尚会念经，能给他们找到水源，谁想你找水往岩石里去找，能找得到吗？水淼先生看出了族民们的心思，讥讽他们怪不得取不到水源，整个河床都要翻个底朝天，偏偏这处没有挖掘，空费了许多力气，如今往真劲处使力气却拿不出手。果真，族民们还是受了激将之法，围着恶龙头石砸的砸、刨的刨、掘的掘，把一肚子恶气全撒了出来。好个众人齐心，恶龙头石半天工夫断碎了，紧接着向石下挖掘，族民们没有想到恶龙头石周边都是坚硬的岩石层，而恶龙头石的正下方竟是松软的沙土层。族民们挖掘了一丈左右的时候，水淼先生示意族民们停手，然后让族民们都去坑上面等待，族民们莫名其妙地爬到了上面，本以为快要挖掘出水了，没想到还没看到水，水淼先生就打发众人上来。只见水淼先生双手轻轻地在坑中间的地方往外扒土，没大一会儿便看到一个透明的半球出现在坑里。水淼先生示意上面拿锣的族民敲一下铜锣，这一声铜锣敲响之后，那守候的一百个铜锣同时敲响，天地之间哪听过如此震撼的铜锣音，族民们感觉一股正气直冲云霄，余音绕耳未净。大地轰隆隆震颤了几下，只见那坑中一股水柱喷出，水柱托着碗口大小的水球悬在站立起来的水淼先生胸前，族民们见有水涌出，欢呼跳跃起来。水淼先生双手捧起水球，正要爬到坑体上面去，没想到地下的水柱猛然变粗，竟然和坑体直径一般大小，那水柱把水淼先生激起两丈来高，还幸亏水淼先生站在水柱的边缘，水淼先生护着水球跌落在坚硬的岩石上口吐鲜血，看来这一摔摔得不轻。族民们从喜悦中回过神来，抬着奄奄一息的救命恩人前去医治。谁料族里的医者长嗟不已，世道捉弄好人，刚刚造福他人却要遭受横祸。水淼先生凭着剩下的一些气力交代族人，地下水脉本是被怪物所遮蔽，这怪物食了人肉后便也有了灵性，蛊惑族人自相残杀，丧失人性是为了有更多的人肉可以食用。为了更好地镇住水脉里的怪物，唯一的办法把水球让怪物吃进肚子中，那么水淼先生想出了可行的好办法，就是他死后把水球跟他捆绑一块，然后再加绑一些巨石沉入水窟窿之处。水淼先生临死的时候从怀中掏出一本族人看不懂的书，让族人务必保存好，最后临死嘴里念叨着牛马年好种田，最不好过……族人们按照水淼先生的吩咐在他死后把水球和他捆绑在一起沉入了黑窟窿里，自此河床的黑窟窿里流出汩汩的清水，河又是之前那条河，风调雨顺的日子也回来了，族人们的生活回归到以前那样的美好了，族人们为了纪念水淼先生，管自己的族落叫水淼族，而去世的人们也采用水葬的方式。"

我又喝了一大口水，"那个真有水淼族吗，是少数民族吧？"我对自己地理课学的知识有些糊涂起来，少数民族中好像找不出这样一个民族来。

王中嘿嘿一笑，"你说呢，你认为水脉里的怪物是什么，旱魃？恶龙？还是别有他物？那个水球又是个什么东西，世界上真有如此神奇的事物？"

"不过你们村的骷髅河和刚才这个故事倒是可以连在一起，如果真是水葬的习俗的缘故，你们河里的骷髅就是证明。但是你们河里的骷髅会咬人，这个有点说不通，你还没说咬伤王三两兄弟的骷髅头最后哪儿去了呢？"我想了想问道。

王中摇摇头，"那个骷髅头根本不会咬人，咬人的是骷髅头的舌头，骷髅头没有舌头，应该说是藏在骷髅头嘴里的怪物咬人。而且骷髅头也很奇怪，头骨上不知被什么刻满了符文一类的东西。"

"听起来挺骇人的，人头骨上刻字，亏那些人做得出来。想想活生生的人往头上刻字疼也疼死了，向死人头上做文章更是造孽。"这种事情任谁听起来都觉得愤怒。

王中还想说些什么，看了看外面，嘿嘿一笑，"你看，说话这屁大点工夫就到站了，一段路总有一段路的终点，准备准备下车吧。"

"是啊，真快，王哥，你不是还要买火车票去，走，正好我也赶火车。"我边说边背起了自己的旅行包。本来还想和赵公明一起喝酒解说一下，但是想想今天一系列的事情，还是早动身为妙。

于是打电话给赵公明："喂，兄弟，最近有点急事要去外地一段时间，今天就得动身，所以等改些时日咱们再坐，然后有事电话常联系。"

"啊，怎么这么赶时间啊，不会有啥大事情吧，今天古玩市场那边乱糟糟的，说是有人又放鞭炮又抢古董什么的。我说哥们儿，你火急火燎的肯定有什么事情吧，有啥需要帮助的一定开口啊。"赵公明在电话那头担忧地说。

"没事，没事，好了，我要买票去了，咱们有时间再聊。"我挂断电话，缓缓舒了口气，想到公司那边还要交代一下。于是又打给我们副总说："张总您好，我是小田，由于家里发生点紧急的事情要去外地，所以不能正常办理辞职手续了。"

"啊，你有事情可以给你假期，回来继续上班就行了，不用辞职吧？"张总回道，语气间带着莫名其妙。

"辞职吧，因为我确定不了归期，谢谢您的赏识，我不想因为个人原因造成公司不必要的损失，对不起张总，我得买票去了，我手头的工作您尽快安排人来接手吧，那就先这样了。"于是挂断了电话。

王中诧异地看着我，然后什么也没问。车到站了，众人都下了车，我和王中边说其他事情边朝对面的火车站走去。

车站碰瓷

火车站附近人来人往，好不热闹，卖小吃的被苍蝇扎了堆，摆地摊的摆出一字长蛇阵，搞服务的左拉右拽介绍安乐窝。你听那吆喝的，百步之外仍能传音入耳；你听那央人的，让你就如裹在蜂蜜里一般。我和王中对这些毫不理会，依旧聊着我们的话题。

"不好，我的包。"王中右手本能地摸向自己的左肩，同时转过身子，紧接着大吼一声："小偷！"王中朝着一个穿着迷彩服的小伙子边喊边追，两旁的人群立刻闪到两旁看着这一场追逐竞赛。

原来王中一直用左肩单背那个背包，不知怎么被那小偷盯住，被偷了去，幸好我的双肩背包没让人动了手脚。见王中在人群中追喊小偷，我也跟在后面帮忙去追。

令人想不到的事情发生了，王中被两个穿着本地旅游广告背心的大汉拦住去路，正在争执什么。王中眼睛都要冒火了，却被两个大汉拉住无可奈何，那小偷也停下来在不远处得意地看着王中直乐。

先把贼擒住再说，我心想。于是，我从另一边绕到小偷背后大吼一声："警察，别动。"

那小偷被突如其来的形势吓得一愣，半蹲着打着哆嗦说："我没动，我没动。"然后唯唯诺诺地，眼睛闪闪烁烁地朝王中那边瞧着。

"东西拿过来，走，跟我过去一趟。"我还没等小偷把包递到手中就猛地抢了过来，然后狠狠地推了小偷一把，"快走，别跟个娘儿们似的，刚刚不是比兔子跑得还快吗？"我这便衣警察虽是装的，但是声势可不是造的。

拉着王中的两个大汉见我推着小偷走到跟前，松开了抓着王中的手，笑嘻嘻地迎上前来，其中一个长着倒八眉的大汉假热情道："这可真是太好了，警察同志来得真是时候，同志您可得为我们哥儿俩评评理做做主，这小子打坏我们东西想不赔就脚底抹油。"说完指着王中，"就这小子，你看看，长得一脸损样，一看就不像好人。"

周围聚集了不少看热闹的人，我看着密密麻麻的人群有点头疼，心想，不帮忙惩治坏人就不说了，看热闹也不想跟你们发脾气，但是把我们的后路堵死了，万一穿帮的话怎么跑都是个问题。如今只能走一步看一步了，我点了点头，看着王中刚想问他。

王中看着我有些疑惑，随后眼睛又落到我手里的他那背包上，兴奋地把背包抓了过去，连说："真是谢天谢地你来啦，兄弟多谢多谢。"

我怕王中的行为让我这个假警察穿帮，赶紧正色道："这个同志，背包是你的吗？请检查是否有东西丢失，然后待会儿跟我回所里做个笔录。还有，你跟这两个同志究竟是怎么回事？"

王中拉开背包朝里面小心地看了看，点点头又摇摇头，"没丢东西，正好的。你说这两个大哥硬说我碰了他们的东西，可是我跑归跑，急归急，咱眼睛可是好使着呢，明明没碰他们的东西。他们拉住我，非说那镯子是我打碎的，让我赔钱，后来我着急要脱身，问那镯子多少钱，他们说玉镯子，680块钱，我这才和他们理论，没想到他们还要打人，说是不赔钱就别怪他们不客气了，让我变成四条腿动物爬出去。"

我心里算是明白了，好嘛，这两个大汉是碰瓷的，小偷呢跟他们是一路货色，怪不得小偷没有逃掉。他们这出叫引君入瓮，如果王中的背包里面有值钱的东西，小偷定是逃无踪影；如果小偷快被王中抓住，小偷的同伙便出来协助小偷脱身；如果王中的背包里面没有值钱事物，小偷便把人引到同伙处，这是另一个坑，坑蒙拐骗偷的坑。

"你们的玉镯子在哪儿，咱去看看。"我心有了计较，寻思着如何脱身。

倒八眉大汉领到一处小摊前，指着地上的碎了好几段的镯子说："警察同志你看，这就是犯罪现场，那是证物，我哥儿俩是证人，别听他胡咧咧，那玉镯子也是明码标价的。"大汉讲得头头是道，把地上一截贴着价码的碎镯子拿给我看。

"680元，钢笔字是你哥儿俩谁写的，写得不错，挺有水平啊。"我故意夸赞道。

另个大汉听完我的夸奖，谦虚道："哪里，哪里，小学一年级的水平，不会写别的，天天写这几个阿拉伯数字还不顺手吗？"

倒八眉的大汉紧了紧嗓门"嗯"了一声，然后委屈地说："警察同志，你说这咋解决吧，我哥儿俩做小本生意的也不容易，您可得给我们主持正义啊。"

"这样，今天呢，我们好几个同志来这儿便衣行事，你们哥儿俩先收拾收拾贵重物品，待会儿我同事过来带你们回去也做个笔录，然后找点行内人士给你们哥儿俩评估下损失价值，我先带他们两个回所里等候，顺便先把他们的案子整理下。"我拉着小偷和王中挤出人群。

"同志，你不是站前派出所的吗，咱这是往哪儿走啊？"小偷有点警觉地问道。

"你想怎么的，还想找人求情咋的，告诉你，我这儿谁的面子也不好使，态度好的话，本还考虑放你一马改过自新，你这态度？"我拍拍小偷的肩膀，狠狠地瞪了他一眼。

"同志，我改，今后一定不偷不盗，俺是家里穷得揭不开锅了，孩子上不起学，老人瞧不起病，这才捞偏门的，以后再也不做亏心事了，好好跟家人过日子。"小偷开始煽情起来，抹抹眼睛，好像真要哭了似的。

听到这，就是一个骗子说假话你也得软下心来，我差点被煽情得掏出钱包，深吸口气，平复下心情，说道："好吧，下不为例啊，真要再让我碰上，真不是这么简单的事啦，走吧，走吧，千万别干犯法的事情了。"

小偷作揖拜谢，头也不回地匆匆离去。

王中有点不愿意了，"哎，你这，嗨，兄弟，这种人的话你也信，你还真放了他，你不知道是狗就改不了吃屎吗？"

"你还真当我是人民警察啊，咱还没把他送到派出所，估计人家就反省过来了，到时候恐怕咱们有一顿好受的。快点跑吧，离开这是非之地再说。"我回头看了看状况，拉着王中跑了起来，我可不想等那哥儿俩赶上前来，想想刚才那一出演得还不错，自己心里美滋滋的，总算有点开心事把紧绷的心情放松放松了。

终于跑进了火车站里，看看后面没人追来，我俩彻底松了一口气，王中伸出大拇指说："好兄弟，够意思，有胆量，有谋略，而且还有演员的细胞，说实在的，我还真以为你是便衣警察呢。"

"王哥，你还真别说，我的梦想就是当个演员，今天算是过把瘾，这三个二货现在肯定在一起骂街呢。"回想刚刚的经历兴奋不已。

"那三个王八羔子是一伙的？"王中到现在还没明白过来。

"王哥，你不会这么天真吧，那两个二货把本已经弄坏的镯子等你路过的时候扔在地上，其他人听到声音停下来回头瞧瞧咋回事，这就来事了，大汉一咋呼，过来过来看看咋办吧，说什么你走路怎么不注意点呢，镯子被你碰掉了，玉镯子明码标价多少钱，你这是小偷把你带进埋伏圈，现在的碰瓷真不简单啊。"我看着熙熙攘攘的人群，琢磨不透陌生的面庞里有太多未知的交叉。

"对，就这么回事，他们真是这样说的，兄弟你真不简单啊，没看到都能猜明白怎么回事。"王中称赞道。

"走吧，还是排队买咱们的票去吧。"我领着王中赶紧离开现场，生怕露出马脚生出其他事端。

我们二人正在排队买票，后面有人喧闹起来，回过头去一看，原来是一个乞丐模样的人跟人在争吵。为什么说这人是乞丐模样呢，你看他上衣不搭下衣，鞋子油麻麻的，还有头发胡子，明显有半年都没有好好理过了。

和乞丐争吵的人背对着我们，被人挡着看不清，那乞丐模样的人指着那人像是骂道："太豁人了，你占马门占到真身上，太雀了。"

王中听完脸色一变，从排着队中撤了出来便向围着的人群挤了过去。

我也跟着一起上前，顺便问道："骂人的话怎么听不懂，哪儿的话啊？"

"碰上老乡啦，没准这人我还认识，他说的是太骗人啦，你占便宜占到我这样的人身上，有点太可恶了。"王中小声地翻译着。

我还想再问点什么，不过眼前的一人让我大吃一惊，和乞丐争吵之人正是偷王中背包的人，没想到这么快又来到车站搞活。还有这个乞丐，看着也十分眼熟，不过一时半会儿还想不起来了。

"臭乞丐，也不打听打听这一带是谁的地盘，天下哪有免费的午餐，三百六十行，行行都有规矩。"小偷歪着脖斜着眼，好一副欺负人的嘴脸。

"不虚你，你以为我是蹦头蹦脑的人喽，臭屁娃儿，我可是走了一辈子路的人喽。"乞丐紧了紧深蓝色的帆布外衣，点了点龙形拐杖，头一扬，鼻孔朝天，圆圆的鼻头蜡油油的泛着光，还真有一副宝刀未老的气势。

"二叔？"王中小声地嘀咕了一声。

"二叔？王哥，这是碰上家人了啊？"我小声地问道，心想怎么这么凑巧呢。

"嗯，我二叔失踪了几十年未回乡，也不知他的生死，谁知二叔怎么会在这里？这么多年为什么不回家去呢？"王中一肚子的疑惑想急于解开。

"王哥，先别急啊，你这样冒冒失失上去不露馅儿了啊，稳重些，看我的。"我拉着想要冲上前的王中，心中早已想好了对策。

"咳咳，怎么回事啊，怎么在火车站里扰乱秩序呢？"我勒紧嗓子干咳了几下，提醒下围着看热闹的群众静下来。果然，大家都把目光集中到我身上，小偷脸色由红到白，再由白到红，豆大的汗珠唰唰地从额头往下掉。

"同志，你路见不平是好样的，但是跟这样的二混子讲不了道理的，他们是这里的地头蛇，你还是别管我的闲事了，小心引火烧身，最近你的运气仿佛也不太好呢。"二叔耸了耸蜡油圆鼻子，拍拍我的肩膀，示意我快点走开。

"那怎么行，我们是人民的警察，为人民服务的警察，维护群众安全和利益的警察，我们不管闲事，我们管坏人。对了，那个什么，那个同志，你刚刚在外面说什么来着，好像你都给忘了啊。"我指着小偷冷笑着说。

"警察哥哥，小弟我都记着呢，一点误会，我跟这位老人家之间没啥大事，就是他碰了我一下，我碰了他一下，这样的鸡毛蒜皮的小事，您看马上没事了，我给老人家道歉完，我就哪儿来哪儿去。"小偷一脸赔笑着说。

"一定要记好了，做坏事的话，警察就会出现在你身边，下不为例啊。"我嘿嘿笑着看着无奈的小偷说。

小偷告饶而退，我遣散了围观的人们，拉着二叔来到王中跟前。两位见面先是一愣，我拉着两人到一处角落，"此处也不是谈话的地方，两位还是商量下是否要买票回乡，有的是时间叙旧。"

二叔看看我之后赞许地点点头，"好，很好，呵呵。"二叔看到王中后先是一愣，蜡油圆鼻子都抖了几下，"王中，为哪样在这里？"

"二叔，唉，说来话长啊，这么多年您又在何处飘荡，为啥子也不回家呢，几十年了，我们都以为您，唉，都以为再见不到您了。二叔，我准备回老家，您，一会儿跟我回吧。"王中激动地上前抱住二叔，好多话想说，却不知从何说起了。

二叔往事

　　"都怪我当年太颠东，好生生的日子不过，我是一个勾不走的人，回家去让乡亲们掂声气抵干黄，我没有那个脸子。再有呢，我还要去 ZJK 碰个熟人，王中你就甭管二叔了，你该回回去嘛。"二叔脸上挂着苦笑，更多的是多年的沧桑都在脸上的褶皱里。

　　"哦，您要去 ZJK？正好我这位兄弟也去，田老弟，我二叔要去 ZJK，正好你们顺路，一路上也有个照应。二叔，如果办完事情，抽空还是回家看一眼吧，我爸也怪想您的。"王中叹了口气语重心长地说。

　　"二叔，咱俩真是有缘，正好我也有事情要去 ZJK，呵呵，这火车票我给您买了。我跟王哥也是缘分，听他一路上讲你们那儿的好多故事，咱们这一路上还望二叔也多多讲点啊，但是你们那儿的方言确实我听不懂。"我挠挠头不好意思地说。

　　二叔拍了拍额头，哈哈大笑，龙头拐杖顿了顿地面上，正色道："哈哈，我一骂人就顺其自然地说起方言了，其实普通话说得也是不错的，嘿嘿，放心，咱俩交流肯定没问题。中娃子，你回去跟你爸说，我处理完手头的事情会回去的，让他放下心来好好养养身体。有的事情本来很简单，我们也应该简单地去做，不要想太多，简单点生活还是很快乐的，不要管外人如何看，我们过着自己的日子就好。"说完这些，二叔示意我和王中买票去。

我买了两张即将出发的车票，跟王中简单的告别就陪着二叔进站上车了。我和二叔找了座位坐下来，火车上人不是很多，我和二叔坐的地方只有我们两个人。二叔看着我捋着胡子嘿嘿地笑了起来，蜡油圆鼻子朝我背包这边嗅了嗅，两眼放亮说道："哇，看来还有好吃的，要是有酒就好了。"

"二叔，您把我都笑毛了，我这个人脸皮特别薄，别人一笑我就蒙了，吃的有，喝的也有，不过酒可没有，您要是好这口，等下车我给您买瓶。"我总感觉二叔的笑还有更深层的意思，他是个老江湖，笑起来并不是玩笑。

二叔点了点龙形拐杖，郑重地说："小兄弟，二叔的眼光在江湖岁月里练就得也算是火眼金睛，眼底下的人物是臭鱼烂虾，或是狼熊虎豹，还是鲲鹏翔龙，老头子我一眼能瞧出来，上得了台面的算是人物，上不了台面的有庸物，更有废物。老头子我一生飘荡江湖，眼中还未容得上几人，小兄弟你还让老头子我看着蛮眼顺的。"

"二叔也是久历江湖之人，小辈跟二叔相遇真是幸运，我正要请教二叔好多江湖中的经验，以备将来。二叔，王中哥给我说了好多你们老家发生的奇闻异事，好多事情真是不可思议啊！"我脑海里稀奇古怪的画面又浮现出来。

"那娃子都给你讲了些什么，看你锁眉凝思的样子就知道你一肚子不解。江湖水深，我们总在学小马过河。有多少岁月可以任意让人胡来，人生里你可以等待，但是没有返回的路，有的人死了，他还活着，有的人活着，他已经死了，人生无常、岁月无情，如今像我这样等待的人胡子都已经白了。"二叔点了点自己的胡子，油亮的鼻子耸了耸，沧桑的脸上又堆起了褶子。

我从背包里拿出了四根排骨肠，分了两根给二叔，又掏出两瓶矿泉水放在桌子上，看着窗外飞速而过的人和物，想着自己未知的前途，脱口而出，"荒诞离奇的事情竟然真的存在，不可知，不可信，偏偏又遇着它，这算是什么？"

"命运呗，嘿嘿，命里有时终须有，该你遇着的，闭着眼睛可以见到鬼，不该你碰到的，真神擦身而过你也拜不了。你刚刚说的荒诞离奇，嘿嘿，我们那次经历才是真正的荒诞离奇呢，它已经深深地存在我的脑海里，只要闭上眼睛，那一幕幕就会再现……"

二叔抹了抹吃完排骨肠的厚嘴唇，甩开腮帮子，喷起了吐沫星子，耸了耸圆鼻头，回忆了那段荒诞离奇的往事：

我们那个时代，战火连绵，匪患横行，我们王家寨虽然地处偏僻之地，但也随着局势不安生。寨里的百姓都靠着打打猎、抓抓鱼换些粮食，不好的人家都是饥一顿饱一顿的。

我们王家寨有三怪：一怪是我哥王得水，上得高山下得深水，水中本领尤其有一手，潜水如鱼，如鱼得水，还有一手就是善于抓取各种毒虫泡酒，让外人看起来有点邪性，人称王老邪。二怪是"狼孩"王朗，王朗是狼窟里捡来的，我们寨里的猎人王为善路过狼窟竟然发现王朗和两只小狼崽在一起睡觉，于是好心的王为善便把他带回了寨里抚养长大，王朗直到十五六岁才会说几句话，一直都是沉默寡言。但是他有一个相当厉害的本领，在夜晚里视物如同白昼，我们好多人在晚上测试过他，那眼睛就跟夜猫子一样厉害。还有一个是嗅觉，我们村进山采药迷路的妇女和孩子就是王朗找到的，别人纳闷他是怎么找到的，王朗点了点自己的鼻子，王朗的鼻子和狼一样敏感，可以嗅到人身上的体味。第三怪就是我，寨里人叫我"入云龙"，这可不是老王卖瓜，自卖自夸，寨里人认为我懂点风水，又能比画两下，便把我和《水浒传》里面的道士公孙胜相提并论了。

自从闹了骷髅咬人的事情之后，王家寨来了好多人，有说书先生、有看相大师、有和尚道士、有文人学者、有贩子有商旅，形形色色三教九流。奇怪的是这些人白天来，晚上也没见到他们出寨，第二天便不知人去了何处。

直到有一天，一行七人来到我们寨里，这七人为首的是个中年汉子，粗眉大眼，肥头大耳，尤其那张大嘴，好不生生能吞进一整个盘子。嘴里叼个水晶鼻烟嘴，奇怪的是半天不见他喷云吐雾，好像鼻烟嘴并不点着，只是插在嘴里当个点缀，咬在牙间做个磨石。再见他不协调的身子，好比伞杆一样细长。左手旁侧立着一个头发虚白的老者，此人一只眼珠竟然是蓝色的，他穿着个灰色长袍，俨如一个算命先生。中年汉子右手边站着个小伙子，这小伙子一脸凶相，再加上右脸有三道大拇指长的疤痕，乍一看去好像三条蚯蚓贴在脸上。中年汉子身后三人神神秘秘的，都戴着草帽，蒙着黑面纱。站在最后的也是一个中年人，长相没啥特别的，但是此人好像浑身不自在，一会儿抠抠鼻孔，一会儿挖挖耳洞，再一会儿挠挠头，你看他左脚蹭地皮，右腿还抖个不停，时而提提肥大的裤子。七人倒像是贩牲口的，带着二十几头骡马，谁也没想到七人带着骡马去了"狼孩"王朗家。

第二天王朗便来请我和我大哥去他家，想都不用想，肯定与那神秘的七人有关。我和大哥便随着王朗到了他们家，那七人果真在庭院里坐着说事。

见我们来了，王为善笑眯眯的一瘸一拐地走上前来要我们落座，"王家两位哥哥，来来，给你们介绍下，这位是省城里来的大老板，做药店生意的康老板。来咱们这儿想进山采些稀有药材，这不是还需要几个副手帮忙，考虑让当地向导当副手比较合适。我这腿脚当年被野猪拱断了，这个好差事我是无福认领了，咳咳，我推荐你们哥儿俩跟我家王朗去，也好有个照应。康老板说了，去之前付一半酬劳，回来付另一半，如果收获大还额外奖励。"

大嘴吞盘的康老板嘿嘿一笑，聒噪入耳嗡嗡直响，说："是的，就是这个意思，钱呢，我先付一半。"说完，左旁站立的老者捧着两个钱袋放到桌上，里面的大洋碰撞起"稀里哗啦"的响声，钱袋鼓鼓囊囊的，十分诱人。

"土包子，还愣着干吗，有钱不拿，等屎啊！"康老板右手边的蚯蚓脸吼着我们哥儿俩拿钱，他的嗓音粗细不均，应正在发育中，喉结还未发育好，所以说话极为难听。

"闯子怎能如此急性呢，两位兄弟不要见怪，我这位帮手年少性急，我家老板确实需要好帮手进山采药，这些酬劳是定金，回来再付另一半。两位也知进山确实有风险，如若不愿涉足，我们另请高人，绝不强求。"老者的表情始终如一，蓝眼珠盯着我们，让人感觉很不舒服。

"你这意思是我们兄弟胆小，贪生怕死，还是没有能力胜任这个差事？跟你们说我们还就做这个向导，当这个帮手了，钱我们收了，什么时候出发你们说吧！"我哥王老邪受不了一激二将，瞪着大眼睛，三步并两步，虎头虎脑地上前去抓了钱袋，算是接了这趟活计。

"爽快，我就喜欢这样的人，哈哈，好，好，我先给你们介绍下其他伙计。卓师傅，闯子，齐家三兄弟，还有这位是鬼师傅。今天置办进山的物品，明天一早出发。"康老板把水晶鼻烟嘴点了起来，吧嗒着嘴，兴奋地说："今天预祝一下，待会儿炖肉喝酒，哈哈哈哈。"康老板的话仿佛有回音似的，在耳边又嗡嗡起来。

"我们哥儿俩还要回家里交代下，酒就不喝了，康老板我们先回了。"我强行拉着大哥王老邪离开王为善家里。

"怎么不吃他一顿，你没听说他们喝酒炖肉吗？"我哥王老邪有点不情愿地说了起来，大眼睛滴溜圆瞪起来。

"哥，这活计我本想不答应，这年头兵荒马乱的，什么人没有？我们安生地过日子，也不愁吃喝。你没发现康老板七人神秘古怪，我看不像正经的商人，我感觉其中有什么不对劲儿。可是哥你受不了人家激将，胡乱应承下来。"我无奈地摇了摇头，总感觉有什么事情要发生。

我大哥王老邪哀叹一声，眯着眼睛说道："唉，兄弟，哥不是受不了激将，是那有钱人的蔑视让我不服气，我要让他见识见识我们的能力，有钱人咋了，不也得有求我们吗。算了，你要是不愿去，哥把你那份钱退给人家。"

"哥，你既然要去，我一定陪你，深山老林的搭把手，咱兄弟在一起总是能相互照应的，这伙人就不知道了。走，咱们回家准备下。"我劝不了已经下了决心要去的大哥王老邪，那就只好和他一起去，我们回到家里准备要用的一些器具。

我拿了七星杆，那是当年一位僧丐师傅云游至此，我家管了他三个月的住食，僧丐师傅传了我点七星杆的打法，临走时送了我这个七星杆。别看这七星杆小，它两头灌水银，那七星杆冲人一打，水银就过去了，点上人的穴位，轻则昏厥内伤，重则毙命。

我这"入云龙"的称号，说实在的，也是僧丐师傅所赐，没有他教我的本领，我哪来的本事。僧丐师傅临走时曾留下几句话，一不可用所学本领做恶事；二是王家寨里面的深山少进，尤其是到了迷雾岭就不能再往里面走了；三是将来遇到有缘人助他一臂之力。

险山劫匪

　　一行人浩浩荡荡骑马开进兔耳山，那山其实是两座山，因为这两座山相对平行立在地面上，如兔子耳朵一样，所以叫兔耳山，山如刀削。六月的天，今天的日子还是不错，晴空万里，鸟过留痕，那兔耳山两山峰直插穹庐，倒影垂地，奇伟之至，两山相夹形成个峡谷，峡谷里面更是别有天地。

　　狼孩、我哥王老邪和我三人骑马并在前面带路，那个浑身不舒服的鬼师傅嘻嘻哈哈地上前来搭话："小兄弟们，别这么沉闷，一路上不讨点乐呵，可是亏待自个儿啊。不知咱们进这前不着村，后不着店的深山老林就够遭罪的了？呵呵，唠唠嗑，侃侃山，找点趣味就好过多了。"鬼师傅边说边挠着身子，让人看着仿佛自己身上也痒了起来。

　　狼孩依旧是盯着前方，面无表情，看也不看前来搭话的鬼师傅。

　　我哥王老邪勉强挤出点笑容，大眼睛转了转，皮笑肉不笑地说："鬼大哥，我跟狼孩可是有任务的，可不是找乐呵来这游玩的，路上岔子多，我们可没闲心侃山，况且我们还怕耽误了路程，到时候你们康老板怪罪我们偷懒呢。"说完，我哥王老邪拍了下狼孩，两人快马朝前赶去，丢下了发呆的鬼师傅。

我觉得冷落了鬼师傅不是太好，我们这一行人好歹也是短暂的搭伙计，深山老林的好多潜在的未知危险需要我们相互配合，遥相呼应，毕竟日子不短，低头不见抬头见。

"鬼大哥，不要误会我大哥说的话啊，他是个很认真的人，既然接了这趟活儿就踏踏实实地办事，他和狼孩两个一心一意地全放在带路和注意安全上，这样咱们就可以安心赶路。你要想聊天呢，我暂时倒没什么事儿，但另外有个事情我很好奇，鬼大哥，你们要采的药材非要进这山里，好像最近来这里的人真不少呢，都是来采药材的啊？"我问道，有些事直接问不太好，还是探点口风看看。

鬼师傅挠挠自己的脑袋，本是一条缝的眼睛立刻撑成了三角眼："好多人，哦，那就对了，王老弟，灵山圣地有神仙，穷途恶岭起强盗。你们这深山老林也是一块宝地啊，好多稀有的药材都长在里面，多些年的人迹罕至，说明没人破坏，保护得很好，不知有多少好东西呢。嘿嘿，那些最近来的人再多也没用，没有能耐还是找不到、取不着，最后还不见得能活着出来，是不是这个理儿？"

当时我心里还有些不服，心想，莫非别人就没有能耐找到东西。就你们七人有手段了呗，不知真有几下，还是这看似虚头巴脑的鬼师傅在吹嘘，于是跟着说道："可不是吗，鬼大哥，进这深山老林没点手段、少些能耐的人还真就危险。我们这附近寨里的猎手葬身深山老林的甭提有多少啦，像我、狼孩和我大哥这样的好手还真就挑不出几个啦。"这叫老王卖瓜，他夸我也夸，说完后，我喜滋滋地看着鬼师傅的反应。

"嘻嘻，王老弟，还真当自个儿卖瓜呢哈。鬼哥说的能耐不是你们进山领路掏鸟猎兔的本事，这点鸡鸣狗盗的本事都是小本事，上不了大台面。总之你会看到的，遇到我们你们大开眼界了呵。"鬼师傅左挠右抓的，恨不得把骑着的马也抓两把。看来鬼师傅吹嘘的本事不小，吊人胃口的手段更高，真是拿他没办法。

正在此时，我们已经进入兔耳山的峡谷中，两山相夹和阴暗的氛围让人生出一种压迫喘不过气来的感觉。

"这就是'不识庐山真面目，只缘身在此山中'吧，哈哈。"鬼师傅突然来了这么一句，三角眼睛忽闪忽闪的。

紧接着狼孩右手高举，勒住了马绳，示意大家停下，大伙立刻停了下来。

我赶到狼孩和我大哥跟前，看着前面的乱石堆积起来的石楼阻断了前行的路，"大哥，什么情况，这路平时可没石头挡着？"我问道，看着狼孩和我大哥的表情，他们肯定觉察到了什么。

我大哥神情严肃，瞳孔收缩地看着石头堆，小声说道："石楼后面有人，最近听闻兔耳山一带有一伙歹人出没，拦路抢劫商旅贩子，想必今天我们也碰上了。"

"怎么还停下了，难道有巨蛇挡道、猛虎拦路不成？"鬼师傅挠着耳朵，慢腾腾地走上前来托着下巴盯着我们三人。

"鬼大哥，你还有闲心开玩笑，那些野兽倒没什么太难的，我哥和狼孩还是能处理的。听闻这一带多了你们这样的商旅之后，就来了一伙敲竹杠的。今天被我们遇到了，就在后面呢，你刚才不是说你们本事很大吗，看看能不能过了这关吧。"我小声地解释给鬼师傅，指着石楼后面，到这节骨眼上，他吹嘘的手段该露两手了吧。

"哈哈，我当是什么呢，还有敢劫我们的，好啊，咳咳，齐家兄弟，你们露两手看看给不给面子，听说石头后面有人要敲我们竹杠。"鬼师傅一只手掏着耳洞，一只手招呼齐家兄弟上前，三角眼斜瞄着我，好像在告诉我等着看好戏吧。

齐家三兄弟看看康老板，额头上的肉瘤红通通的。

康老板把鼻烟嘴从大嘴里抽出来点了点头，然后又插进大嘴巴里。

齐家三兄弟赶马近前跳下来，这齐家三兄弟是孪生兄弟，一脸凶相，脑袋上又都长着肉瘤，普通人看了都绕道避开，所以平时都戴着帽子用黑纱遮住脸，离开寨子的时候便把草帽和黑纱摘了下来。三人额头上肉瘤和画像里面的独角兽差不多。只见三人都抽出别在腰间的乌黑色短棍，老大齐天向石楼喊话："你们这是哪路规矩，号也不报，面也不露，莫不是李鬼碰上真李逵了，玩起了捉迷藏？"

　　"齐天，你说得不错，他们这明明是跟你们玩捉迷藏，根本不把你们放在眼里，还以为你们是三岁的孩子。你得教教他们啊，别坏了你们的规矩。"鬼师傅像模像样地连比画带说，怂恿着齐家兄弟。

　　等得不耐烦的老二齐地果然按捺不住，额头的肉瘤红得都要滴出血来，看来发怒到一定程度，这也是个标志。齐地挥舞着乌黑的短棍破口大骂："小贼，快给爷爷们现身，想当耗子还是乌龟得拜见过爷爷再说，别等爷爷一棍给你打出屎尿来。"

　　此话不善，果然奏效，石头上蹦出一个看似十一二岁的黄毛小子，浓眉大眼，右手也提个和齐家兄弟们差不多长短粗细的短棍，只不过棍子是豹纹的，这小孩往石头上一站，嘴里吐出一口唾沫，回骂道："呸，还真把自个儿当李逵了，你们识相的留下买路财转身回去，小爷我不怪你失礼之错，否则先让你们三个嚣张跋扈的兔崽子成为祭山的贡品。"小小孩童，当真有山大王的气势，仿佛《西游记》里的红孩儿出山了。

　　"笑死人了，齐家兄弟，看到没，你们祖师爷来给你们训话啦，还不上前跪拜上香。"鬼师傅露出两排大黄牙，笑得前俯后仰地差点跌下马去。

　　齐地哪受得了这种污蔑，"奶奶的，回来再跟你鬼推磨算账。"说着提了短棍飞快地助跑，三下两下跳到石楼上的小孩前。这齐地气急，一心想要抓住小孩出气，但是还是顾及自己是大人的身份，跟个孩子动手便没有动棍子，一上来就用左手去抓小孩。

小孩左挪右腾，在圆桌大小的岩石上两人兜圈十几个回合，小孩喊了一声："不玩了，下去吧你。"只见小孩的豹纹短棍点到齐地的右膝关节处。

齐地吃痛"哎哟"一声，身子失去重心跌落下来，幸好石楼不是太高，齐地也是个练家子，从着地的姿势来看，虽然有点狼狈，但还是避免了关键部位造成错骨。齐地被齐天和齐人扶起，额头上的肉瘤又红了许多，在小孩面前摔了跟头，看样子，眼里的怒火都要喷出来把石楼烧个干净，提起棍子拐着腿脚还要上去。

小孩在上面把豹纹短棍往岩石上敲了三响，"怎么，还没摔够吗，小爷我也没动棍子呢，等我玩够了用棍子打断你们的细腿，跟敲竹杠一样痛快。"

老三齐人拉住要上去报仇的齐地，沉声说："二哥，我来，这小孩可不是真正的小孩，咱们练武的最忌讳的四种人——小孩、女人、和尚和道士，那小孩是个练童子功的矮骡子，根本不是什么小孩。他功夫虽然不差，二哥你当时若沉心应付，他未必就是你的对手。"齐人三蹦两跳到岩石上话也不说，拳打脚踢，棍点、劈、扫，招招冲着小孩的上三路和下三路进攻。

小孩也没想到这次上来的齐人能耐不仅比齐地大，脑袋瓜子也够灵活冷静，把小孩的退路都给封死了。

齐天在下面赞道："老三，好样的，真个把咱家的齐眉棍舞得虎虎生风啊。"

"那个小孩额头冒汗，脚底步法凌乱，不出几招定要吃苦头了，哈哈，看来齐家还是没有白混。"鬼师傅自言自语地唠叨着，手指依旧不闲着地挠着眉毛。

果不其然，齐人的短棍闪电般就要横扫在小孩的胸口上，小孩虽然奋尽全力用自己的豹纹短棍在自己的胸口前抵挡，谁知齐人的短棍在小孩的豹纹短棍上旋转着过去，短棍一端恰好击中了小孩的脸颊。

小孩"啊"的一声丢了豹纹短棍，捂着脸后摔了下去，不知伤的轻重，更不晓得摔的死活。

大家正在夸赞齐人的本事，只听齐人"啊"的一声惨叫从岩石上也跌了下来，这一跌不要紧，在地上倒腾几下便昏死过去。

齐天和齐地惊恐地赶到齐人的身前，俯下身查看，"暗器伤人，狗贼。"齐天看着齐人左手臂上的一枚蛇形镖状物骂道，然后从口袋里拿出点药粉，拔出蛇形镖状物，在伤口上敷了药粉再包扎起来。

齐地提起棍子，还要再上报仇，只听后面卓师傅喊道："莫要上去，我想如此争来斗去也是伤了和气，朋友有话好说，买路财我们还是有的，与人方便，自己方便，出来谈谈吧。"

卓师傅刚刚说完，只见岩石上蹦出四人，那小孩摔得头青脑红。小孩身边站立个中年妇女，身上插满了镖囊，很显然那齐人是她放镖伤的。女人旁边一个牛鼻子老道，老道脸膛紫黑，手中握着拂尘，一捋胡须直垂胸前。老道旁边是个白胖的和尚，五官松弛。

"阿弥陀佛，各位施主莫怪，我等也是为了众生平安，正所谓破财消灾。"白胖和尚说得不紧不慢，脸上挂着诡异的笑容。

齐天齐地正要发作，卓师傅上前按住两人，喝道："带着你兄弟退下，没你们的事了。"然后又赔笑对岩石上的四人说道："好说好说，大师说得对，破财消灾，不知这些可够我们一行人消灾的。"说完，一个鼓囊囊的布袋子飞向岩石上。

那女人接住布袋子咧开嘴笑道："还是你识相，早点拿钱消灾，何必自讨苦吃。那个耍棍子的汉子中了我的蛇蝎镖，没我的解药，恐怕不好活了。"

"万物本无仇，何处惹蛇蝎，蛇蝎女，救人一命，胜造七级浮屠，各位施主，回头是岸，前路非极乐，莫入黑地狱。"白胖和尚摇头叹息，好像为我们一行人担忧。

蛇蝎女果然听了和尚话，扔下一包药粉，"清水洗了伤口，红色药粉口服，黄色药粉涂抹在伤口处。"说完，四人跳到岩石后，便听见一阵远去的脚步声。

鬼水怪谈

卓师傅把药粉交给齐天，吩咐闯子："把前面堵住路口的那块岩石动动，好让咱们的马队过去。"

闯子跳下马背，二话不说，挽了袖口，高喝一声"呀"，堵路的岩石被举了起来扔到一旁，"好了，马队可以过去啦。"

此时齐人服了药粉也清醒过来，众人整理了包袱，排好队过了石楼，打劫的四人不见了踪迹，我大哥和狼孩继续前面带路。

我和鬼师傅在一起聊道："大白天的真碰上打劫的了啊，你说这四人奇怪不，小孩、女人、和尚、道士，嘿。"

"有什么好奇怪的，说白了就是一家子呗，整的武行四大忌连唬带蒙的。"鬼师傅有点不屑一顾地说，自己身上挠遍了，没事抓起了马背。

"得了吧，你看人家多厉害，咱们不还是乖乖地交了钱财吗？"我小声地说着。

"那是不想跟他们动真格的，就他们四个还真不是对手。"鬼师傅挖着鼻孔指着前面说，"出了峡谷，前面到哪儿了？"

"骷髅洞，是个挺邪门的地方，平时都绕过那块地方走。"我提到骷髅洞也有一种莫名其妙的感觉，名字叫着就够不舒服的。

"好名字，好地方，这叫起来才有感觉，像回事呢。"鬼师傅挠着头皮，头上的雪花随风飞舞。

我大哥和狼孩在峡谷出口停下来，我们都出了峡谷，眼前一亮，两旁是山花盛开，彩蝶锦簇，前面是骷髅洞里留出的溪流汇聚而成的一条深河，此河就是骷髅河的上游。阳光洒在河面上，波光粼粼，五光十色斜射在峡谷的石壁上甚是赏眼。各种山鸟清脆悦耳的声音和着河水声，让人听起来十分舒服。

众人都在点头赞叹，连那受伤的齐人受此景物的感染也精神了不少，我大哥下了马背到康老板跟前说道："我们已经行了半日，就在此休息片刻，牲口饮水食草补充下体力，还要商量下前方的路咋走。"

康老板点点头，"好吧，难得路过这世外桃源，咱们就稍做休息，吃过午饭后紧赶路程。至于路线，你和卓师傅商量就可以了，我去行个方便。"康老板说完，闯子跟着他后面走了。

"大家下马休息片刻，该整理的整理，一会儿吃完午饭就继续赶路。"卓师傅通知完大家，跟我大哥说道："怎么，路线上还有问题吗？"

"路线有两条，一条是河对岸的骷髅洞，听以前的人说骷髅洞可以直接穿越到迷雾岭去，只是骷髅洞的说头太多，无人试险。第二条就是翻山越岭了，上面有点毒虫猛禽倒还好对付，咱们人多，不过就是耽误一些行程，起码也得两三天，山多林密，马不是太好走。"我大哥跟卓师傅分析道。

"呵呵，那咱们就走走骷髅洞，多准备点松油木棍。"卓师傅的蓝眼睛看着河对岸的骷髅洞，想着什么。

狼孩听到要走骷髅洞，表情有一丝变化，但是立刻又恢复过来，然后就去准备松油木棍去了。

我大哥也没有多说，招呼我牵着马去河边饮水，"这帮人胆子还真不小，敢走骷髅洞，咱们也不能让人小瞧了，就看看这骷髅洞里有啥稀奇古怪的。"我大哥说完后，瞪着大眼睛看着河对岸黑漆漆的洞口拍着我的肩膀说："兄弟，进了洞后要万分留意，待会儿把衣服再多涂抹点雄黄酒，让味道再厚重些，毒虫毒蚁什么的也不敢近前了。"

正在此时，鬼师傅挥着手在河边喊我，只见他脱了衣裤，竟然下河摸鱼去了。这鬼师傅也是摸鱼的好手，一条肥大的草鱼被他甩上岸来。鬼师傅挠着肚子，神采飞扬地说："王老弟，你是下来一起抓鱼还是干些娘儿们的活去烤鱼？"

我大哥不高兴地喊道："鬼大哥，你还是快出来吧，这可是出了名的要人命的骷髅河，咱们不是自带了干粮和食物吗，还没到山穷水尽的地步。"

"别吓唬我，你鬼哥不是吃素的，嘿嘿，难道还有水鬼不成？"鬼师傅说笑着扮个吓人的鬼脸给我们看，然后脸孔扭曲，突然在水里扑腾起来，喊道："真有水鬼，救命，救命。"

"跟你说什么你还不信，这次尝到苦头了吧，兄弟把哥的烧酒拿来。"我大哥边脱衣裤边指向他马背上的布袋，我取了大哥马背布袋里面的烧酒递给他。我大哥猛灌了两口，伸展下手脚，下到河里去救鬼师傅。

我大哥游到鬼师傅的身后，推着他游到岸边，此时鬼师傅脸色发白，浑身哆嗦不停。"拿酒来，给他喝一口。"我大哥上岸后打了一个激灵，擦拭完身上的水后赶紧穿好衣物。

"鬼大哥，好点没？"我给鬼师傅灌了一口酒后，鬼师傅哆嗦的动静小了许多，然后看着河里惊魂未定。

我大哥冷笑两声说："哼，怎么，真的被水鬼给吓着了，刚才是谁在那吹牛说不是吃素的呢。鬼大哥，你这是抽筋了，不知山水冰冷刺骨足可要人性命吗？"

"不是抽筋，明明是有什么东西在水下死死地抓住我的脚，然后我的身体不知也被什么缠上了，真的有东西。"鬼师傅比画得像模像样。

"行了，别给自己找理由了，现在是大热天的，而且你刚刚出了许多汗水，就是河水不凉，你下水去也是大忌。况且这是从骷髅洞里流出的冰泉水，就是体质好的壮汉也得抽筋，幸好我喝点烧酒御寒片刻才能下水去救你。"我大哥不听鬼师傅的解释去张罗午饭去了。

我把鬼师傅扶起来的时候发现鬼师傅有些不对劲，两腿上有几条浅灰色的线缠绕着，不是很明显，好像半在皮肤里半在外面一样。"鬼大哥，咋样，再来两口？"我把酒端在他跟前问道。

"好的，酒就放这儿，我慢慢喝，这酒确实管事，暖和不少了，待会儿我把那条鱼烤了，再喝点酒也不赖。"鬼师傅这时候还真不客气，拿过酒就喝了一口。

"鬼师傅，酒可不能喝多，喝多会误事的，对了，你腿上的灰线是怎么回事啊？"我抢过酒指着鬼师傅的右小腿问道。

鬼师傅看了看自己的腿，然后用手去抓灰线，果然那灰线是一半在皮肤里一半在外面，鬼师傅从右小腿拽出来五条灰线扔在地上骂道："一定是那个该死的水鬼抓破我皮肤时把这些水草带了进去，我没说谎吧，真的有水鬼。"

"那怎么不抓我大哥，那水鬼还是怕我大哥啊，嘿嘿，行了，鬼师傅，赶紧穿衣服吃午饭了，你那条鱼啊就别烤了。"说完，我把鬼师傅的衣裤递了过来等他穿完一起去吃午饭。

大家一起吃了点干粮配着牛肉干，吃得倒也香甜，其间鬼师傅还惦记着我大哥的烧酒，我大哥藏起来没给他，说了一句："难道鬼大哥还要下水去摸鱼给我们吃吗？"

鬼师傅赶紧摆手示意我大哥不要说了，"好好，酒不喝了就是。"

"喝什么酒，不怕误事吗，赶紧吃，吃完抓紧赶路了。"卓师傅的蓝眼珠瞪起人来十分吓人。

"大家快点吃吧，乘着午时阳光正足，河水不是十分冰冷，待会儿好渡河呢。"我大哥补充道。

鬼师傅听完这句话，嘴里吃着的东西被呛了出来，然后又强咽口唾沫说："王兄弟，你是说，你是说我们还要渡河？就是咱们面前的这条河吗？"

"对啊，有什么问题吗，鬼大哥，莫非你是怕水？不过刚刚还见你下水去摸鱼呢啊。"我大哥站起来打个饱嗝说道，大眼睛滴溜溜地盯着鬼师傅。

"谁怕水啊，我是怕大伙有人不会游泳，这河水不知深浅的，又没有桥什么的？"鬼师傅看着骷髅河有点打怵。

"游什么啊，咱们往上游再走走就骑马蹚河过去了，你看看上游的支流越来越少，好了，吃饱了，我和狼孩先去探路了。你们准备准备，随后也跟上来啊。"我大哥拍拍狼孩，两人牵马奔着上游去了。

此时卓师傅站起身来，"差不多了，咱们也收拾收拾跟上吧。"

鬼师傅用衣袖抹了抹嘴唇，然后拉着马走到我身旁，"王老弟，等会儿老哥啊，那水里可真的有东西，咱们可得小心啊。"

我骑上马，嘿嘿笑着说："鬼大哥，水里当然有东西了，呵呵，不过跟着我大哥他们后面就没事啦。"

鬼师傅见我拍马走了，赶紧随后跟上，还一个劲地说："兄弟，慢点。"

我大哥和狼孩已经蹚河过到了对岸，"水还是很凉，马有点受不了，所以你们要控制好马，马开始不敢下水，下了水还得防它撒欢，一旦控制不好它就得落汤了。"我大哥在对岸嘱咐道。

果然，我勒令马下水的时候，马前蹄刚触到河水便退了回来，还要扭头往回走，我两腿夹紧马肚子，一掌发力催马前行，"驾，驾。"

我一个劲儿地催促道，这马终于鼓足勇气，踏入河水里，河水并不深，刚刚没入马的关节处，马在河里打个激灵，嘴里"秃噜秃噜"个不停，我双手不停拍打马背令其前行，这马才被迫蹚河过去。

"王老弟，等等我啊，我这马不听话。"鬼师傅在后面着急地喊了起来。

"实在不行，你就拉着马蹚河过来，这水才多深，刚刚鬼大哥你在河里还神勇地摸鱼呢，这点水能难得了你吗？"我大哥在河对岸笑着说。

好不容易我的马也上了岸，嘴里还在"秃噜秃噜"个不停，再看鬼师傅骑着马吆喝着，可是那匹马就是不下河，在原地转起了圈子。

蓝眼睛的卓师傅带着康老板一伙赶了上来，看着鬼师傅的狼狈样子摇了摇头，然后嘴里"啾啾"两声，鬼师傅骑的马停了下来，前蹄"吧嗒吧嗒"地敲打着地面，"嘞嘞曲曲"，卓师傅高喝一声，只见鬼师傅骑的马像是得了命令一般下河前行，然后卓师傅他们的马也接连入河蹚水过来，没有见那些马有什么不安的情绪。

"好厉害的御马术，看来还真有两下子呢。"我大哥称赞起来。

"真是呢，大哥，你看他们的马稳稳当当地过河，好像不曾感到河水的冰冷呢，卓师傅说那几下怪怪的，可这些马还就真听他的，确实是个好手。"看来卓师傅真的不简单，平时看起来少言寡语，而且怪怪的，也是不显山不露水的高人。

"总算是过河了，这河水飕飕直往上冒阴气，太冷了，老卓你那两下子还挺好使。"鬼师傅额头上豆大的汗珠顺着脸颊往下流，可他竟也不去擦拭，反而还是挠挠这、挠挠那的。

"好了，王兄弟，下一步我们要往哪儿走，你看，前面大大小小得有几十个山洞，不知哪条山洞才能通过山体到另一面的迷雾岭呢？"卓师傅指着前面不远处一个个大大小小的黑乎乎的洞口说道。

骷髅迷洞

"大家看到没有，中间位置的那个大洞口，就是凸出来山体那块像骷髅头的那处，据说那块可以通到迷雾岭。"我大哥边说边举起了用松油和破布条缠起来当作火把的木棍。

"那就别耽误时间了，赶紧进洞吧，怎么说山洞里得比外面凉快多了。"闯子着急地嚷了起来。

齐人看着黑乎乎的洞口，神情有些不自在，"我有种不好的预感，康老板、卓师傅，咱们还是走稳妥点的路吧，时间耽误不了几天，那和尚说的莫入黑地狱，是否暗指这骷髅洞？"齐人捂着受伤的左臂，担忧地说。

闯子拍拍齐人，安慰道："齐家兄弟也在江湖上混迹了十多年了，大风大浪莫非没有经历过，还是真让那伙强盗吓破了胆子，若不是康老板吩咐，我闯子非得让那四个盗贼半生不死，放心吧，有事还有卓师傅和我闯子呢。"

"好了，别废话了，赶紧准备进洞吧，在外面走也不稳妥，恐怕傍晚一场暴风雨就要来临，我们走这山洞不必为此担心，否则在外面行走遇上山洪或泥石流之类的比什么都危险。"卓师傅望望天空，瞅瞅地面，那只独特的蓝眼睛仿佛有着特殊的能力。

我这才发现，六月的天说变就变，天上多了好多行云，俗话说：云往东，车马通；云往南，水涨潭；云往西，披蓑衣；云往北，好晒麦。这云正往西南云集。

"嘿嘿，老卓，你看这大好的天，咋能下雨呢，还真不知你还有这预测天文的本领啊。"鬼师傅一个劲儿地挠起了右小腿，裤腿都被他挠得"嗤嗤"响，三角眼眯缝着看着大好的晴天，有点怀疑地问道。

我大哥指着地面上成群的蚂蚁，露出不屑的神色说："鬼师傅，连这小儿科都不懂吗？我们寨子里五六岁的孩童都知道'大雨哗哗哗，蚂蚁忙搬家'，看来真有场雨要下了。"

"'蜻蜓低飞飞长虫过道道，虫咬成群群蛤蟆哑叫叫。狸猫洗脸脸地龙醒觉觉，蜘蛛网牢牢水中鱼跳跳。'平时多观察下周围的自然现象，老天爷把预示提前公布了出来，只是我们缺少发现。"卓师傅说完谚语便点起松油木棍，跟在我大哥后面进洞。

鬼师傅挠着鼻头自言自语："缺少发现。但我发现，没看见长虫，倒是真多了好多蜻蜓在水面上点水，有的还跳进河水里去洗澡了，它们竟然不怕水凉？"

大家像平常一样并没有理会鬼师傅，都准备了火把跟着我大哥他们后面准备进骷髅洞。我回头去看鬼师傅说的蜻蜓点水，本来那蜻蜓点水也没什么奇怪的，因为这就如卓师傅说的下雨前动物都会有自己的反常表现，只不过是一个前兆。不过我发现那些蜻蜓有些怪异，它们大多数并不是点下水就离开水面，而像是痛苦地急于冲进河水中，然后在河水中挣扎着就不动了，这一举动吸引了水中的鱼，只见河面上"噼里啪啦"鱼儿们争相进食冲到水里的蜻蜓。

"快走了，你们两个还待在那儿看啥，大伙都进洞了。"齐天催促地喊道。

本来我感觉那蜻蜓的异常表现有什么不对劲的地方，正要去岸边看个明白，突然被喊了回来，眨眼工夫大家伙都进了山洞，就剩齐天在后面看我俩还未跟上便催促起来。我也觉得自己有点小题大做了，招呼鬼师傅赶紧追上去，还开玩笑地说："咱俩要是落了单，就怕被山鬼背去当牙食。"

"别吓唬人，王老弟，我发觉我的右小腿不对劲儿，你等会儿我，我的火把还没点上。"鬼师傅右手还在不停地挠右小腿，左手拿出松油木棍等着我帮忙点燃。

我先点燃了自己的松油木棍，随后帮着鬼师傅把松油木棍也点了起来，"鬼大哥，我看着你也不对劲儿，你全身上下就没有对劲儿的地方，是不是一年也不洗澡，长虱子了。"

"别开玩笑了，王老弟，往事不堪回首，我这身毛病算是落下了。那年你鬼哥我在兴安岭里度过一段狩猎的日子，在湖泊附近猎捕天鹅的时候陷入了沼泽下面的陷坑里，幸好当地人之前告诉我，如果陷入里面不要挣扎，否则越陷越深，我就等着我的同伴能够寻救我来。等了两个白天两个晚上，终于有路过的猎人用木棍把我拉了出来。两天里我度日如年，全身上下受尽各种蚊虫叮咬，靠着沼泽上的水维持生命。出来之后才知道，全身上下被蚊虫叮咬得体无完肤，而且在烂泥中泡了如此长时间，伤口又受了感染，落下了终身毛病。"鬼师傅回忆起这段往事痛苦不堪。

"鬼大哥你也够有毅力的了，那种环境下任何人都会绝望的。"我夸赞着鬼师傅，然后两人边走边聊地进了山洞。

进了山洞才发现大家都下了马，一手举着火把一手牵马徐徐而行，骷髅洞里冷飕飕的，果然凉爽。一看就可以看出骷髅洞确实浑然天成，而不是人工穿凿出来的，洞形极不规则，洞壁上或凸起或凹陷，地面虽然也是岩石倒还平坦一些，还留下水流冲刷的痕迹，想必多年之前此山洞也和其他流水的骷髅洞一样，但不知什么原因干涸了。马蹄踩在地面的岩石上"嗒嗒"的声音回荡在山洞中，但这声音配合着回音让人心神不宁。

"大家把破布拿出来包裹在马蹄上，这声音太烦躁不说，还会影响我们对洞中其他动静的视听。"我大哥令众人包裹了马蹄，这样之后果然没了多大响动。

"这洞还不小，除了石头就是石头，这样比较好。"鬼师傅搓了搓手暗自高兴起来。

我不解地问："那有什么好的，毫无生机的一个死洞，连苔藓都不长，除了石头就是石头，真是鸟不拉屎的地方。"

鬼师傅嘿嘿一笑，不过还是没忘记用牵马的手去挠右小腿，说："这么简单都不懂吗，没有那些动植物啥的不是免除了危险吗，这要是有些毒蛇啥的，看不到踩上一脚，不是毒死就是残废。"

"不长苔藓也不能证明里面没有毒物啊，没准正因为有毒虫才导致植物不能生长呢。对了，鬼大哥你这么大个人，还在江湖里走南闯北了那么多年，你还怕蛇啊，我还以为什么厉害的东西呢，跟着我走，就是有蛇也得绕道，嘿嘿。"我神气地说道。

就这样大约走了两三个时辰，越往洞的深处走里面的空间越大，估摸现在的洞径得有十米左右了，洞顶的岩石也越来越突兀，奇形怪状，让人浮想联翩，好像是黑暗里面的妖魔鬼怪在火把照射的光里时隐时现。

正在这时，前方又停了下来，不知又发生了什么状况，难道是那四个歹人又藏匿在这骷髅洞中再次要买路钱？我把牵马绳交给鬼师傅，穿过众人来到前面。

原来是狼孩蹲在地上，狼孩的眼睛在黑暗中像猫眼一样泛着亮光。

我大哥微皱眉头，看着地面正在思索什么。

我举着火把近前一看，地上散落着米粒大小的棕黑色粪便，还有一些血红红的粪便有黄豆大小。难不成是蝙蝠，米粒大小的粪便是蝙蝠的无疑，血红色黄豆大小的粪便不得而知。在未知的山洞里本身就存在诸多未知，如今又发现未知生物的粪便，大多生物对于人类是没有恶意的，那是在不危害它本身生命的情况下，俗话说兔子急了还咬人呢，还有就是大多数动物也有领地意识，如果不小心进入它们的领地，它们便会当作入侵者进行攻击。

　　"大家原地休息下，因为前面出现岔口了，我要和狼孩去看看怎么走。"我大哥指着不远处的岔口，瞪大眼睛朝我们说道。

　　我把火把往前探了探，果然，前方丈许的地方出现两个岔口，狼孩站起身后，想了想又蹲下捡了不少动物粪便揉搓起来，然后示意我和我大哥也照做。

　　"对，这点我倒是忘了，在深山荒野中把一些动物粪涂抹在身上，一来遮蔽人身上的体味，二来可以让一些动物误以为我们是它们的同伴而以防攻击。"我大哥把全身上下快速地涂抹了些，然后起身小心翼翼地走到岔口处。我大哥把火把挪在右边的洞口处，火苗逐渐稳定下来，跳也不跳，随后又把火把挪在左边的洞口处，火苗来回摇曳几下便开始倾斜倒向我们，"好了，可以确认选择这边，回去叫大家先等一会儿，我和狼孩先去前面探探路，你们在我俩没回来之前千万不要乱走，必须确认下这究竟是什么动物的粪便，我和狼孩两人行动轻便，省得众人惊扰了潜在洞里面的动物造成不必要的麻烦。记住，一定要等我们回来再行动。"说完，我大哥和狼孩举着火把往左边洞口的深处走去，随着他们的走远，黑暗吞没了他们的身影。

　　我退了回来把我大哥的话交代了一遍，并且让众人也涂抹粪便，"刚刚我大哥吩咐了下，大家乘此原地调整下，等会儿还要再赶一段路程，大家把地上的粪便涂抹些遮挡自己的体味。"我说完话大家都没有动静，看样子不愿意涂抹粪便。我看了看卓师傅，心想：看我年纪小，不把我当回事。

蓝眼睛的卓师傅看着我点了点头，然后随之吩咐了一下，大家伙儿才陆陆续续地涂抹动物粪便了，可是那个康老板动也不动一下。

齐地说："王老弟，正好我要去行个方便，你帮我牵下马。"说完，齐地把马绳交到我手里。

"齐二哥，千万不要走得太远啊。"我接过马绳说道。

"离远点方便，这洞里不太透气，别搞得大家骚气熏天的。"鬼师傅的声音从后面传来，这鬼师傅啥事情都操心。

"管天管地，你管得了老子拉屎放屁，老鬼，你是不是别的地方不痒，嘴痒痒啊，等会儿老子抽你几巴掌就老实了。"齐地扭回头用手指着后面愤愤地说。

"你们就不能安静一点吗，该方便的方便，哪儿那么多屁话，老鬼，你要是再闲不住，到了迷雾岭就由你一个人挖地宫。"卓师傅甩下一句狠话。

只听鬼师傅连说了两句："好，我管住我的嘴，我老实还不行么吗。"

我走至鬼师傅跟前，小声地问："鬼大哥，刚刚卓师傅说的什么挖地宫？"

鬼师傅听完后脸色微微一变，随后竖起抓痒的右手，伸出食指："嘘，别和我唠嗑了，你没听见吗，我都成了批斗的对象了，挖什么地宫？你听错了，是挖地龙，就是挖药材。"

"有动静。"卓师傅脸部肌肉抖动了一下，警惕地说了一句，我们立即竖起耳朵听了起来。

确实，洞的前方传来密集的"噗噗"声，正在大家专注于这个声音时，一声揪心的惨叫吓得众人一跳，险些脱手扔了火把。那声惨叫来自于前方右面的山洞里，应该是齐地的声音。

"老二，老二。"齐天焦急地喊了起来，头顶的肉瘤在火光下又红又亮。

"先不要出声，齐天、王老弟，你们两个随我去看看出了什么事，闯子、老鬼你们在原地看护好康老板和齐人。"蓝眼睛的卓师傅分派好后解开盘在腰间的软鞭。

"卓师傅，让我也去吧，我的伤没什么大碍了，我们齐家兄弟向来都是不分开的，我要看看二哥到底咋样了才踏实。"齐人手持短棍走上前来央求道。

"好吧，大家要万分留意，遇到事情不能冒失前进，要等我吩咐。"卓师傅再三强调了一番，蓝眼珠扫视了每一个人，那眼光仿佛再次强调一番。

齐天找兄弟心切，"好的，一切听卓师傅安排。"

我谨慎地说："骷髅洞里面多少年无人问津，谁也不知里面藏着什么，我看我们还是小心为妙。"

我们四人卓师傅排在首位，负责前方带路及相关令行禁止，齐天负责左首，齐人负责右首，我押后但不是负责后面而是负责察看洞顶的情况。这边的山洞也很深，大概走了半个钟头，密集的"噗噗"声越来越近，而齐地却没有再次发出任何声响。

"咦，脚底下的石头怎么会动，难道是我的错觉？"我疑惑着看着火光下的石头，好像它们像老鼠一样爬动着，难道是影子？

"只不过是些破石头，又不会吃人，别疑神疑鬼的，快点走。"齐天烦躁地说。

我少年气盛，登时站在原地不走了，"谁说石头不会吃人了，在深山老林里要时刻谨慎提防是没错的，要知道听向导的话，我是你们的向导，你们不懂得尊重的话，我没必要跟你们走在一起。"

"你个……"齐天扬起短棍，额头的肉瘤红得可怕。

卓师傅的蓝眼睛冒着寒光注视着我们，让人不寒而栗，"都给我安静下来，难道忘记我说的话了吗？"

鬼师傅话还未说完，从地上蹦起了一个石头，咬住了齐天的肚子，"奶奶的，什么鬼东西。"齐天惊恐地摇晃身子，想把石头抖落下去。可是石头紧紧地咬住不放，齐天气得用齐眉棍砸了几下，依旧没有效果。

我试着用火把靠近咬人的石头，只听"扑哧"一声，石头裂开，喷出一股液体喷溅到四人身上，我用手挡住眼睛，但是鼻头上感觉火辣辣的，用手擦时感觉和蜡油一样油腻腻的。

"看来石头还真会咬人啊，不过它们怕火把、怕热，大家用火把小心防护好自己。走，我们继续走。"卓师傅命令道。

齐天和齐人各自松了一口气，齐天看着我有些不好意思，小声说了句："王老弟，刚才我对你说的话向你赔不是，谢谢你刚才救了我。"

"没关系，我们走吧，可要小心石头啊。"我举着火把边走边说。

吸血鬼蝠

走着走着，突然头顶上"噗噗"响起，而且还掠过一阵风。

"上面有东西。"刚刚有几个黑影迅速地从上面飞过去了，我们把火把同时往上举了起来，头顶上怪石嶙峋，让人压抑。此时声音又突然消失了，除了石头别无他物，在这种气氛下更显得诡异。

齐天问道："不会又是吃人的石头吧，那么大、那么多，我们可不好对付啊。"

"可能是寄居这里面的几只鸟，也可能是蝙蝠吧。"卓师傅嘘了一口气说道。

"哈哈，嘿嘿。"前方传来了齐地的笑声，笑声虽然有些不对劲，但是齐天和齐人还是能确定是自己兄弟的声音。

"是老二，卓师傅，老二在那里。"齐天有些激动，便想快步上前去。

"对，是二哥的声音。"齐人也要上前去找齐地。

卓师傅把手往前一横，蓝眼睛冒着寒光，"齐家兄弟不要鲁莽，我感觉有些不对劲儿，大家要万分留意，不要急躁。"

前方的火光越来越近，笑声却突然停了，卓师傅轻轻地喊了下：

"齐地，是你吗？"

火光下一人衣服破烂，全身血迹斑斑。此人背对着我们望着洞顶，我们也朝洞顶看去，岩壁上面垂吊着数百只蝙蝠，那些蝙蝠都用羽翼包裹着身体，乍一看如枯败的树叶随风摇曳。正在我们聚精会神地看那蝙蝠时，猛然间，几乎是所有的蝙蝠把羽翼展开，那些蝙蝠的眼睛居然在火光的映照下闪着蓝幽幽的光芒看着我们。最令人想不到的是，那蝙蝠的嘴巴竟然都长得又尖又长，和啄木鸟差不多。

"这些蝙蝠并非善类，大家马上撤出这个山洞。"卓师傅扭过头对我们说，他脸上开始冒汗。

"老二，快走，快走啊。"齐天又喊起了齐地，齐天和齐人仍不愿往回走，因为兄弟就在眼前。

头上那些蝙蝠已经开始扇动羽翼，我能感觉到被它们拂动而起的寒风，让人鸡皮疙瘩顿起，密集的"噗噗"声越来越大。

卓师傅的蓝眼睛阴森森地瞪着齐天，着急地命令道："别管了，再不走就来不急了，快走。"

"呵呵，嘿嘿，走，不要走，都不要走。"齐地阴森森地笑着，慢慢转过身来，两只眼睛血红，额头上的肉瘤宛如一朵血骨朵，往外渗着血，用一种诡异的眼光看着我们，左手不知握着什么，"来，看看我拿到什么了，我拿到了你们要的东西，哈哈，我拿到了。"

"二哥，怎么了，你全身的伤口是怎么回事？"齐人关心地问道。

卓师傅失声地问道："什么，齐地，你拿到了，你拿到什么了？"然后卓师傅又摇摇头，"不可能，不可能在这里。"

齐地左手把火把往前一探，神神秘秘地伸出来，"哈哈，你们看看这是什么。"说完把握着的手展开，一只通体血红的蝙蝠正趴在齐地的手心里，尖尖的嘴巴深深地扎了进去，享受着鲜血。

众人都是一惊，惊的是会吸血的蝙蝠，更惊的是齐地是不是疯了，居然让蝙蝠吸血。

更让人想不到的事情发生了，齐地突然面部变得凶狠狰狞起来，张开嘴巴咬住那只吸血的蝙蝠，不知是蝙蝠的血还是齐地的血喷溅了齐地一脸，此时齐地就如地狱里面的恶魔一样。齐地吃着吸血蝙蝠，用舌头舔着嘴边的鲜血，眼睛贪婪地看着我们。

"他疯了，大家快走。"卓师傅连往后退，呼喝众人。

此时那些蝙蝠也开始环绕着我们周围飞来飞去，或许对我们的火把有所忌讳，暂时还不敢近前。我们四人所组成的阵形是环绕型的，前后左右攻守兼备。不过我们也不敢大意，掏出各自的武器防着吸血蝙蝠，看来齐地身上的伤口都是吸血蝙蝠咬的，我们可不想也被咬成那样。

此时齐地也步步紧逼，我们不敢乱了阵形去跑，因为我们知道在这黑洞里，我们的速度肯定比不过那些吸血蝙蝠，这里是它们的王国，我们要是落了单后果就不可想象。齐地离我们越来越近，他掏出短棍凶狠地朝前面的卓师傅砸去，卓师傅的软鞭也不是吃素的，如灵蛇一样缠住了齐地的短棍，然后借着巧劲把齐地的短棍甩飞了出去。卓师傅腿也不闲着，扫了齐地的下盘，齐地站立不稳，摔在地上，脸上沾了好多泥土又迅速地站立起来。卓师傅随后又或摔或打的，把齐地一次次弄倒在地上，可是齐地不管打或伤都如没感觉一样继续起来。

我们三人还得用武器或火把驱赶四周的蝙蝠，不敢分太多心去帮助卓师傅，可是卓师傅已经气喘吁吁了，看来再这样下去没多长时间卓师傅的体力就会耗没。

正在此时，齐人痛苦地喊了一下："啊，好痛。"只见齐人的短棍掉在地上。

"老三，你左臂的伤口崩裂了，不要乱动了。"齐天边说边护着齐人，看着齐人流血的左臂，齐天无可奈何地叹了一声"唉。"

我的七星杆打落了十多只吸血的蝙蝠，心里正暗自感谢僧丐老师傅传授的打法，看来人有一技真是能防身保命啊。

卓师傅再一次把齐地踹倒以后，齐地变得更加疯狂，他在地面上捡起一只只被我们打落的吸血蝙蝠吃进去，然后站立起来，拿着火把对着我们猛然一吹，一条巨大的火龙喷了过来。

我们四人几乎是同时向后卧倒，险些被火龙喷到，但是不知是谁的衣服被烧到一些，一股烧焦的味道刺鼻而来。

齐地的火龙又迅速地喷了过来，此时我们四人还未从地面上爬起来，只好往旁边顺势一滚，好在那些吸血蝙蝠也怕火龙，一时半会儿不敢上前攻击我们。

"齐家老二真是中邪了，他想要我们的命吗？"蓝眼睛的卓师傅吼道，可是语气中带着惊恐。

"老二，你，唉！"齐天愤愤地用拳头砸起了地面，然后解开系在腰间的一个袋子扔给我，狠下心来说："王老弟，只能用这办法了，我下不去手，你来吧。"

原来齐天想用袋子罩住齐地，可是毕竟是自己兄弟，他下不去手。我接住袋子，二话不说，瞄准机会准备罩住齐地，此时卓师傅也心领神会，挑逗着齐地，把注意力引向他那边，看那齐地再次张口对起卓师傅的时候，我迅速跃起把袋子抛向齐地的头部。只见袋子刚好罩住齐地的头部，"呼"的一声，袋子被火龙烧炸了，灰飞烟灭的同时齐地全身都着火起来。全身燃火的齐地再加上他满脸的血污，世间没有比这更恐怖的了，齐地痛苦地挣扎着，胡乱地想要抓着什么。

齐天和齐人始终没有忍心去看齐地，自己的亲人中邪发疯，又活活地被烧死，不过还不是他们伤心的时候，那些吸血蝙蝠正冲着他们哥儿俩飞去。

"齐大哥，注意那些鬼东西，快拿起火把。"我赶紧提醒道。

齐天这才回过神来，把火把举起朝四周晃了晃，那些吸血蝙蝠这才旋转而回。齐地倒在地面上不再动弹，已经完完全全成了黑炭人，身上的火苗逐渐微弱，最后消失在黑暗里。

"大家还组成原先的阵形往后退，我们的火把坚持不了太长时间了，必须赶快回到队伍处换新的火把。"卓师傅看着我们手中燃烧殆尽的木棍有些焦急和担忧。

"是啊，这些鬼蝙蝠现在还是少数，没准过会儿会有更多呢，大家快点撤到我和狼孩的后面，狼孩给你们准备了新的火把。"我大哥的声音从背后传来，让人为之一振。

我也回过头看去，正是我大哥和狼孩朝我们这边快速迎来，狼孩的手里拿着四个火把，我大哥左手里也拿了两个火把，而且右手还把雄黄酒也拎了过来。

卓师傅接过火把，兴奋地说："两位兄弟来得真是及时啊，我们正是命悬一线的时刻，这些鬼东西真是太可恶啦。"

"是啊，真没想到你们会招惹它们，我不是说过在我们没回来之前不要乱走么，看来真不把我们这向导当回事儿啊，还有，王二愣，你也把大哥的话当成耳边风了吗？"我大哥很是生气，大眼睛瞪得和张飞似的。

"大哥，我……"我正要解释，数十只吸血蝙蝠朝我们冲来。

我大哥猛地含起一大口雄黄酒，对着冲来的吸血蝙蝠就是一喷，火龙的威力果然很厉害，有十几只吸血蝙蝠被裹进火龙后就掉在地上"滋滋"地燃烧起来，剩下的还有几只虽然没被火龙喷到，但是刺鼻的雄黄酒可能是它们的克星，它们被熏得找不到方向，"咚咚"地撞在洞壁的岩石上。

"应该能坚持一段时间拖延它们，我再多喷点雄黄火龙。"我大哥喷了大半坛的雄黄酒下去，洞里空气不太流通，厚重的雄黄酒味逼退了吸血蝙蝠，估计都飞回到里面去了。

我大哥长长地吁了口气，看着我们几人纳闷地问道："怎么还差一人？"

齐天想要取回齐地的尸体，"我二弟还在里面躺着，我要去把他带回来。"

"你疯了吗，齐地已经死了，那些鬼东西就在里面，你去送死吗？"卓师傅拉着齐天质问。

我大哥一愣，眼皮抖了几下，"怎么，齐家老二已经？"

我点了点头，"是的，被那些鬼东西咬了，他变成另一个人似的，还发了疯似的要杀我们。"

"大家快走吧，另一边的山洞是出路，这里不是久留之地，雄黄酒味不知什么时候会散尽，那时我们又会麻烦的。"我大哥边说边带着众人退回到会合处。

鬼师傅看到我们回来，自讨没趣地问道："你们东逛逛西溜溜的倒是寻乐子去了，我们在这儿憋屈着，唉？那个，那个齐地去哪儿鬼混了？"鬼师傅还像模像样地在我们前后找找看看的。

齐天忍不住怒火，一个巴掌轮了过去，"啪"的一声打在鬼师傅的脸颊上，"老鬼，你还我二弟的命来。"齐天一巴掌把鬼师傅轮倒在地之后提着棍子就要去砸鬼师傅，以齐天现在毫无理智的状态是要砸死鬼师傅。

康老板厉声喊道："闹够了没有。"

闯子同时一掌推开了齐天，把两人隔开，随即说道："你们不把康老板放在眼里了吗？"

齐人扶住差点摔倒的齐天，看了看脸色难看的康老板，赶紧道歉："对不起，康老板，我大哥是伤心难过失了心智，您千万不要怪罪，我劝劝他就好了。"

鬼师傅捂着水肿起来的右脸，吐出一口血水，"康老板，您做主啊，我招谁惹谁了？"

卓师傅蓝眼睛一瞪，"还不闭嘴，我看把你去喂那些鬼蝙蝠正合适。"

鬼师傅抖了抖身上的泥土，退至一旁不再言语。

卓师傅这才把刚才的事情跟康老板粗略地讲了一通，讲到吸血蝙蝠时众人都朝那边的岔口看去，看来吸血蝙蝠带给众人的阴影还未散去。

"大家边走边说吧，现在不是停留的时候，也不是停留的地点。"我大哥看了看前面的洞口，又看了看回去的路，好像有话要说。

我体会到大哥想要劝大家走回头路的心思，不过依大哥的性格肯定是不会主动说出来的，只要康老板他们不开口，我大哥也不会提出来。

"那不是普通的蝙蝠吗，怎么又吸血又咬人的？还有，齐地究竟咋回事，他怎么会做出那么怪异的举动来？"闯子直言直语地问，他是个豪爽粗犷的人，听到这样的事情有点不太相信，所以要问个明白。

我大哥摇摇头，指着黑暗的山洞说："这个骷髅洞有好多恐怖的传说秘闻，今天算是见识了，它们说骷髅洞里面有吃人不吐骨头的妖怪，有吸血食肉的鬼差。我们寨里有位过世的老人在我们小时候曾经给我们讲过鬼蝙蝠的故事，说这鬼蝙蝠有长长的嘴巴，吸食人血，然后被吸食过血的人会中邪，受那鬼蝙蝠的控制去祸害人们。我想我们今天碰到的就是那个老人说的鬼蝙蝠，它们并不是普通的蝙蝠，它们的体内定有麻醉类的毒素，人们被它们伤到肯定是中了这种毒素，产生了幻觉，就是糊涂了。"

卓师傅听完后点了点头，"怪不得齐地发疯不说，被我打到伤到都不感觉疼痛和疲惫呢，原来中了鬼蝙蝠毒还有麻醉的效果啊。可是，难道那鬼蝙蝠还能让齐地变戏法不成，给他变出火龙来对付我们？"

"哪里是变戏法，可能是这些蝙蝠体内含有大量的致燃成分吧，就跟我的酒似的遇到火就易燃烧。"我大哥说完带着众人朝前走去。

鬼师傅又挠起了小腿，指指前面，"我是想确认下，这边会不会跟那边的状况一样呢，还有你们说的那个鬼蝙蝠？"

"我和狼孩走了很远，一是洞里面空气流动很大，说明离出口应该不会太远了，二是并没有发现鬼蝙蝠的粪便。"我大哥分析道。

卓师傅吩咐大家紧跟着我大哥和狼孩的后面前进，"大家再快赶个把时辰，我们要远离这处是非之地。"

黑白水潭

我和鬼师傅负责押后，齐天和齐人跟在我大哥和狼孩的后面，暂时把鬼师傅与齐家兄弟隔开以免再发生争执。这一段行程特别静，因为我们要警惕鬼蝙蝠的动静，所以每个人都绷紧了神经，大概又走了一个时辰，我感觉大腿越来越不听使唤了，大家的速度也慢了下来。

"我们进洞到现在已经有大半天了，估计现在已经到了晚上，鬼蝙蝠也没有跟来，是不是也该歇歇了。"鬼师傅上气不接下气地说，三角眼眯缝着想些什么。

"确实已经到了晚上，但我想大家宁愿多赶些路程出去也不愿在这里面睡觉了吧，我怕在这里面一睡不醒。"我大哥冷声说道。

康老板可能也累垮了，水晶鼻烟斗插在嘴里猛吸两口，说道："王兄弟，我看大家确实太累了，就让大家喘息片刻，吃点东西喝点水，补充下体力，要不然走不了多远的。"

"既然康老板说话了，那就喘息片刻补充下体力，大家抓紧时间，是片刻。"我大哥边说边从马袋里掏出水袋大口大口地喝了起来。

众人也纷纷拿出水袋和吃的狼狈地吃喝，我这才感觉到什么是美味，清水和干粮吃起来让整个人都兴奋起来，那一番折腾消耗了大量的体力，我瞬间想到了什么才是幸福，这就是幸福，只是太简单的东西往往不被人在意，而一直想着追求别样的物质生活。

鬼师傅"咕咚咕咚"喝了大半袋的水，喝完之后还把水往小腿上浇洒，好像很是享受。

"鬼大哥，可不能这样浪费啊，大家的水都是分配好量的，虽然咱们周边可能有好多水源补充，但不知什么时候才能遇到水源呢。"我说完上去准备抢鬼师傅的水袋，对他的浪费行为很是生气。

鬼师傅把水袋往旁边一躲，嘿嘿笑了起来，"凉快多了，喝饱了吧，水有的是，你没听见水声吗？"鬼师傅笑着做出侧耳去听什么动静的姿势，而且看起来很享受，有些怪异。

而此时我们身边的马匹开始狂躁不安起来，嘴里嘶叫不止，我的耳膜都被马叫声震得耳鸣了。

看着卓师傅嘴型不停说着什么，但是我暂时都听不到了，估计卓师傅又在用御马术。果然，那些马逐渐恢复了平静，我揉了揉耳膜，逐渐恢复了听觉。

大伙都摇了摇头，揉了揉耳朵，估计状况跟我差不多，都被震得耳鸣了。难道是有什么野兽临近了，让它们感到恐惧。

我大哥和狼孩在交流什么，狼孩眼神游移在那些马匹身上摇了摇头。

"可能是马匹也饿了渴了，确实是啊，我们在此大吃大喝的，可是马也和咱们一样需要吃喝呀，咱们是忽略了它们呢。"我说出了自己的想法。

我刚刚说完，只见鬼师傅扔掉火把，推开众人，朝前跑去，还高兴地喊着："水，水，哈哈。"人很快被黑暗吞没了，但是那声音还在不断地重复。

"又一个疯了，难道鬼师傅也中了鬼蝙蝠的毒吗？可是他并没有接触到鬼蝙蝠啊？"卓师傅皱起眉头说道，蓝眼珠来回晃动，想着事情。

"嘘！"狼孩示意大家安静，因为鬼师傅的声音停了，却听到轻微的"噼里啪啦"的翻水声，就好像在洞外的骷髅河里面蜻蜓冲进水里被水中鱼争相抢食而折腾水的声音，简直是太熟悉了，所以那个画面又清晰地出现在我的眼前。然后又听见"扑通"一声，像是什么大个东西跳进水里的声音，难道是鬼师傅跳水了。

更让大家意想不到的是，马匹们再次狂躁不安起来，那些马要挣脱我们跑出去，我的手被勒得火辣辣的，最终还是抵不过马匹的千斤力气，被迫松手。卓师傅的御马术也派不上用场，那些马匹根本不听使唤，我大哥、狼孩无奈松开马绳放任它们而去。卓师傅拉着康老板跳闪到一边躲过了马蹄的袭击，齐天和齐人把马绳都捆绑在了手腕上，被马拖着往前跑，齐天经过狼孩跟前时被狼孩用砍柴刀砍断马绳救了下来。齐人就没那么幸运了，被马拖进了黑暗中。我大哥和狼孩扶着齐天举起火把追了过去，只有闯子力气大还在跟马较劲儿，我也上来帮着闯子拽住马绳。那匹马见拗不过我们，竟然一头撞到洞壁的岩石上气绝身亡。

"这是怎么回事，马也中邪了？"闯子不可思议地自言自语。

我们用火把照了照四周，确信没有鬼蝙蝠的踪迹，那这究竟是怎么回事。闯子解开马匹背上的食物和水袋，担忧地说："如果那些马匹不见了踪迹，我们今后的给养就只能靠自己动手了。"

康老板指着前面，"快，跟上去，不能再出别的岔子了。"

我们四人拿着火把，掏出武器快步追了上去，经过了两个转角终于看到前面出现了几点火光，卓师傅喊道："前面是王兄弟吗，什么情况？"

"对，是我们，马匹全都跳进水潭里面去了，齐人受伤了。"我大哥回应道。

听到是我们的人回应，康老板就放心了，"好，我们也过去吧。"

我们来到我大哥跟前时，齐天正蹲在地上包扎着齐人头上的伤口，估计是刚才马匹慌乱之时拖拽齐人碰到了岩石上所伤。狼孩正拿着火把照射着水潭里面，那些马匹正在里面扑腾着。

这处山洞的空间相当广阔，光水潭的面积就有百十来平方米，而且水潭颇为怪异，水潭是不规则的椭圆形，中间部位被凸起的山石隔开成两个水潭，我们在边上看去犹如太极一般。就连水的颜色也非同寻常，马匹跳进去的水潭黝黑无比，另一半的水潭水却是晶莹透亮，再加上潭底的岩石好像如汉白玉一般，潭中许多寸许的小鱼也都半透明，几乎身体的内脏也能看到。

闯子拍拍自己的大脑，粗细不均的嗓音颤抖地说："我，我这不是在做梦吧，世间竟有如此他奶奶的玄幻景观啊，真他奶奶的和梦境一般，你看那太极水潭，还有那神奇的小鱼，都他奶奶的不是人待的地方。"

卓师傅的蓝眼睛瞄了瞄康老板，说了句："是人工的还是大自然的鬼斧神工，这种太极水潭却是没有听说过。"

正在大家赞叹太极水潭的奇特之时，狼孩急忙挥手令我们后退，我大哥也喊了声："水里有东西。"

只见那些在黑潭中的马匹身上长出许多黑色的线来，像蛇一样蜿蜒而出，密密麻麻的甚是恶心，水中开始沸腾起来，犹如煮开的水一样，在火光下，黑潭中伸出好多头发似的物体逐渐把水里面的马缠裹起来，最后缠裹成一个个粽子拉进水中。还有好多黑线向着潭外奔我们而来，齐天正在包扎齐人还未远离潭边，那黑线先是把齐人缠绕上，齐天的短棍打断了一部分，可是黑线数量众多，自己也差点被黑线缠绕上，我大哥和狼孩上前挥舞着砍柴刀拉着齐天后退。那些黑线先是把齐人也包裹成粽子，然后拉进黑水中。

"老三，不！"齐天痛苦地把短棍扔在地上哭号起来。

"这他奶奶的是什么怪物，太恶心了，难道是头发成精了？"闯子脸上的蚯蚓在抖动。

黑线越来越长，我们步步后退，此时后面又传来了"噗噗"声，鬼蝙蝠追来了，我们进退两难。

狼孩指着另一半水潭，我大哥点了点头，"大家快快跑到白水潭那边去，快点。"

众人跟在我大哥后面用火把和武器护着自己一股脑儿跑到白潭那面去，大家看着黑线并不追来，惊魂稍定。那些黑线只是守在我们进来的洞口处张牙舞爪似的，潭水中的黑线也是来回晃动着并不敢伸过中间的岩石，好像它们很害怕这边的白水潭似的。

数百只鬼蝙蝠飞了过来，却被守在洞口的黑线拉扯着拖进水中，然后就听到"噗噗"声逐渐消失了，看来鬼蝙蝠也很害怕这些黑线。

"我们暂时安全了，一物降一物，鬼蝙蝠怕黑线，不敢追过这处水潭，黑线又害怕挨着它的白水潭，我们就暂时躲在这边休息一晚吧。"我大哥坐下来擦去额头上的汗珠，和狼孩大眼瞪小眼起来。

蓝眼睛的卓师傅有些不安地说："跟这些怪物恶魔什么的做邻居，我们能待得踏实吗，我看还是再往前赶一段路吧。"

"大家还是暂时待在此处为妙，大家的精神状况太差了，往前走去体力上也支撑不住了，这种情况下我们一来警惕性几乎丧失，二来根本没什么战斗力了，再碰上什么意外，大家都得葬身于此了。"我大哥趴下去喝了几口白潭中的水解渴，分析了此时的情况。

康老板拔出烟嘴，打量了四周，点了点头，"嗯，卓师傅，一切就听从王兄弟的安排吧。"

闯子也趴下喝起水来，喝完之后抖了抖精神，赞许道："哇，他奶奶的水好甜，好喝，真他奶奶的痛快。"

"这水不会有毒吧，跟那个黑潭离得如此之近，而且那黑线看着也太恶心了，世间竟有如此邪物，让人敬畏啊。"卓师傅朝着黑潭望去，连连摇头叹息。

"我想起来了，那黑线，鬼师傅在骷髅河中捉鱼的时候不是说被河水中什么水鬼拉扯吗，他上岸的时候小腿上抽出五条黑线来，当时还以为是水草，而且他平时总是挠挠这儿挠挠那儿的，但是自从小腿抽出黑线之后他就老挠着小腿。还有我们那些马匹，它们不敢下水是不是怕水里面有什么东西而并不是怕凉？我们在进洞之前，我发现好多蜻蜓跳进水里，水中好像就有黑线而且还有鱼。"我一拍大腿把所有的可疑之处全部联系起来。

"这么说来，鬼师傅在骷髅河里面一定是让黑线袭击并有黑线钻进他的体内，还有那些马匹过河之时也被黑线钻进了体内，这些黑线听到了水声或是感知到了附近有水源，便控制着鬼师傅和马匹跑到这黑水潭处。黑线究竟是什么，他们就像是地狱里面的恶魔，把人无情地吞噬。"我大哥叹了口气躺在地面上，"狼孩，你先守片刻，待会儿我换你。"

闯子和康老板也坐在地面上互相靠着闭起了双眼，卓师傅坐着打禅也眯了起来，齐天早就因为心力交瘁昏睡了过去，我躺在地上却睡不着，大脑一片混乱。

我睡着睡着突然感觉手被冰冷的东西刺了一下，我睁开双眼只见无数条黑线朝我压了过来，而我想动手去挡住自己的脸却抬不起来。

"嘘，别动。"耳边传来我大哥熟悉的声音。

不知何时，火把都熄灭了，眼前处于一片黑暗之中，听见火石摩擦的声音，随后我大哥点了火把照了过来，"刚刚睡在你旁边，听见你说梦话还胡乱地推我，这才按住你的手。"我大哥拍了拍我说，然后轻声叫了一下："狼孩？"

并没有人回应，我大哥点起我的火把，我们朝四处看了下，狼孩不知去向，而康老板和卓师傅也消失不见了。闯子和齐天躺在地上打着呼噜，睡得很沉。黑水潭那些黑线不知何时也没了动静，好像全回到了水中。

　　"狼孩呢，还有卓师傅和康老板哪里去了？"我疑惑地问道。

潭底鱼棺

我指指睡觉的闯子和齐天，"用不用把他们叫醒，去找人？"

我大哥摇摇头，"让他们休息吧，仔细听，是不是有人说话。"

"大哥，我也听到了，好像就从前面白水潭的地面上传出来的。"我听到断断续续的说话声，分明是从地面上传出来的，而地面上黑乎乎的根本没有人。

我大哥拿着砍柴刀招呼我，瞪着个眼睛冷哼一声："走，上前去看个究竟，我就不信还真有鬼不成。"

待我们走到发声的地面时，用火把照了过去才发现那是一处斜着通往地下的洞穴，由于紧靠着白水潭，看着方向应该是通往潭底的。洞穴离我们如此近，我们竟然没有发现，也难怪，洞穴就在黑乎乎的地面上，而我们的火把当时也没有仔细照到这边。

"看来他们应该在洞底，走，咱们也下去看看。"我大哥带头走在前面。

显然洞穴是人工开凿修葺的，因为这个洞穴形状规则，上下左右的洞壁也打磨得十分圆滑，我们脚下的台阶也是汉白玉的，通道两侧的壁石上出现了好多雕刻的图案，或是线条或是大小不同形态各异的鱼状物。

声音越来越大，可以听出大体是康老板的声音，我和我大哥顾不得去研究石壁上的图案，快步走向里面，转过一处小拐角，里面空间也开阔起来。只见里面灯火通明，康老板和卓师傅正围着中间一处鱼形石棺前笑谈着什么，看到我和我大哥突然出现，两人神色一变。

康老板拿起水晶鼻烟嘴往嘴里一放，嘿嘿笑道："两位兄弟也醒了啊，我和卓师傅起来方便的时候发现了这个洞口，当时看你们熟睡也没打扰你们，这就下来看看，还真奇怪，这里竟然是一处墓穴，你们快过来看看，这汉白玉的石棺怪不怪？"

我和我大哥走上前去，一个长约三米左右的汉白玉鱼形石棺横放在地面上，石棺上刻满了鱼纹状线条，奇怪的是鱼头部位并没有雕刻鱼眼。

卓师傅指着石棺上的鱼纹状线条兴奋地说："看到没有，这是石体本身泛出的水印，就是汗线，而不是人工雕刻出来的，这种汉白玉是极品中的极品，想想这几年我跟开采、加工汉白玉的大理老板也鉴赏了上百种汉白玉石，其中不乏上等品，但在这块汉白玉鱼形石棺面前都微不足道。"

对于汉白玉石虽然不是很专业，但是那几年我们盛行开采大理石，我们哥儿俩也曾靠着寻找汉白玉石糊口过两年时间，后来战乱纷争，那些开采、加工的资本家跑路的跑路，打倒的打倒，我们等着分田地回家过安稳日子。所以，凭感觉还是分得出汉白玉石的好坏，鱼形石棺上的条纹细腻柔软，宛如要出汗一般。

"对了，狼孩没和你们在一起吗？"我大哥问道。

"没有看见啊，我们起来方便的时候就黑乎乎的，是不是他去前面探路了呢？"卓师傅回答，好像也很纳闷。

不仅鱼形石棺，这处墓穴更为奇特。墓穴的形状和鱼形石棺是一个样子，墓穴顶部就是白水潭处，因为水潭底的汉白玉石就是这墓穴洞顶。

"康老板，您说说这石棺里面究竟是什么样的人物呢？"卓师傅轻手抚摸着汉白玉的鱼棺问道。

"还真看不出来，你要说是大人物吧，墓葬还并不是太大，而且也没有什么标志性的东西或相关的陪葬品。墓穴倒是挺神秘的，很像是古代的一些神秘教派或组织人物的墓穴。"康老板分析道，然后指着鱼形石棺，"恐怕谜底就在石棺内，我们打开瞧瞧便知。"

"康老板、卓师傅，我看我们还是出去吧，这里又不会有什么宝贝，我想我们应该对死者或未知事物保存一些敬畏之心。"我也不知道为什么要说这句话。

"王老弟，你是不是害怕打开石棺后看到里面的东西，死人没啥可怕的，我们大老远的经过了生死考验，好不容易发现这种神秘的石棺，要再不一看究竟，是不是心有不甘呢？"卓师傅拍拍石棺说道。

"我们从来没怕过什么，来，我们一起开开眼界，看看里面究竟有什么？"我大哥把火把斜靠在一旁，挽起袖口，上前就要去推棺盖。

"这才是王老弟的性格嘛，是条汉子。"康老板坏笑着夸赞道。

合三人之力去推那棺盖，竟然纹丝不动，卓师傅擦拭着额头上的汗珠说："看样子就是再多十个八个人也弄不动啊，要不要找东西把它砸开。"

康老板摇了摇头，拿起火把照了照石棺，又去四周的墙壁上观看起上面的图案，过了一会儿嘿嘿笑了起来，"有了，哈哈，原来秘诀就是上面白水潭中的鱼，兄弟们，你们快去抓些白水潭中透明的小鱼来，越多越好。"

"鱼？"卓师傅看了看石棺，又看了看康老板。

"对，回来再和你们解释。"康老板神秘地说，"顺便把闯子他们叫醒，一起多抓些小鱼吧。"康老板在我们快要出去的时候又说道。

难道那些小鱼能开启如此之重的石棺，康老板还会用什么法术不成？我心想。

到了洞外，叫醒了熟睡中的闯子和齐天，狼孩并没有回来，不知会不会出现什么意外。

"抓鱼？"闯子丈二和尚摸不着头脑。

"是的，越多越好，赶紧的吧。"卓师傅命令道，不耐烦起来。

我们四人走进白水潭中，冰冷的潭水让人直打激灵，好在边上的水并不深，没入膝盖，潭水中的小鱼也是密密麻麻，而且根本不怕我们。与这种小鱼接触得如此之近才发现它们都没有眼睛，嘴边长着短短的胡须，身体呈半透明状，体内的液体微微流动。更为奇异的是潭水如此冰冷，鱼身摸起来暖暖的，我们随手一捞就能抓住，我们把捞起的小鱼放进布袋子里面。不一会儿，我们共抓了半袋子的小鱼，众人都耐不住潭水的寒冷，打着哆嗦上了岸，然后奔向墓穴中。

"原来这里还有个洞啊，他奶奶的那叫什么来着，对，别有洞天，你们什么时候发现的？"闯子跟在后面好奇地问道。

"别说那么多废话了，大家看看康老板怎么开棺吧。"卓师傅小声地说道。

我们走近墓穴，康老板正在石棺边研究，见我们来了，大嘴一张，笑着问："怎么样，小鱼抓来了没有？"

卓师傅把半袋子鱼交给康老板，"不知够不够，潭水太凉，我们都耐寒不住了。"

"够了，大家再帮个忙，把这些小鱼用刀把肚子划开，它体内的液体倒在汗线处。"康老板边说边拿起一条小鱼，掏出一个匕首轻轻一划，便把鱼肚割开，然后鱼肚冲着石棺上面的汗线处滴出小股液体，只见汗线愈来愈深，原来是被鱼滴出的液体融化所致。

众人都被这种神秘的现象所吸引，拿起小鱼，纷纷效仿起来，我有些不忍，便没有动手，在一旁默默地为那些鱼儿们叹息。

不大一会儿，石棺上面一条又一条的石缝出现了，康老板在上面轻轻一敲，石棺盖"咔咔"断裂了下去，"扑通扑通"的落水声。

鱼棺中竟然存满了水，掉落下来的石棺盖沉入石棺里，把石棺里面的水都漾出好大一片，依稀看到水中泡着一具骷髅。石棺盖好多都压在了骷髅上，石棺里面还有什么就看不太清楚了。

"大家伙动动手，把断裂的碎石拿出来，看看石棺中有没有宝物和其他的什么？"康老板看着打开的石棺兴奋地吩咐道。

闯子二话不说，抡起胳膊就捞起了碎石，"这水他奶奶的好像还挺热乎，比潭水好多了。"闯子伸入石棺中说道。

我大哥和齐天也帮忙捞起了碎石，"确实是，手在这水里感觉全身都舒服了呢，刚刚在潭水中冻僵的血脉又活动开了。"我大哥脸色红润了不少，大眼睛忽闪忽闪地透着兴奋。

康老板听到石棺中的水还有如此疗效，也伸进去试试，点头称赞道："果然，神了，真是太神了。"

等把碎石都清理干净了，这才发现石棺中就这一个骷髅，骷髅的胸骨处藏着一个石匣子，骷髅头上刻着符文。此外，别无他物。

看到骷髅头上面的符文时，我大哥也是一愣，瞳孔收缩，"那个符文，怎么会如此的像？"

康老板命闯子取出骷髅胸骨处的石匣子，赞许地点了点头，失声脱口而出："果然，果然是它。"

闯子拍拍脑袋，不明所以，"康老板，是什么啊，是宝贝吗？"

康老板这才发觉自己有些失态，忙改口说："不是不是，我是说跟野史说的差不多一回事，刚刚又研究了墙壁上记载的那些图案，联系起来应该是死于汉武帝时期夜郎国的巫士方鱼。"

卓师傅补充道："汉朝初期滇、蜀一带被许多少数民族盘踞，建立了大大小小数多国家，其中便有一个夜郎国，汉武帝时期夜郎国深感汉朝的国力雄大，派使者纳贡，并愿意臣服汉朝。但是由于西南夷其他国家和首领争挑事端，还派遣众多巫蛊之士潜入汉朝兴风作浪。"

康老板点了点头，宛如一个学究给众人讲解道："是啊，当时巫术之风浸染汉都，下至黎民百姓，上至文武官员，甚而皇室太子、妃子都深信巫术，连武帝也被蛊惑其中。后来被善于政治斗争的江充利用，汉武帝发觉巫术之害时局面已经不好控制，大肆屠杀巫术和信巫之人，一时间，万人牵连进去，称为重大的历史事件'巫蛊案'。此案也是扑朔迷离，各有说辞，《容斋续笔》即云：'汉世巫蛊之祸，虽起于江充，然事会之来，盖有不可晓者。'而野史中传言此案的始作俑者便是夜郎国的巫士方鱼，说巫士方鱼有隔空取蛇、驱魔治病的特异本领，而夜郎国以推荐能人异士之名将其推荐给武帝，当时武帝都把他供养在汉都内，巫士方鱼的座下弟子更是受朝野官员和百姓的热捧。后来说巫士方鱼突然消失，留给武帝一封密信，武帝看了密信之后大发雷霆，这才发动了著名的'巫蛊案'。"

闯子摇摇头道："他奶奶的，看来迷信害死人哪。"

"后来巫士方鱼呢？"我大哥好奇地问道。

"后来，呵呵，后来他就躺在这里了呗。"康老板开着玩笑指着骷髅说，咧开的大嘴对骷髅头好像很有食欲。

"那他胸口的石匣子里面是什么啊？"我指着康老板手里面的石匣子问。

"巫术。"康老板红光满面，吧嗒着水晶鼻烟嘴说道。

看着康老板的大嘴奸邪地笑着，嘴里吐出的烟臭味让我有些恶心，我捏着鼻子不满地说道："既然是巫术，那就不要乱动，我们又不是巫师巫婆，这个东西都是有禁忌的，而且别人的东西我们更不应该乱动的。"

康老板冷哼了一声，说了一句："谁说我们动不得，只要是我们发现的就是我们的，我们的东西当然任由我们处理啦。"

见识巫术

我大哥盯着石匣子，脸色阴沉地说："康老板，那东西还是不拿的好吧，你也知道它对我们大家没好处。"

康老板摆摆手说道："这你就说错了，王兄弟，这巫术能行医看病，能驱鬼降魔，怎么说对大家没有好处。"

"巫术有什么厉害的，也让我们见识一下，谁知道那不是骗人的把式呢？"我年轻气盛，有些忍耐不住，想用激将法为难康老板，让他打消弄什么巫术的念头。

"好，呵呵，王老弟说得好，那就让大家见识一下什么是巫术，正好我也热热手。"康老板叼起水晶鼻烟嘴，用手轻轻拉开石匣子，取出一卷竹简书看了几眼，然后把竹简书放回石匣里，又把石匣放在地面上，自己双手推起了太极，嘴里神神叨叨地念着什么，突然间双手又像是朝空中抓着什么，大吼了声："出来吧。"一条白蛇出现在康老板的手里，那蛇还朝着众人吐着芯子。这一招弄得很是神秘，我们也看不清从哪里冒出来的白蛇。

卓师傅在一旁拍手称好，媚笑着恭维道："这就是传说中的隔空取蛇吗，好厉害。"

"不，这是隔空请仙，白蛇乃白仙，大家可不能亵渎神明。"康老板郑重其事地说着。

"真的假的，还白仙，说得挺邪乎的。"我小声嘀咕道。

卓师傅见我不信，像模像样地向众人讲起一件发生在他家乡的关于白蛇的事情："我们村北有个山脊，这个山脊的名字很奇怪，叫'白蛇洞梁'。小时候经常路过那里，跟一般的山脊比起来没什么特别的，而且这个'白蛇洞梁'太荒凉了，除了一些碎石和耐旱的山枣树外，别无他物，被太阳一照，那山脊白花花一片，好晃人眼呢。话说我们村有一个叫程蟠龙的大汉也曾亲眼见过那样的小白蛇，虽然程蟠龙已死，但是他媳妇是证人，当时的情况他媳妇是非常清楚的，这些都是他媳妇说给我们的，应该不假吧。程蟠龙死于河里，跳入河中就一去不复返了，并不是说程蟠龙是自杀投河，更不是说他在河里洗澡游泳溺水而亡，而是说程蟠龙是被白蛇缠上了。有人说程蟠龙的名字起得不好，被龙王给收了，但是我们亲眼所见程蟠龙确实是跳入河中被大水卷跑了的，而且死不见尸，确切地说是尸体可能被鱼虾王八吃了。"

"到底是怎么回事，他媳妇都看到了啥啊，他奶奶的听着真玄乎啊。"闯子插了一嘴。

"呵呵，是的。"卓师傅说起了程蟠龙的媳妇给村里人讲起的事情的经过：那年的夏天暴日荼毒着庄稼，程蟠龙看着打蔫的菜园再也坐不住了，拎着水桶挑起扁担就朝"白蛇洞梁"旁的水井而去。程蟠龙的媳妇用瓢舀水浇着菜，但是眼睛突然瞪大了，额头上的汗珠如雨点般滴答滴答掉进水桶里。

"妈了个巴子的，你这婆娘愣个啥子，老子还等着你快些泼完那水好去挑水呢。"程蟠龙扔下了用来扇凉快的破草帽，骂骂咧咧走到媳妇跟前。拍了拍还在发呆的媳妇，"婆婆妈妈的好不利索，还是老子一桶一桶泼了它吧。"程蟠龙抢起水桶就浇起了菜，水浇完了但水桶中掉落一物，正好落在程蟠龙露着大脚指头的胶皮鞋上。

"妈呀，这看着也太恶心了。"程蟠龙媳妇惊叫着捂起了双眼。

程蟠龙倒不以为意，抬起脚晃悠两下，把掉在鞋上的老蚧（蟾蜍）甩落到了地上。"妈了个巴子，这老蚧长得是有点儿瘆人，全身的疙瘩上冒白汁不说，白汁里咋还有血似的红点点？"程蟠龙看了看自己的破鞋，正面粘着黏糊糊的东西，这一看不要紧，程蟠龙眼睛都气红了，拿着扁担就朝老蚧打去，嘴里还骂着："你妈了个巴子的，在老子鞋上拉屎撒尿，你是活腻歪了。"

老蚧倒也不傻，知道犯了事没有好果子吃，在扁担还没抢过来的时候竟跳进菜地里去了。"弄脏老子的脚不说，还要糟蹋老子的菜，今儿老子不弄死你老子不姓程。"程蟠龙拿着扁担在菜园里追打着老蚧，本来一般的老蚧行动迟缓，可这老蚧相当敏捷不说，还很有头脑，专在那些大菜叶下蹦来钻去。一来借住菜叶阻挡程蟠龙的视线，二来程蟠龙下手有些犹豫，不能把菜给踩着或是打坏。

让人想不到的是老蚧跑到菜地另一面的坟后便消失不见了，程蟠龙呼哧呼哧喘着大气摸不着头脑。

程蟠龙媳妇跑了过来说："算了算了，别跟这破老蚧计较，看着就起鸡皮疙瘩。它呀是钻这坟里面去了，那不是有个老鼠洞？"

"你妈了个巴子的，老子说咋找不着你呢，跟老子玩躲猫猫，以为老子没长眼睛吗。"程蟠龙用脚踹了几下坟堆，毫无用处，但是依程蟠龙的倔脾气，算是和老蚧扛上了，虽然此处没有第三个人听程蟠龙说那个关于姓不姓程的话题，程蟠龙认为在媳妇面前整治不了一只蛤蟆太不是爷们儿了。于是程蟠龙想到一个妙招，水淹坟洞，要用水把老蚧灌出来。

这下可好，菜是不浇了，浇坟。程蟠龙媳妇苦口婆心地劝着："蟠龙啊，咱还是别整了，这样弄坟也犯忌讳啊。这水挑来怪辛苦的，还是好好浇菜吧。"

"别娘儿们叽叽的，老爷们儿的事儿少掺和，今儿不是它死就是我亡。妈个巴子的，我还就不如只蛤蟆了吗？"程蟠龙转眼都灌了十多桶水了，但是那个洞好像是个无底洞，老蚧仍然躲在坟洞里不出来，程蟠龙着魔一样不依不饶继续灌水。

只听"轰隆"一声，晴天来个响雷，与此同时，程蟠龙也掉进了齐腰深的坟窟窿里。可能是灌水的原因，坟洞下面的土质变得疏松起来，再加上程蟠龙正好在上面剧烈活动加上他的自重，以至于发生了坍塌。

程蟠龙的媳妇吓坏了，赶紧把程蟠龙拉了上来，看看有没有受伤什么的。还好，这坟洞不是太深，土质也很松软，程蟠龙体格也比较好，只是擦破了小腿肚上点皮肉，并无大碍。"妈了个巴子的，你跑，这回跑不了了吧，老子把洞弄开了看你还跑不。"程蟠龙推开在一边心疼的媳妇，又拿着扁担上坍塌的坟窟窿前找寻那老蚧去了。"嘿嘿，这回你可跑不了了吧，看我不整死你，嘿嘿。"程蟠龙阴冷的笑容看着格外不舒服，杵着扁担在坟窟窿里一进一出的，坟窟窿里还传来让人揪心的"吱吱"声。

这种声音让程蟠龙的媳妇起了鸡皮疙瘩，简直如遭罪一般，所以程蟠龙的媳妇捂着耳朵跑到远点的地方去了。而程蟠龙还在享受着报复的滋味，那种扭曲的笑容简直不是程蟠龙的笑，而更像另一张诡异的脸贴在程蟠龙的脸上。

过了好久，程蟠龙才解了恨，然后又兴奋地把坟窟窿填埋起来。夏天的脸说变就变，刚刚还大晴天的，这就乌云密布了，程蟠龙挑着扁担匆匆和媳妇赶回家去。程蟠龙突然笑着跟媳妇说："哈哈，老蚧死了吧，它还招惹我？跑到坟窟窿里又如何，还不是被白蛇缠上了，还不是被我打死了，一扁担打死两个，你说厉害不厉害？"

"轰隆"又一声响雷，闪电划破乌云，豆大的雨点砸了下来。下了整整一晚上的雨，第二天雨停了，村中街街道道都成了小河沟，村边的大河更是发了大水，奔腾的水声听得清清楚楚。下午村子大大小小老老少少都去大河边看热闹，每年发了大水，都有好多人去看，具体是看什么我也不知道。可能是去看洪水的壮观，可能是去看水中漂着的各种东西，也可能是看那些胆大的村民下水捞东西。程蟠龙是第一个下水捞东西的人，也是最后一个，因为他下水之后就被咆哮的洪水卷跑了，就再也没有人敢下水捞东西了。大家随着程蟠龙的媳妇跑了很远很远，直到跑不动了，蟠龙的媳妇一个劲儿地哭着说："造孽，造孽。"

　　"对啊，他被白蛇仙惩罚了，所以大家一定要敬重仙班和巫术，免遭不测啊。"康老板咧着大嘴，阴阳怪气地说着，话里有话。

　　我大哥嘿嘿笑道，眼睛一横："康老板，能不能让我这个山野村夫见识下白仙呢？"

　　康老板眼珠转了几转，咳了两声，"咳咳，那个白仙不想轻易见人呢，它要走了。"然后就见康老板朝空中挥了几下，白蛇从手里消失不见了。

　　闯子咽了口唾沫："这蛇说走就走啊，还真是他奶奶的神奇，我也想见识下白仙呢。"说完有点惋惜地叹了口气。

　　卓师傅的蓝眼睛瞄着众人，指着康老板："只要我们跟着康老板，今后还愁见识不着什么吗？呵呵，我们兄弟以后为康老板办事就有神明保护，大家想想是不是这回事？"

　　康老板自作谦虚地说："哪里哪里，还要靠大家齐心协力，我现在初看巫术，不能施法太多，只要大家忠心，这巫术我今后也会教大家一些的。"

　　"我们兄弟两个对什么巫术神仙的不感兴趣，康老板，您是找药材还是不找了，如果不找药材了，我们哥儿俩寻了狼孩就回山寨啦。"我大哥打断了康老板的话，直来直去地说道。

"王老弟真是性急啊，学巫术只是机缘巧合吗，咱们主要是冲着迷雾岭去的，采完药材，我就付给你们酬劳，然后咱们就胜利而归好不好？"康老板居然不生气，反而将就着我大哥。

这时墓道外面传来几声怪笑，像是人声，又像是猫叫，让人听了毛骨悚然。

卓师傅和康老板脸色大变，像是对这个声音深为忌惮，康老板急忙抱起石匣子，指着墓道处说道："墓道里有人，大家可要防御好。"

我和我大哥的第一反应是狼孩回来了，于是兴冲冲地跑过去，喊道："狼孩，是你吗？"只见有个影子消失在墓道的黑暗之中，如果是狼孩那么他为什么要跑呢？

"是人是鬼，咱们也要去见个真章啊，是人这样藏着掖着吓唬咱，爷要揍他，就是个鬼如此戏弄咱们，爷不能惯着他。"闯子也举着火把追了出来。

我们出了墓穴，四周一片黑洞洞的，黑水潭那处又"噼里啪啦"响了起来，看来我们吵吵嚷嚷的动静惊动了黑线怪物，而前方又传来了那个怪声。

"康老板，看起来是一个人。"卓师傅和齐天他们也跟了出来。

康老板指着前方，"好，本来咱们也要出去，那就追，看看是何方神圣？"

浓雾妖树

我们一路追寻着人影，那人好像要带我们去什么地方，离我们不远不近，总是离不开我们的视线。

也不知追了多长时间，前方突然出现了一束光晕，而那人就消失在光晕中。我们赶到前面才发现，原来这是山洞的出口，此时天已经亮了，但是山谷中晨雾颇浓，白茫茫的看不清楚事物，还不如处在山洞里面点着火把。我在浓雾里有种透不过气的感觉，而且雾气潮湿，头发上和脸上都挂了一层水珠。

"太好了，终于可以重见天日了，哈哈。"卓师傅爽朗地笑了起来。

我大哥说："我看大家还是暂时退回洞里，等浓雾散去再行动不迟，处在这样的浓雾中伸手不见五指，比漆黑的山洞还可怕，再有就是怕山里的瘴气也混在浓雾里，足可要人性命。"

听完我大哥说的话，大家又退回山洞，大家都用袖子擦拭着脸上的水珠，康老板护着石匣子，看着浓雾隐隐有一丝不安的表情。

"雾里有东西，你们看到没有，好像是齐人。"齐天说话有些哽咽。

卓师傅拍拍齐天的肩膀，"兄弟，你是伤心过度了，齐人被黑线怪物抓进黑水潭吃了，眼前只有白茫茫的雾气，哪有什么人？"

"真的，真的，我看到我兄弟了，老三，你等哥。"齐天神志不清地胡乱说着跑进浓雾中。

"齐天，快回来。"我大哥追过去伸手拉齐天，拽回来的是一手的雾气水珠，"我刚刚也看到雾里有东西，但不确定是什么？"

"难道真的是齐人，他还没有死？不，不可能啊，大家亲眼看着他被黑线怪物拉进了黑水潭的，难道，难道是鬼魂？"蓝眼睛的卓师傅不情愿地说出口。

正在这时，洞口的浓雾中又出现一人，是鬼师傅，他脸色煞白，目光凶狠，我说了声："鬼师傅，你，你没事吧？"

鬼师傅什么也没说，人又后退到浓雾中消失了。闯子也跟着磕磕巴巴地说："是，是老鬼，刚刚的样子他奶奶的有点不像人。"

康老板看着浓雾呆呆地问："老鬼，哪儿呢？"

卓师傅也警惕地看了看前面的浓雾，"是不是你们看错了？"

"啊，救命，救命啊。"齐天大呼小叫地喊着救命，声音好像刚从地面传来然后又在半空中，时远时近。

"不行，咱们得去救人，走。"我大哥拿着砍柴刀就要闯进浓雾里去救人。

闯子和我都拿出武器也心急着救人，却被卓师傅拦住去路，卓师傅正色道："兄弟们，现在的状况不明朗，浓雾中伸手不见五指，里面还有不明的东西搞鬼，我们不能轻举妄动，齐家兄弟莽撞行事，老二和老三都是前车之鉴，老大不长记性，这就是血的教训。"

我大哥气得直跺脚，"我们身边的人一个个地死在眼前，我们无能为力也就算了，可是不能再无动于衷了，都是血性汉子，我们这样岂不是窝囊？"

康老板抱着石匣子，拍拍我大哥的肩膀说："哎，王兄弟，这怎么叫窝囊呢，君子藏器于身，待时而动，小不忍则乱大谋。"

“康老板，你倒是藏器于身呢，我觉得你应该别藏着，最好用巫术把浓雾给驱散开来。”我看着石匣子想到了巫术，借此讽刺一下。

康老板一拍石匣子兴奋地说：“对啊，这事我倒忘了，咱有巫术，咱请神明来帮咱们一下。”说完，煞有介事地打开石匣子，拿出一卷又一卷的竹简看了起来，看完之后面露喜色地说：“看我的驱雾大法，去，去，去。”康老板站在洞口高喝三声，这三声清脆响亮，三声完毕，顿时起了大风，吹得浓雾翻江倒海似的。

“神了，康老板，您真是神了，看来我们要拨开云雾重见天了，哈哈。”蓝眼睛的卓师傅伸着大拇指夸赞道。

我也纳闷康老板真有如此神功，还是那石匣子的巫术当真厉害，虽然还是怀疑，但是眼前的浓雾被康师傅的高喝所起的大风吹得逐渐散去。

阳光开始穿透过来，洞外面是一处密林，地面上泥泞不堪，显然是昨夜下了大雨，那些树木样子奇特我没有见过。树有四五米高，长着扁长的枝条，枝条一段红一段黄，而且上下长着尖刺。

“大家快看，那树上有个人？”闯子指着离我们最近的怪树枝杈上，一个人趴在上面，身上还卷着好多枝条。

我们走到树下去看个究竟，这一看不要紧，吓得众人头皮发麻。挂在树上的就是齐天，他的嘴巴、鼻子、耳朵、眼睛都被枝条的尖刺扎了进去，枝条正在往外冒着白色胶体，白色胶体融在了齐天的半边脸上，那半边脸顷刻就融化了，露出了森森白骨。

闯子恼怒地上去倒拔怪树，虽说怪树只有拳头粗细，但是好像树根扎在地底深处，闯子的神力我们是见识过的，按理说拔起树来也不用太费力。此刻闯子青筋暴起，双脚都蹬出个深坑出来，那怪树才拔出一截。

怪树被拔出一截就跟吃了剧痛似的枝条开始哆嗦起来，然后柔软的枝条开始像蛇一样扭动着身子朝我们盘旋而来。康老板和卓师傅站在最外面，卓师傅吓得喊了声："什么怪物？"他和康老板的位置也是首当其冲，康老板一手还抱着石匣子，另一只手用水晶鼻烟嘴抵御着前来袭击的枝条，卓师傅的软鞭跟枝条缠绕在一起，互相拉扯，其他的枝条抓了空隙偷袭卓师傅的空当。

我大哥挥舞着砍刀前去解救卓师傅，扔下句话："你保护好闯子，闯子抓紧时间拔树，这怪树分明是食人树。"我大哥手起刀落，砍断了缠在卓师傅右手上的几根枝条，又砍断了缠着软鞭的枝条，三人背靠背地抵御着枝条。

四周的枝条在靠近我们一米左右的地方就不敢再前进了，不知是长度不够了还是害怕了我的七星杆，眼看着三人被蛇堆似的枝条围得水泄不通，我也无可奈何，催促闯子道："大哥，你能不能再快点，我跟你一起拔。"我在另一边把住树干，跟着闯子一齐喊道："一二三，起。"两人手都被磨掉一层皮，怪树终于被我们拔了起来，我俩赶紧躲在一旁，只见那怪树斜着倒在地面上。

再看那些张牙舞爪的枝条，都软绵绵地趴在地面上一动不动了，我大哥伸着大拇指对着闯子："好样的，看来多吃的两碗饭还没白吃。"

我大哥查看卓师傅的伤势，脱了衣服去看伤口时，看到伤口上插着一些断刺，大半个上臂被枝条上面的尖刺弄得溃烂红肿，我大哥说了句："快点找药材治疗吧，看样子被严重感染了，如果没有有效治疗，胳膊废了都是小事情，怕危及性命。"

闯子看着康老板说："我们有康老板、我们有巫术，康老板快用巫术治好卓师傅的伤。"

卓师傅听说自己的伤势会危及性命，又看到伤口如此严重，可怜巴巴地跟康老板说："康老板，您可要救救我啊，我这条老命就在您的手里了。"

我大哥招呼我们过去，大眼睛瞪着地面四处搜索，"在怪树附近地面上找找，肯定有一些药材，对，就是它，大家多多挖些芦荟。"我大哥指着地面上的一种开着黄花的植物让我们看，那植物的叶子翠绿色，扁短顶尖，边缘有尖齿状刺。

闯子一看不要紧，上去就要用脚去踹，"这他奶奶的不是怪树的余孽吗，你们看，样子多像啊。"

我大哥拉住闯子，把芦荟叶茎掰了下来，"你们看，它才不是怪树的余孽呢，它是药材，在我们这一带也算是神草呢，很难见到的，它能救卓师傅的命，你们两个多弄点来。"

我们弄了十多片芦荟的叶茎放在我大哥身旁，我大哥剥开叶茎表层的叶皮，里面露出黄褐色的叶汁，我大哥又用匕首在上面多划了几道，更多的叶汁冒了出来，不过很快，黄褐色的叶汁变成了黑色。

"王老弟，这不会有毒吧，本身老哥都这样了，你可悠着点啊。"卓师傅看着变黑的液体有点不放心。

"都啥时候了还怕有毒没毒，卓师傅，你要是感觉还能忍着那就忍着，我就不操这个心了。"我大哥被气得哭笑不得。

"行行，王老弟，我相信你，死马当活马医吧，呵呵，哎哟，还挺凉快，哎哟，好受多了。"卓师傅不忍看着我大哥在上面涂抹，等我大哥在伤口上涂抹起来的时候又小声地叫唤起来，看样子不是很痛。

康老板摇摇头，叹了口气地说："这种草药也只能维持一时罢了，食人树的毒性已经混进了卓师傅的体内，早晚会发作的。"

"啊，我感觉好多了啊，难道我还中毒了？那可怎么办，康老板，您可得救我啊，您一定有办法。"卓师傅刚刚面露喜色，此时听完康老板的话后又哀愁起来。

"治倒是能治，不过就跟王老弟的药材一样，我们必须寻得附近的一种药材，你服用了之后定能祛毒保命。"康老板神秘地说。

"药材，什么药材？"卓师傅一听药材就在附近，赶紧追问道。

"去哪里找，你知道？"我大哥站起来问道，不相信康老板的话。

康老板摇摇手，笑着说道："不是我知道，是巫术请来的神知道，他说穿过前面的密林会有一处水塘，水塘的水清洗伤口，水塘下面就有我们要找的药材了。"

"好，我们就去看看神说的是真是假，闯子你扶好卓师傅。"我大哥看着前面的食人树林，握着砍柴刀，命大家排成一字形队伍，"大家千万不要触碰怪树的枝条和树干，还有就是不要说话，小心翼翼地走过去，我刚刚用石头试过了，食人树只有被东西触碰的时候或对发出声响的地方攻击。"

一行五人排着一字形队伍蹑手蹑脚地走在食人树林里，我想大家心里都打着鼓，手里的武器都捏出了汗，我们脚底下踩着各种动物的白骨，看着长在身边看似和蔼可亲却是翻脸无情的食人树，想想就让人头皮发麻。大概走了五十多米，身边的食人树没有任何动静，林子里也是静得可怕。

这时，一只乌鸦盘在我们头顶聒噪起来，食人树的枝条"哗啦哗啦"地响了起来，然后朝着空中的乌鸦包围了过去。乌鸦讨厌至极，看着头顶被枝条封闭起来，竟然飞落到闯子的肩膀上冲着枝条"呱呱"地叫着，好像在挑衅枝条抓不到它。

幸好我在闯子身后，先是捂着闯子的嘴巴，示意他不要叫骂，然后一棍子敲飞了乌鸦，乌鸦叫着飞在树林里，那些枝条改变了方向去追乌鸦。一时间，整个树林都沸腾起来，我们四人站在原地不动，生怕那些枝条发现了我们。

终于，乌鸦停止了叫声，最终没有逃离食人树的天罗地网，林子渐渐恢复了平静，枝条又像原先一样自由舒展散开。我们恨不得脚底生风，长出翅膀赶紧离开这个是非之地，不过，还得小心翼翼地走。

在走出食人树林看到平地的时候大家都发泄地高声吼了一嗓子，吼完之后身后的林子"哗啦哗啦"响了起来，众人又是撒开腿往前跑了一大截，看看身后没有食人树的枝条追来才坐在草地上大口喘气。

旱魃肥遗

前面半里处有什么白光晃了我的眼睛一下，我站立起来欢呼道："水，前面有水。"折腾了大半宿和这小半天，我们半滴水没喝，半口东西未吃，突然看到水，立刻觉得口干舌燥，肚子也饿得"咕咕"叫了起来。

"真的是康老板说的水塘，大家快看。"卓师傅忘记胳膊的疼痛，兴奋地用右胳膊指着水塘摇晃着闯子。

闯子也站立起来，摸摸肚皮，说："太好了，他奶奶的喝水的水袋都丢了，折腾了这么久早就嗓子冒烟了，最好水塘里还有些肥鱼，他奶奶的抓几条烤吃了。"

康老板得意扬扬地说："大家快点过去吧，我看还是先找药材要紧，你说呢，卓师傅？"

"对，对，康老板说得对，我现在感觉伤口处发热，胸口也发闷，估计是毒性要发作了，大家多费心了，帮我找到解药啊。"卓师傅比谁走得都快，几乎小跑着冲向水塘。

水塘并不是很大，看样子也就三十平方米左右，并没有河流注入水塘里，反倒是水塘的水往外溢流，说明水塘下面有泉眼或地下河。

闯子走到水塘旁弯腰就捧起水来要喝，我大哥上前拉住闯子，"先等等，水并不能确定能不能喝。"

"为啥啊，我看这水挺干净的。"闯子看看水塘笑着说。

我大哥指着四周说道："水塘周围没有任何动物的踪迹，这是可疑处之一；第二个，水里并没有看到鱼虾之类的；第三个，最为怪异了，你们看，水塘里是不是有什么东西？"

我们都伸长了脖子尽力朝水底看去，水塘的水墨绿深暗，看不太清水底有什么，不过有两处白亮的光晕正往上浮，水面开始荡起波纹来。

"大家快退后，不会又是什么黑线妖怪吧。"我大哥急忙招呼着大家退后。

大家刚刚退到后面的草地上，就听见"哗啦"一声，水塘激起一米高的水花，一条巨蛇的脑袋露出水面，充满敌意地看着我们。

由于巨蛇只露出一截，也不知道究竟有多长，但是巨蛇的头有牛犊子脑袋那么大，可见此蛇绝对短不了，这种蛇绝非善类。

康老板点了点头，自言自语地说："嗯，果真是它，找到了，哈哈，找到了。"

"大家还不往后跑，蛇要爬出来了。"我大哥喊完后就喝令大家赶紧逃跑，这样的巨蛇恐怕我们五人之力根本对付不了。

大家没跑几步，康老板叫住众人，"别跑了，别跑了，药材就在我们眼前，你们跑什么啊？"

大家你看看我，我看看你，再回过头去，只见巨蛇也爬出了水面。整个身体有七八米长，这才看清它的真面貌。两个身体一个脑袋的蛇形怪物，身上或赤或橙或青或紫，色彩斑斓甚是骇人，两只绿油油的大眼好比两盏大灯笼盯着我们，嘴角边流淌着胶状液体，对我们垂涎已久。

"这就是你说的药材吗，明明是一只怪蛇？"我感觉事情不像说的那么简单，而且让人玩弄于股掌的滋味并不好受。

"古人都叫它肥遗，传说它是一个头、两个身体、六条腿和四只翅膀，它不仅可治百病，而且可以起死回生，延年益寿，是上等的药引子。"康老板按捺不住兴奋的心情，喜庆之气溢于言表，仿佛获得千年至宝一般。

闯子指着怪蛇道："他奶奶的怪蛇是有两条身子，但并没有六条腿和四只翅膀啊，长这个样子就够吓人的了，长成那样更了不得了。"

康老板轻抚着石匣子，不屑地说："你懂什么，那是它还没长全呢，肥遗三十年变一样，第一个三十年长成现在这个样子，第二个三十年长出六条腿，第三个三十年再长出四只翅膀，你看它身体下凸出的部分没有，说明正在长腿。"

果然，两边的身体鳞片处都凸出来几个肉瘤一样的东西，怪蛇的鳞片更是锋利，凡是它经过的地方，两边的草都被鳞片割断，连它旁边手指粗细的树枝同样被削折，可见其锋利。

"肥遗，就是传说中的旱魃？若出此物，方圆千里，必出大旱。"我大哥一字一句地说道，好像十分忧虑的样子，然后摇摇头叹息地说，"可惜啊可惜，我的雄黄酒都放在马背上的行囊里了，跟着马匹一起失落在了黑水潭中，要么定能对付这怪蛇。"

康老板抽起了水晶鼻烟嘴，诡异地笑着说："放心，王老弟，有老哥在就不用害怕，上好的药材我可不想浪费，看我的。"说完，康老板大嘴巴紧闭，胸脯隆起，两腮鼓胀，"噗"的一声，一大口浓痰射向怪蛇的嘴巴。

怪蛇还以为是有食物自投罗网，水盆大小的嘴巴一张，康老板的浓痰落入嘴里，就见怪蛇"忽闪忽闪"的大眼睛不再转动，倒是两个身体左右甩开，动静可不小，把沙石击飞，令尘土混沌。再见怪蛇的头部跟没了支撑似的，晃了两下摔在地上。也不知道康老板的浓痰有如此厉害，竟然让怪蛇中了迷魂汤一样。

"大家别闲着了，把它的两只眼睛挖下来，那是最好的药引子。"康老板说完之后，却见众人依旧是站立不动，康老板显然有些动怒，水晶鼻烟嘴指着众人指指点点："怎么，都有主意了不成，我的话也不听？"

卓师傅的蓝眼睛微微一抖，也跟着附和，"康老板的话都不听了吗，王家兄弟，难道你们是怕了不成，我们给的钱可是不少，闯子，你也愣在那儿不听话吗？"

我大哥不屑一顾地回道："卓师傅、康老板，我们是拿了钱受雇于你们，你们给的多少都无所谓，我们兄弟的命你们买不来，但是，你们放心，我们王家兄弟做事善始善终。"说完，拿着砍柴刀走向怪蛇。

我也拿起七星杆跟在后面，闯子自然也不甘落后，怪蛇的眼睛像是鼓起的半边圆球，我大哥正要挥刀去挖怪蛇的眼睛突然怪蛇身后传来"嗤噜嗤噜"急促的怪声，我赶快把大哥拉到一旁，说："你们看，是一条小蛇。"

这条小蛇有两米长，小孩胳膊粗细，身上的花纹和眼前的怪蛇一样，只是比怪蛇少了一个身子，吐着带叉的芯子扬起脖子冲我们发出警告呢。估计是眼前怪蛇的孩子吧，看到我们要伤害家人就出来了，也不知这条小蛇是什么时候跟来的。

"他奶奶的小破蛇也出来吓唬我们，大块头都让我们制伏了，你走不走，不走给你砍成七段八段的。"闯子拿着砍柴刀冲着小蛇比比画画，估计是想吓走小蛇。

谁知小蛇根本不害怕，反而脖子扬得越来越高，猛然间嘴巴张开，喷出一口黄色雾气，当时就听闯子惨叫一声"啊"，然后倒地不起。我和我大哥急忙后退等着雾气散去，小蛇旁边又多出两条一模一样的小蛇出来，冲着我们"嗤噜嗤噜"地叫个不停，这两条小蛇还有一半的身体在大蛇的身体中没出来。

"大哥，你看，它们都是从凸起的肿瘤地方出来的，原来那不是怪蛇的蛇腿，而是类似蛇蛋一类的东西。"我指着说道。

再看闯子时，怪蛇喷出的毒雾，令闯子全身发黑，如被烧焦一样。我们喊了几声，闯子毫无动静，八成是被毒雾熏死了。没想到怪蛇生出的小蛇有如此之大，而且一出来就会喷毒害人。

"快走，小蛇要追上来了。"我大哥拉着我往后跑去，小蛇也怪叫着在后面追随。

康老板和卓师傅见事情不妙，比兔子跑得还快，我看着抱着石匣子狼狈跑在前面的康老板说："康老板，你跑什么啊，大家都等你施用巫术制伏怪蛇呢，大个的都被你弄倒下了，这小东西你还不行了吗？"

"兄弟，不是巫术不厉害，是老哥我施用巫术过多，真气不足，体力不支啊。"

我大哥也开起了康老板的玩笑："康老板，我觉得你的体力还是可以的，抱着石头匣子比兔子跑得还快呢。"

"哎哟，我说王老弟，你们还有闲心开玩笑，快想想咋办吧。咱们前面就是食人树林了，前有要命树，后有夺命蛇，都是死路一条啊。"卓师傅叫苦不止。

"你们不是知道咋办吗，还让我当个马后炮啊。"我大哥笑着说。

"我们哪知道咋办，知道了还用这么慌张吗？"卓师傅搞不懂我大哥说的话。

"你们不是正往食人树林那儿跑吗，你们不就是想让食人树和怪蛇两败俱伤吗？所以我们哥儿俩也赞同，就跟着你们跑呗。"我大哥嘿嘿笑着说。

眼看我们跑到了食人树跟前，康老板和卓师傅停了下来小心翼翼地往里面走去，我和我大哥回头看看，三条怪蛇被我们甩在后面，可能还是刚刚出生吧，它们也没有多少体力，不过它们的声音越来越近。我们哥儿俩也不犹豫，小心翼翼地跟在康老板和卓师傅的后面走进食人树林中。

　　小蛇也追到了林边，怪叫引起了食人树的注意，林子又开始"哗啦哗啦"响了起来，我们四人停下来看看小蛇怎么被食人树瓜分。那些枝条也如百十条蛇一样游向小蛇发声的地方，小蛇见有东西前来挑衅，个个扬起脑袋张开嘴巴就是一股黄色雾气。

　　那些处在雾气中的枝条先是软绵绵地瘫了下去，然后枝条变黑，跟闯子似的像被烧焦一样。还有枝条所属的食人树的树干"咔吧"清脆一声响，裂开个大口子，树干开始冒出白色胶状液体，后来就变黑。可见毒雾威力有多猛，居然连食人树也沾染即死。

　　一时间，我们跟前的七八棵食人树都中毒死了，看得我们头皮发麻。幸好食人树数目众多，它们前仆后继，一批死了后一批又跟上。小蛇们喷了数次毒雾之后，接下来每次喷出的毒雾渐渐少了，后来干脆喷不出来了。此刻食人树优势上来了，枝条上去拉扯、缠绕起了小蛇，三条小蛇最终寡不敌众，成了食人树的午餐。

　　等林子恢复了平静，我们又小心翼翼地走出了密林，经过瘫软在地面上的食人树枝条时，还心有余悸，这要是那大个的怪蛇也加入战斗，估计真是惊天地泣鬼神了。

　　走出了林子，康老板着急地跑向水塘，"大家快点，那肥遗要是醒了过来，我们的药材就弄不到了。"

　　"我看还是别去了吧，那真要是怪蛇醒来，看到自己的孩子没了，还不发疯朝我们要孩子啊，就是没醒来，还有三个蛇蛋呢，会不会再有三条蛇出来？"我跟在后面不情愿地说道。

康老板回过头来，指着石匣子，"放心，我的巫术可以制伏它，相传肥遗只能一胎生六个，只能活三个，另三个必须牺牲作为活着三个的食物。所以，我们不用担心再有小蛇。"

"那就快走吧，我的胸口越来越喘不上气来了，毒气要攻心了。"卓师傅担心自己性命，急着用药材救命。

邪教歹人

等我们走到怪蛇处发现了让人不可思议的一幕，怪蛇还倒在地上，但是双眼不知被谁挖走了，怪蛇双眼空洞洞地看着我们，让人毛骨悚然。

康老板有些情绪失控，"怎么可能，怎么可能，究竟是谁搞的，我的不死丹药，我的不死丹药。"

"什么不死丹药啊，这世界上还有不死的说法吗，那不是神仙了？"我不屑地说了一句。

"大家快来看看，水塘的水没了，下面有好多洞穴呢？"我大哥在水边叫起了我们。

康老板箭步飞奔了过来，"啊，我们快下去，快下去找不死丹药，落入别人的手里就坏了。"

卓师傅一听药在下面，就活跃起来，"好的，我们这就下去，不行啊，康老板，咱们得找绳子爬下去，这直上直下得有三丈高呢。"

确实，本以为水塘就是个简单的小水塘，没想到水塘之中竟然藏着怪物，而且水塘如此之深，下面还有数十个不规则的洞穴。

"下去倒好说，我们可以用水塘旁边的藤篾丝编织成草绳，不过，康老板你凭什么说那药就在下面的洞穴里，我还是担心我们的安全，我们一行十人出来，死的死，伤的伤，还有不知所终的，真不知你们要找的药材怎么会是这些怪物。"我大哥边说着边叹起了气。

康老板咳咳地咳了两声，说："王兄弟，你认为肥遗的两个大眼睛会自己飞走吗，明显是有人乘我们被小蛇追进食人树林中挖的，还有这水塘的水虽然干了，但是下面的泥塘上有一排脚印延伸进洞里去了。我们活在乱世里都不容易，每天的战火里会死多少人？就是战火外面的我们，没钱，没粮，要么穷死，要么饿死，这次拿到了我们要找的东西，你们完成任务，就发财了，一辈子的衣食无忧了，我们现在所做的不就是用命保护自己吗？那就得赌上一把，我们要想潇洒地活着就得拿命赌。"

"康老板，你不必说了，另一半的酬劳我们哥儿俩不要了，也并不是害怕，我们最后帮你一回，帮卓师傅找到解药，我们哥儿俩就不奉陪二位了，因为我们还要去找狼孩。"我大哥经过深思熟虑之后，终于把憋在心里的话说了出来，一路上经历了这么多事，他看开了。

康老板点点头，冷笑了两声，"好，好，你们再最后发发善心，帮我们一把，只要找到解药，你们就算完成任务了，回去我还不会亏待你们的。"

卓师傅激动得都快流鼻涕了，"王兄弟，你真是够义气，太谢谢你啦。"卓师傅边说边用左手的袖子去抹没有眼泪的眼睛。

"好了，那我们尽快弄藤篾丝编织草绳吧，时间过得真快，我可不想等到天黑再进什么鬼洞。"我大哥说完走到水塘边去搜集藤篾丝去了。

我和我大哥一起编草绳的时候小声问道："那排脚印会是谁的，他拿着怪蛇的眼睛进入那里面去做什么，还有水塘的水怎么会突然间就都流走了？"

"是啊，发生在这一路上的事情真是不可思议，等我们回去之后就好好地过我们的安稳日子，虽然穷苦，但是这颗心是舒坦的。看眼前的形势，解放军要解放全中国了，到时我们就安生了。"我大哥憧憬起将来的生活，脸上挂起了笑容。

"你说，狼孩哪里去了，进下面洞穴的人会不会是狼孩？能到迷雾岭的还能有第二个人吗？"我把我的想法说出来。

"对啊，我怎么就没想到呢，其他人都死了，狼孩一直失踪，没准下面的人就是狼孩，那么狼孩为啥要跑到下面去呢？等我们找到狼孩就彻底省心了。"我大哥大眼睛无精打采地看着下面，一想到狼孩，就加快了编织草绳的速度。

过了半个时辰，我们编好了草绳，足足有十米长，我大哥把草绳系了个大扣套在死去的怪蛇的嘴里，然后把草绳甩到水塘里去，第一个攀爬下去，我们也依次爬了下去，我们建议康老板把石匣子放在上面或是建议卓师傅留在上面照看石匣子，都被康老板否决。

康老板抱着石匣子下来就奔着脚印延伸的洞穴前行，没想到刚刚迈了四步就陷在淤泥中拔不出腿来，吓得他大呼："王兄弟快救救我，这处有陷坑。"康老板在原地挣扎着，此刻已经陷到臀部了。

我大哥把草绳扔了过去，喊道："别用力，快把石匣子扔掉减轻负荷。"

康老板拼命地用右手抓住草绳，左臂还抱着石匣子不肯扔下，"这不能扔，我们千辛万苦地找到这个巫术，再说救卓师傅还用得着巫术呢，你们快把我拉出去。"

卓师傅赶紧把草绳往我们这边拉扯，想要拼命把康老板从淤泥里拉出来，可是淤泥的吸力太大，卓师傅的右臂又有伤口不敢太过用力，康老板依旧没动分毫，只是没有再往下陷。

我和我大哥上前接过草绳，费了九牛二虎之力，终于把康老板拉扯上来，不过草绳经过踩踏也断了一大截，也不知道是否还能承受我们爬上去。

康老板抱着石匣子，一股腐败的污泥臭味刺鼻而来，"谢谢，谢谢你们，这里面真是危险啊。"

我大哥说："也并不是危险，都怪你急急忙忙地乱走，咱们也踩着那人的脚印走就没事了，其他地方说不准就有你刚刚陷进去的陷坑呢。"

卓师傅竖起大拇指，夸赞道："还是王兄弟聪明，走，我们踩着脚印走。"

说着大家都依次踩着那人留下的脚印深一脚浅一脚地走到对面的洞穴里去。洞穴里面也是湿漉漉的，显然是水塘的水刚刚从这里面流过，难道水塘的水从这个洞穴里流走了？

洞穴有一人高，刚好能容两人通过。洞穴逐渐往下倾斜，洞壁上长满了绿茸茸的苔藓，苔藓上还挂着水珠，难道以前这洞穴没有水流通过，而是不知什么原因洞口被破坏了，水塘的水便从此流走了，所以水塘就干了。

我大哥用火折子点起在上面准备的简易的木棍火把，排头走进洞穴里，这时候前面传来了怪笑声，"呵呵，本事还真不小，还是来了，呵呵。"

"里面有人，还有光亮，说明也有火把，是狼孩吗？"我大哥喊了一声往里面走去。

我们经过一处拐角这才发现，洞穴又出现两个岔口，一处是斜坡很大的岔口，另一个是一个空间很大的墓室，墓室中间两个光球放在石棺上，石棺旁边有个人背对着我们。

"你们终于还是来了，康老板，你想要的是这个吗？"那人转过身来，在火光的映射下苍白的脸没有一点血色。

"你，你，怎么会是你，鬼……鬼……老鬼？"康师傅看到眼前的人极为诧异。

我们看了此人之后不知是惊是喜，眼前的不是别人，正是行为怪诞，为人看似不正经的鬼师傅，他不是也死于黑线怪物了吗？难道他不是人，是鬼？

"不错，没有想到吧，康老板，我是鬼师傅，不过王兄弟别害怕，我不是鬼，我是人，我活得好好的。"鬼师傅俨然是换了个人，不再抠这挠那。

"你怎么会在这儿，你怎么知道的？"康老板连说带问的，有些紧张。

"康老板，先别问那么多，你不就是奔着长生不老药来的吗？"鬼师傅手里一个手掌大小木头匣子，朝康老板晃了晃。

"奇楠木匣，鬼师傅，你把他给我，你要多少钱我都给你。"康老板看着鬼师傅手里的木匣目露精光。

"长生不老药，奇楠木匣？都什么跟什么啊？"我头有点大了，搞不清他们的关系，搞不清鬼师傅怎么还活着，更搞不清他们说的乱七八糟的东西。

卓师傅在一旁解释着说："奇楠木匣是汉朝皇室用的东西，什么祭祀、礼佛、拜神，还有什么登基等重大仪式上都用这个做香材。"

"你也知道得不少嘛，不错，奇楠木确实是汉朝皇室中御用的物件，但是这长生不老药也是世间稀有至宝，不用奇楠木来盛放还保存不了呢。"鬼师傅在一旁嘿嘿笑道。

我大哥在一旁也忍不住了，"老鬼，你别在这装神弄鬼的，好好活着不找我们，在这弄什么长生不老药，你是不是也疯了？"

"亏你们还是经历风雨的人物，看来真是愚昧的山野匹夫，一直都蒙在鼓里，估计你们到死也不会知道事情的真相。康老板，呵呵，卓师傅，白日教的两个堂主，你们的任务是取长生不老药，可是你们却私心叛教，偷偷自立门户，密谋这次行动，想把长生不老药据为己有，其实我知道这些并不是你们的目的，你们白日教一直在密谋寻找着更为神秘的东西。你们白日教知道你们两个有这个私心，你们会有什么样的下场？"鬼师傅拿起一个光球，赞赏道："肥遗的眼球也是至宝啊，在这黑暗之中它能带给我们光明。"

原来那两个发光的球体就是怪蛇的眼睛，想想世间真是无奇不有，我说："鬼师傅、康老板，我们兄弟不知道你们之间的事情，我们兄弟这就出去了，狼孩还下落不明呢。"

"谁也不能走出这个洞口，你们要么杀了鬼师傅，要么就不能活着离开。"康老板面部狰狞地看着我们，好像要吃了我们似的。

"你，康老板你这是怎么回事，我们哥儿俩刚刚还救了你一命呢？"我气愤地说道，"哦，你一直利用我们不是找什么草药，而是找这些稀奇古怪的东西，你害死了多少人啊？"

"呵呵，现在才知道妖人的厉害吧，他们白日教都是这样，只会害人。你们两个能活到现在，也是命硬啊。"鬼师傅在一旁挑拨道。

"你也不是什么好人，看你那不三不四的样子。"我大哥对鬼师傅一直没什么好印象，怒气冲冲地瞪着他。

"对，老鬼也不是什么好人，他趁火打劫，王家兄弟，咱们四个还对付不过他吗？"卓师傅在一旁煽风点火。

墓室恶斗

"嗬，好啊，你们尽管上来就是，老子就让你们见识下鬼爷的本事也不是吹的，急急如律令，我出。"鬼师傅念起了咒语，扔到空中一些东西，然后"轰"的一声，我们眼前被一阵耀眼的白光刺得生痛。

就这眨眼工夫，墓室多出几具骷髅出来，而鬼师傅却不知所终。那四具骷髅张牙舞爪地朝我们四人分别走了过来，都不知道没有眼睛怎么能看到我们。

"是真是假，还是咱们在做梦？"我捏了自己嘴巴一下，能感觉到疼痛，说明没有做梦。

"管他真假呢，来一个砍一个，都到这地步了，多砍一个够垫本的了。"我大哥拿着砍刀慷慨激昂的话语振奋人心。

我也斗志昂扬，把七星杆舞得虎虎生风，却招来大哥一顿训斥："你是不是吃多了撑的，这不是白费力气吗，等骷髅到跟前再打啊，难道看到你表演得好，骷髅还能给你鼓掌不成？"

卓师傅和康老板背靠着背，卓师傅着急地说："康老板，这就是当年黄巾首领'天公将军'的法术吗，就是些纸人弄的吧，吓唬人的东西，你快破解啊。"

康老板还抱着石匣子，嘴里的水晶鼻烟斗拔了出来，往手心里吐了几口唾沫，然后冲着前来的骷髅一甩，康老板和卓师傅你看看我，我看看你，拿着各自的武器跟走到身边的骷髅扭打了起来。

我们这边也没闲着，我大哥一脚把前来的骷髅踹得后退几步，我也借用七星杆的力道把面前这具骷髅点倒在地，我大哥还不忘讽刺起了康老板："还真以为巫术有多厉害呢，这节骨眼上还不是靠着手里的冷兵器吗？"

康老板用水晶鼻烟嘴把骷髅敲退后说："康爷不露两手，你得当康爷是江湖骗子了，老鬼，你看我怎么破你的道法？"康老板把石匣子拉开，咬破手指往里面滴血，"走。"康老板一声暴喝，十数条白蛇飞射出来，正好缠在骷髅身上，把骷髅胳膊大腿都紧紧地缠绕起来，骷髅倒在地上不能动弹。

"好，还是康老板厉害，呵呵，老鬼躲在哪儿去了呢？"卓师傅东顾西盼，搜索着鬼师傅。

倒在地上的骷髅被白蛇勒得"咔吧咔吧"直响，其中一个骷髅胳膊都被勒断了，看来白蛇的力量真是不小。

"你现学的本事还行啊，用巫术驱蛇，不赖，收。"也不知鬼师傅人在哪里，但是说出的话就在耳边一样，又是"轰"的一声，刺眼的白光过后，鬼师傅出现在当前，被白蛇缠绕的骷髅没有了，地上残留一些烧尽的纸灰。

"老鬼，你的障眼法也还行，不过碰上内行人就别要了，我劝你还是乖乖地把东西交出来吧。"康老板一脸得意地坏笑道。

"刚才不过是出手热热身嘛，不来个三局五局的怎么能判断谁的本事好，谁的本事赖呢，康老板，今天我老鬼就看看你有多少本事了？"鬼师傅也坏笑着看着康老板，"要么，你把手里的石匣子交给我，我也考虑考虑放你一马？"

"你想得美，卓师傅，张嘴。"康老板把卓师傅拉到身边，从石匣子拿出什么扔到卓师傅的嘴里。

卓师傅吃完东西后，眼睛翻白，连那只蓝眼珠都变成白色，双手伸直，犹如僵尸一般。

"他受伤的右臂都不觉得痛吗？"我好奇地问道。

鬼师傅先是吸了口凉气，然后又笑着解释："中了尸蟞虫的人就成了恶煞僵尸，你看他活蹦乱跳的，哪里还痛，倒是很痒，急需找人肉戳两下呢。"

卓师傅经过我们的面前，把手臂突然转向了我们，好像要对我们下手了。康老板手里什么东西扔出，扔到鬼师傅的脚边，那卓师傅才又端着双臂蹦向鬼师傅。

真如鬼师傅所说的，卓师傅好像手很痒，对着鬼师傅的胸口狠狠地插去，鬼师傅一个鹞子翻身，躲了过去，卓师傅如影随形，紧跟了过去。鬼师傅双手拨开卓师傅的双臂，腾跃起来狠狠地踹了过去，没想到卓师傅原地不动，鬼师傅倒是借着力道弹出老远。

鬼师傅拿出一个黄纸包来，对着冲过来的卓师傅脸上一撒，卓师傅"哇呀哇呀"地怪叫起来，然后开始狂吐不止，第一口吐出的都是黑血，第二口就吐出半黑半红的血了，第三口就是正常的血色了。只见吐出的血液里爬出一个黑色的指甲大小的扁虫子，"吱吱"地叫着跑向了康老板。

"哪里走！"鬼师傅又一黄色纸包撒了过去，药粉落到扁虫子上"刺啦刺啦"冒起白烟，扁虫子最后融成一摊黑血。"嘿嘿，康老板，还有什么拿手的，能换个别的不，整天鼓捣那些虫子，恶心不恶心啊。"

"不用换的，连虫子你都对付不了，还能对付什么？呵呵，你看看，你这么不小心，怎么踩到我的白蛇上了。"康老板指着地上，摇头笑个不停。

原来刚刚缠裹骷髅的十数条白蛇都在地上，鬼师傅和卓师傅打斗的时候没有在意，那些白蛇行动敏捷，不知何时已经有几条盘到了鬼师傅的小腿上，其他的白蛇也朝着鬼师傅游了过去。

　　"不要乱动，千万不要乱动，这些家伙可不是很温顺，它们牙口不好，咬上一小口，走上三步就挺尸。不过呢，他们还是听我的话的，鬼师傅，快把东西交出来。"康老板威胁鬼师傅交出奇楠木匣，不然要动杀机。

　　鬼师傅做起鬼脸，挠挠头像是很拼命地想着什么，"哎哟，你还真是把我吓着了，你看看，我都被吓得想不到藏在哪里了，这可怎么办？"

　　"老鬼，你别以为我不敢动你，就算你不告诉我，墓室这么大，我掘地三尺也能找到，你说是不说，我给你最后一次机会。"康老板忍不住了，或许鬼师傅活着就是个巨大的危险。

　　"都说了呢，我被吓坏了，你看看你的蛇，又爬过来这么多，都往我身上爬，你说我照顾得来吗？走吧走吧，再不走就喝多了，呵呵。"鬼师傅刚刚说完，本来缠着的白蛇从鬼师傅身上掉落下来，直挺挺地躺在地上不再动弹。

　　其余的白蛇哪还敢再上前来，纷纷跑回康老板的身边消失了。"你，你用了什么法术，我怎么没看见你施法呢？"康老板目瞪口呆。

　　"我没施法啊，这要感谢王老弟的酒，我喝了好多呢，真是好酒，然后呢我又在身上涂抹了一坛雄黄酒，真是不错，王老弟，酒没了，你看我赔你点什么呢？"鬼师傅假装唉声叹气地跟着我大哥唠嗑。

　　"你从黑水潭里取的我的酒吗，你是怎样做到的？"我大哥惊讶地问。

　　"我可没那大胆子敢从恶心的黑线虫子嘴里抢食，我先是装作病发跑到前面的角落里藏了起来，看到你们的马匹跑过来的时候顺手牵羊弄下了有用的食物和你的酒，然后在暗中跟踪你们。"鬼师傅边说边比画。

卓师傅咳咳地咳个不停，由于吐出的血量太多，他脸色煞白，"你，你这是要捡便宜吃现成的啊，螳螂捕蝉，黄雀在后，王兄弟，看到了吧，老鬼才是最可恶的。我们合伙把他制伏了，要么，不是他死就是我们亡。"

"哪有这么严重，我可不希望你们死在我手里，冤家宜解不宜结，我只要康老板手里的东西，又不是要你们的命。再说了，康老板想要王兄弟哥儿俩的命，我可不要。"鬼师傅说的也是实情。

我大哥站出来重复道："我们哥儿俩不会加入你们任何一方，要是你们逼迫我们哥儿俩，我们也豁出性命一拼到底。"

"中立是最明智的了，我表示赞同，可是某些人啊，现在可把你们哥儿俩恨死了，你们要小心留意哦。"鬼师傅斜着眼睛看着康老板，一而再，再而三地去气康老板，不知是何用意。

康老板气得浑身哆嗦，指着鬼师傅和我们哥儿俩，然后发狂笑道："哈哈，好，你们跟我对立，我让你们死无葬身之地。"说着从石匣子里掏出一个黑坛子，往地上倒出许多密密麻麻的肉团。

我们闻到一股刺鼻的臭气，呛得我们干咳起来，我大哥眉头紧蹙奇怪地说："好像是千足虫身上的味道，不过怎么这么浓，难道数量很多？"然后我大哥警觉地四处察看。

鬼师傅嘴巴张大，磕磕巴巴地说："康老板，有话好说，咱别玩这个行不？"

"哈哈哈，现在怕了，没得商量了，千龙儿的巫术你们能有幸见识倒也死得值得了。"康老板挑拣出肉团里面最大的一个放进嘴里，吞了进去，康老板的眼圈都变黑了，鼻孔流出两道黑色液体，只见康老板"嘿嘿"一笑，张着嘴巴吐出一股黑色液体，厚重的臭味弥漫在墓室里。液体淋在地面的肉团上，那些肉团舒展开来，原来是抱成一团身体的千足虫，密密麻麻足有上千条，墨绿色的背部加上百十个步足，任谁看到都背脊发凉。

"惨了惨了，千足虫是攻击性很强的肉食动物，而且还有会喷毒的颚爪，我们今天要命丧于此了。"我大哥看着密密麻麻游动的千足虫感叹起来。

"我们跟在鬼大哥身边应该没事，他身上有雄黄酒的味道，那些千足虫也怕雄黄吧？"我说。

"怕什么啊，那是饿了上千年的天龙，对眼前的食物兴奋不已，没有什么能够阻挡它们的。康老板，你这是何苦呢，我们死了，你也自残一半了。"鬼师傅无可奈何地说。

"哈哈，我拿到长生不老药后还怕什么，你们慢慢享受千龙兕吧，没有比这个时刻更为难忘的了，哈哈，哈哈。"康老板的笑声阴森恐怖。

千足虫舞动着触角，熙熙攘攘奔着我们游动过来，鬼师傅把我和我大哥拉到石棺跟前说："能不能活命就看我们给不给力了，来，把石棺盖推下去。"鬼师傅把怪蛇的眼球放在地面上，前腿弓着后腿蹬地，看了看我们哥儿俩："你们还有闲心看那恶心的虫子，再看就没命了。"

"推开棺材就有命了啊？难不成棺材里面的鬼魂还能帮咱们啊？你刚刚那个弄出骷髅的法术就很厉害，弄上百只鸡出来不就行了，让鸡吃千足虫啊。"我想了想说，还是帮着鬼师傅推起了石棺盖。

"鸡鸡鸡，能弄出来我就不来这荒山野岭风餐露宿了，你以为鬼哥真是齐天大圣啊，想变啥变啥？都说人之将死，其言也真，鬼哥就跟你说，什么术什么法都是假的，就跟变戏法一样，除了障眼法就是骗人的。"鬼师傅使劲推着石棺盖叹了口气，"我还真想成为齐天大圣那样，不过，只能想想罢了。"

石棺被我们三人推开，鬼师傅拿起一个怪蛇眼球，石棺中也是泡满了水，水中除了一具骷髅外，还有好多拇指大小的透明的没有眼睛的小鱼，就是我们在白水潭处看到的神奇的小鱼。它们能在密闭的棺材里待了上千年，看来真是长生不老啊。

千足虫离我们近在咫尺，鬼师傅拿起怪蛇的眼球冲着身后的墓壁扔了过去，原来墓壁处竟是一道暗门，暗门朝里面转了过去，"哗"的一声，一条水龙倾泻而出。

"快跳进石棺里，要不然我们也得被水冲走。"鬼师傅先是跳进石棺的水里。

我和我大哥二话不说，也纷纷跳了进去，墓穴一时间就注入了齐腰的水深。强大的水流把千足虫冲得四散，正在我们暗自高兴之时，千足虫乘风破浪又朝我们游了过来。真不知道千足虫水性怎么如此之好，连人都很难承受水流的冲击，要不是我们在石棺内紧紧抓着石棺，估计早和康老板、卓师傅一样被水流冲出墓室，不知所终了。

正在我们紧张不安的时候，水面上冒出好多小鱼，在水面争先咬食千足虫，一时间，千足虫就被吃个干净。鬼师傅看着快要充满水的墓室，说了声："你们哥儿俩水性还好吧，咱们要游到墓室通道处，然后想办法别被水流带走，得爬到进来的通道那块。"鬼师傅扭断骷髅头，用衣服包裹起来系在背后。

"怪蛇的眼球不拿了啊，那个东西也是个宝贝呢。"我回头看了看沉在水底的怪蛇眼球，正因为有它们的光芒，我们才能在黑暗之中看清一切。

"拿不走了，这东西遇水便有千斤之重，你没看到它们在水底丝毫不被水流带动吗。"鬼师傅奋力游到岔口的岸上，把我们一个个拉了上去。

我们拖着湿漉漉的身体顺着草绳跑上地面，都脱下衣服拧干，放在草丛上晾晒。

"鬼师傅，我本不想问那么多，可是究竟是怎么一回事呢，康老板不是好人，但你跟他们绝对不是一道的。"我心底还有很多疑问。

《天书秘卷》

　　鬼师傅做了个鬼脸，看了看我大哥，说："你大哥好像不这么认为吧，我的身份很隐秘，你们还是不知道的好，不过康师傅他们是白日教的，之前我已经给你们说过了。"

　　"可是我们从来没听过这样的教会啊，还有他们要找什么，我听你们说的那些怎么有点悬乎呢？"我还是想知道事情的内幕。

　　"康老板和卓师傅并不是采药而来，他们居心叵测，花钱雇用齐家兄弟、闯子和我为其卖命，全都是为了进这骷髅洞和迷雾岭寻找《天书秘卷》。《天书秘卷》是记载各类巫术的奇书，巫术可以造福于人，也可祸害于人，有德者用其诊医看病，无德者用其蛊惑人心。由于其产生的负面危害巨大，所以正派人士宁愿此书长眠于地下，也不想令其重现人间。《天书秘卷》是方鱼所著，尔后有一个张道陵在巴蜀一带游历之时巧遇方鱼后人，方鱼后人又被方鱼托梦将自家的巫术之法授予有缘人，但是那本《天书秘卷》已经陪同方鱼一起下葬在骷髅洞中，方鱼的后人并将所知的巫术告知给借宿的张道陵，那张道陵记性悟性之好，竟然挥手疾书，其间，张道陵还添著许多自己研悟的东西进去，著成《太平要术》。据说当时巴蜀一带有妖鬼横行，当地百姓受其害，染上不知名的恶疾，都是口吐黑水，眼流黄脓，张道陵当时创道已有几年，当时正在此处宣扬道法，见到当地百姓受妖鬼的祸害，便用《太平要术》之法救治众人。我们熟知的妙沁药酒就是张道陵所创，将药浸于酒中送予患病百姓，酒饮后病除。百姓病除之后感觉身轻体健，精神焕发强于从前。因药入酒，酒带药行，药促酒力，使酒醇香甘怡，沁人心脾且功效神妙，百姓感念天师施救苍生之恩，赞誉此药酒为'妙沁神酒'，即为当今著名妙沁药酒。当然，张道陵用《太平要术》里面的法术最终降伏了妖鬼，其徒众达数万之人。"

我大哥点了点头，"不错，我还听过关于张天师的好多传说呢，这段倒是没有所闻，原来《太平要术》还有如此的一段秘闻啊。"

鬼师傅提起康老板和卓师傅，"他们确是比谁都心知肚明呢，张道陵一时间盛名闻达，甚而王宫将相不惜重金望与其结交。当然也让一些人羡慕嫉妒恨，那就是方鱼的后人，他们数次要张道陵拜方鱼为师，并想让他用《太平要术》的秘术敛财聚众密谋造反，张道陵不从，并与方鱼后人撕破脸皮。自此，方鱼后人决定和张道陵势不两立，方鱼后人创立了白日教，由于其专门研究害人的巫术，受百姓唾弃，又被张道陵的五斗米教驱逐，张道陵担心方鱼的《天书秘卷》被其后人挖掘出来危害世人，便在骷髅洞里做了障眼法和其他布局。方鱼的后人果然率领徒众去骷髅洞想要开棺取《天书秘卷》，可是到了骷髅洞老是碰到鬼挡墙，后来还被鬼蝙蝠伤亡了众多徒众。方鱼后人也被气急生病，后来长吁短叹死于病榻之上，于是白日教徒众暂时死心，消失在众人的视线里。"

我听完后点了点头，"原来如此，康老板石匣子里的就是《天书秘卷》吗，看起来挺厉害呢，用那个施用巫术好多次啊。"

鬼师傅摆摆手，笑着说："《天书秘卷》真有那么简单拿到手，那就不是《天书秘卷》了，那只是方鱼造的疑冢，看来张道陵张天师都被方鱼骗了，张道陵同样设置了另一个疑冢，就是水塘下面的墓穴来呼应方鱼的墓穴。还设置了各种天然屏障，到头来却保护个赝品。"

"你怎么知道是赝品，看来你还是个行家。"我说。

"你们知道吗，方鱼有最变态的一面，就是在人脑袋里下食骨虫，让虫子剔人头骨，并训练食骨虫在人头骨上写字。当时，常常有百姓莫名其妙地失踪，都被巫士方鱼抓了去训练头骨书法。"鬼师傅拍拍拿在手里的骷髅头说。

我大哥看着骷髅头愤恨地说："当时还有这种人渣，简直没有人性。"

"是啊，人到了一种程度，或膨胀，或发疯，方鱼害怕自己的巫术被人学去盖过自己名头，又怕自己得罪的人报复自己，终日惶惶不安，于是开始在全国各地寻找风水宝地过着隐居般的生活。但是，他用食骨虫在头骨上写字的癖好并没有变，所以又害死很多人，后来发现他用头骨写字也有个秘密，不过这秘密刚刚被我知道。"鬼师傅得意地说着。

"呵呵，鬼师傅，什么秘密啊，你不会是说《天书秘卷》就刻在人的头骨上吧？"我无心地开着玩笑。

鬼师傅听完后立刻呆了，"你，你怎么知道的？"鬼师傅问道。

"猜的呗，难不成说中了？"我看着鬼师傅的表情指着自己问道。

我大哥也点了点头，"怪不得呢，亏这种变态的人才想得出来，他不想自己的巫术被别人学去，同时又不甘心自己的巫术失传于世，把巫术分刻在不同地方，不同人的墓穴中，这确实是一个隐藏他巫术的好方法。"

鬼师傅看着我们哥儿俩，"扑哧"一声笑了出来，"你们哥儿俩，能把方鱼的心思猜得一清二楚，看来你们也是变态之人啊，我得小心点。"

"得了吧，鬼师傅，你别拿我们兄弟开玩笑了，我们还是说正经的吧，康老板和卓师傅对这段历史知道不足为奇。鬼师傅，你最让人怀疑啊，整件事情你比他们还透彻呢，说，你是不是也是白日教的，不过也背叛了白日教，有自己的私心啊？"我回头又将了鬼师傅一军，要探探鬼师傅的口风。

鬼师傅摇了摇头，表示无可奉告，"我的目的是阻止白日教的人和其他人士寻找《天书秘卷》和《太平天书》，我的身份就不要考究了，事情你们知道得够多了，出去之后不可对别人提起，否则对你们无益。"

"对了，鬼师傅，康老板要的那个长生不老药是真是假啊，真的能让人长生不老吗？"我好奇地问道。

"那种事情你也相信吗，如果真能长生不老，巫士方鱼、张天师都活到现在了。不过是一些延年益寿的药，或者是奇珍异兽配制而成的补品，疗伤治病有很大奇效罢了。"鬼师傅拿出奇楠木匣跟我比画，"要不要尝尝试试，看看能多活几年？"

我摆了摆手，"还是给你自己留着吧，我可不是神农氏，万一是毒药，就算不是毒药，放置了千年的药啊，早就发霉透了。"

"鬼师傅，水塘下面的水是怎么回事，还有十来个洞穴，看样子都不像是人工弄的，就那个墓室还有暗门被人做了手脚。"我大哥想了想问道。

鬼师傅挠了挠脑袋，指了指地面上怪蛇的尸体，"这一切要归功于它了。相传肥遗是旱魃，那是因为肥遗能够控制地下水脉的走向，看到下面水塘的那些洞穴了吗，都是肥遗开通的，它可以把水脉引到这里，也可以把水脉引到别的地方去。当年张天师也发现了这个水塘，并且降伏了肥遗，利用肥遗弄出的洞穴做了墓室，改了暗道，等等。

所以水塘的水利用暗道机关，就可以自行引流出去，也可以再引流水脉蓄满水塘，呵呵，人类也是伟大的。"

"肥遗一出现，真的要闹旱灾啊，那我们寨子不是跟着要受牵连了吗？"我看着肥遗的尸体担忧地说。

鬼师傅看着肥遗的尸体点了点头，把骷髅头放置一旁，"根据相传的记载确实是这种状况，你们也看到了，肥遗的本事究竟有多大，它能控制水脉的走向，当然就能掌握当地干旱与否了，肥遗已经死了，地下水脉应该没有改变吧，所以你们寨子应该没事。"

我的肚子"咕咕"叫了好几声，鬼师傅看着我"咯咯"笑了起来，我突然想到了鬼师傅说的他在骷髅洞顺手牵羊，立刻兴奋起来，"鬼哥，快点，快给我们哥儿俩拿点食物出来，一宿没咋合眼，半天没有进食，肚子都瘪了，你不是在骷髅洞把我们的存货顺手抢劫了吗？"

鬼师傅走到一处高高的草丛旁，伸手取出一包东西，"王老弟，鬼哥我是抢救你们的东西，怎么是抢劫呢，要不是我抢救，都跟着马匹去找黑线虫子了。"

"好了，是多亏你抢救了，赶紧扔过来吧。"我抱拳央求起来。

鬼师傅把包裹扔了过来，我抖掉上面的虫蚁，把干粮分给我大哥一份，看着鬼师傅说："鬼哥，就剩这些了，你也吃点吧，看来下一顿咱们得自己动手去弄了。"

"你们哥俩都吃了吧，我进洞之前补充完了，这点还不够你们塞牙缝的，吃完后我们准备准备，看看怎么走出迷雾岭吧。"鬼师傅摸摸晾晒的衣服，看看四周的密林，"怎么走出去还得靠你们哥儿俩呢，我之前察探过周边的环境，咱们往前还是一片森林，也不知有多大面积。"

"狼孩还不知所终呢，也不知是死是活，一起出来的，回去也得给王为善一个交代，活要见人，死要见尸，咱们找到狼孩才能回去。"我大哥叹息起来，整个人无精打采的。

"那个不说话的怪异孩子，我看到他深夜鬼鬼祟祟地走出洞穴，当时还有狼叫声，我主要是跟踪康老板的踪迹，所以就分不开身去看狼孩到底干啥去了。"鬼师傅补充道，"你说他会不会被狼给吃了啊，大晚上的碰上狼群，凶多吉少啊，可是他为啥孤身犯险呢？"

"狼孩本身就是在狼窟里捡来的孩子，他的许多行为本领跟狼极为相似，所以可能是听到狼叫声比较亲切吧。有一次我们进山打猎碰到了狼群，还是狼孩帮我们脱险了的，那些狼围在狼孩身边转了三圈就都走了。"我大哥讲起了以前的事情。

我也点了点头，高兴地说："是啊，你看狼孩不吱声，但是在这深山老林中的本事可不小呢，一路上的动静警觉都是狼孩提前就预感到的，我想狼孩现在也一定还活着，或许正在被一群狼围着亲热呢。"

鬼师傅听完我们说的，耸了耸肩，把手一摊，"但愿如此吧，可是林子这么大，谁又知道他身在何处呢，如果他自己不回来找我们，我们根本不晓得到哪儿去找他，只能是越走越迷糊。"

看着摸不准方向的四周，不知何处就隐藏着危险，我们深一脚浅一脚地好不容易摸到这里，接下来是深是浅还不知道。我想了想也是，于是和我大哥商量了一下，干脆在此地生火，再等一等狼孩，如果他看到此处升起的烟应该会找到这里，如果等到明天还不回来我们再采取别的行动。

就这样我们闲聊了一会儿，夕阳就已经西下了，大家穿起了衣服，搜集干柴准备生火。

鬼师傅点起火后闲着没事，哼着小曲："赤日炎炎似火烧，野田禾苗半枯焦，农夫心里如汤煮，公子王孙把扇摇哪……"

"鬼大哥你可别唱了，我一听到煮汤，就想到了炖鸡汤，唱得我肚子咕咕叫不说，唱得我心真跟火烧似的，告诉你，再唱下去，你得负责我们的肚子啊。"我抱过来一些干树枝往地上一扔，冲着鬼师傅不满意地说道。

林中捕猎

鬼师傅和我大哥商量好了，我大哥负责看火，搭建临时的木床，我们不能直接睡在潮湿的草地上，晚上有好多蛇或虫蚁在草地上爬行，我们要想睡个安稳觉就必须用木叉木棍架起一排木床，附近有好多干死或倒下的树木，还有许多现成的草绳捆绑木床，能够省很多力气。而我和鬼师傅要做的就是拿着用刀削好的长木矛去打些野味，我们的晚饭和明天的早餐都靠我和鬼师傅的运气了。

我和鬼师傅朝着太阳落下去的方向走去，也就是和食人树林相反的方向，食人树林和水塘附近根本看不到任何动物的踪迹，这一片已经被动物们当成了死亡之地不敢轻易涉足。

"前面那片林子不会也是食人树林吧，我们现在碰上啥，啥都是奇怪的，一朝被蛇咬，十年怕井绳，我们现在是蛇也怕，林子也怕。"我跟鬼师傅指着前面的林子说。

"你仔细听听，林子里好多鸟叫呢，那就是生命的迹象，肯定不会是食人树林了，最好能抓到几只大野兔，回来好好的烤上一烤。"鬼师傅幻想着烤野兔，口水都要留了出来。

"嘿嘿，那当然好，兔子也不是那么好抓的，咱们别空手而归就行，能抓到几只山鸡也是好的。"我的肚子又开始委屈起来，不自觉地"咕咕"叫了两声。

鬼师傅翻了个白眼，"你更想得美，那山鸡比野兔美味多了，而且是皇宫里面御膳房的名菜，历代的皇家贡品，清代乾隆皇帝食后赞叹不已，写下'名震塞北三千里，味压江南十二楼'的名句。"

我对鬼师傅不由得佩服起来，竖起大拇指称赞道："鬼哥，看来你还是个博学多闻的人才啊，啥都明白，放在古代也是个大学士呢。"

"鬼哥不是吹牛，凭鬼哥这两下，上知天文，下知地理，文武双全的人才，在古代当大学士还委屈哥呢，要么是一朝宰相或是个大将军什么的。"鬼师傅被我这么一夸，自己还翘起尾巴来。

我正想跟他继续斗嘴，突然草地里一只肥大的野兔蹿了出来，我拍了拍鬼师傅，小声地说："兔子，真有兔子。"

鬼师傅猫着腰朝我指的方向看去，嘴角上挂起了月牙，拿起长木矛偷偷地走上前去。鬼师傅朝旁边一指，示意我从右边包抄过去。

我也拿着长木矛从右面往前走，肥大的野兔耳朵来回地摇摆，听着周围的动静，天色渐渐暗了下来，草丛里虫鸣声聒噪一片。眼看鬼师傅离野兔五六米的样子，鬼师傅手里的长木矛往后扬起，我离野兔也就十米左右，不过野兔的脑袋正转到我这边看着我，我不敢再动，怕惊动了野兔。

"着！"鬼师傅高喝一声，虫鸣都吓得止住了，眼看长木矛就要插在野兔的后背上，野兔突然往前一蹿，躲过了一劫，长木矛插在旁边的草地上晃动不止。

野兔也被惊动了，立刻就朝着我这边蹿过来，我看着离我也就两米左右的样子，握着长矛狠狠地一插，野兔也是灵敏，躲过了要害的部位，我的长木矛插到了野兔的后腿上，可是野兔挣扎着一瘸一拐地又跑了开去，转身奔进了前面的树林里。

"哎，快追快追，王老弟，你看看你，伸手一抓就能抓住，都让你给放跑了。"鬼师傅有些叹息，开始埋怨我没有抓到兔子。

我"扑哧"一声笑了出来，"鬼哥，我没有本事还插伤了兔子，不知是谁连兔子毛都没碰到呢？"

"好了，好了，你看那兔子，就在前面，它也跑不远了，回头多让你吃两口就是了，恐怕埋没了自己的功劳。"鬼师傅拔出长木矛朝前追了过去。

我瞅了眼升起的圆圆的月亮，清澈得像一眼清泉，月光倾洒下来，让眼前的夜景更加美丽。

"还愣着瞅啥呢，快追兔子去吧，说不准咱还能在林子里抓几只山鸡呢，刚刚还听见山鸡的叫声了。"鬼师傅催我快走。

我一听有山鸡，更加饿了，肚子"咕咕"个不停。

鬼师傅侧着耳朵，兴奋地说："你听，山鸡又叫了，好像还挺近呢。"

我差点一脚踹过去，分明我的肚子在叫，还听出个山鸡糊弄我，我们走进了林子，猫头鹰在树上叫了起来。野兔虽然跑得不快，但是在林子里我和鬼师傅也不能全速跑起来，林子很密，对体型小的动物行动有利。

"快看快看，那个猫头鹰跟咱们抢食呢，咱们得行动快点。"鬼师傅着急地往前紧赶，看着飞上飞下的猫头鹰虎视眈眈地盯着一瘸一拐的野兔，我们可得快点行动。

野兔可能流血过多，蹲在前面哆嗦着不再跳窜，猫头鹰正呼扇着翅膀张开双爪抓了下去，鬼师傅眼睛都红了，立刻把长矛丢了过去，猫头鹰还未碰到野兔，就被长木矛穿胸钉在树干上，瞪大了双眼看着我们，扑棱几下翅膀死掉了。

"嘿嘿，敢跟我抢食吃，王兄弟，去，把你的山鸡拿着，晚上你就有烧烤山鸡吃了。"鬼师傅笑着捡起野兔，让我去把猫头鹰也拿着。

"鬼哥，刚刚是谁说什么山鸡肉美来着，我就将就着吃野兔肉了，这要是山鸡还是宝贝，如此佳肴我这普通百姓吃不起，得什么宰相将军那样的人物吃。"我也开起了鬼师傅的玩笑，拔下了长木矛，把猫头鹰拎到鬼师傅面前。

"呵呵，得了兄弟，猫头鹰肉吃起来酸酸的，没人爱吃，可是咱可以拿它当肉食动物的饵料，回头咱们做个陷阱，第二天天亮看看有没有收获。还有，我这次是真的听到前面有山鸡在叫，不是你的肚子，你听听。"鬼师傅接过长木矛，把兔子用衣服裹了系在背上，指着前面不远处说。

"咯咯"声传了过来，而且好像不止一只，我听到的声音确实是山鸡的叫声，此时天黑，正值它们回巢休息，白天抓它们不好抓，因为山鸡奔跑速度极快，而且还能低飞，晚上它们看不清跑起来就不快。

我们两个蹑手蹑脚地走了过去，月光下，三只七彩山鸡正围在一处坑巢里相互依偎取暖。

我扬起长木矛瞄准当中的一只大个山鸡就要插上去，前方的树林中突然冒出十多只绿幽幽的眼睛出来，开始还以为是不是又碰到鬼怪了，后来离我们越来越近，借着枝叶透下来的月光才看清是几只大灰狼恶意地看着我们。

山鸡也察觉到了危险，慌乱地朝前跑去，可是逃跑的方向正是大灰狼来的方向，三只山鸡被三条大灰狼或用爪子按在地上，或是叼在嘴边。奇怪的是，三只大灰狼并没有吃掉山鸡，反而咬死之后丢在一旁，然后奔着我们过来。

"咱们都把战利品让给它们了，它们还要咱们手里的吗，也是，狼多肉少，王兄弟，你把猫头鹰也给它们吧。"鬼师傅握着长矛，警觉地看着前来的大灰狼。

我把猫头鹰扔了过去，大灰狼只是看了两眼，并没有停下来的意思，"鬼哥，它们还嫌少，都说狼喜欢吃兔子，你就忍痛割爱吧。"

"鬼哥我已经够忍让它们的了，还要再三逼哥的话，哥也不能惯着它们了，王兄弟，准备好没有？"看鬼师傅的气势，要与群狼来一场恶斗。

"我这不是一直都准备着呢，就等着它们过来，这几条大灰狼够我们吃几天的了。"我拿着长木矛气势上不输给鬼师傅。

"咳咳，兄弟，你胃口还挺大。"鬼师傅被呛了一口，然后把长木矛向前头的大灰狼丢了过去，喊了声"跑"。就见鬼师傅扭头就往回跑。

我也丢了手里的长木矛，跟在鬼师傅后面跑。林子里方向不好辨认，加上林密，我们额头、胳臂和大腿都被树枝划得生疼，但是不敢回头，不敢停下脚步。后面不知有几条大灰狼正追着我们，我们在林子里乱跑，惊飞了夜宿林木上的鸟类，一时间，林子热闹起来。

鬼师傅没看清楚，不知被什么绊倒在地上，我也跑得太快，没有停下身子，跟着跌倒在鬼师傅的身后。

"王兄弟，我的兔子呢？"鬼师傅狼狈地爬了起来，摸摸后面，系在后背的衣服里面空空如也。

我拉着鬼师傅，"快跑吧，还要什么兔子，再不跑，命都没了。"

此时我后背有人拉我，"我说鬼师傅，快走吧，留得青山在，不愁没柴烧，等明天咱们哥仨一起再想办法抓野兔，现在不是时候。"

"兄弟，我们还是不用跑了。"鬼师傅的话从后面别的地方传来。

我心里凉了半截，那现在身后拉着我的是谁，莫非是鬼？我慢慢转过头去，一条大灰狼正探着毛茸茸的前爪搭在我的背上，我来个金蝉脱壳，迅速把衣服脱了，靠在身后的一棵树旁对视着大灰狼。

"兄弟，我们还是投降吧，你看看，我们已经被包围了。"鬼师傅指着周围数十只大灰狼，把我们围在中间。

"嗷嗷"两声狼嚎传来，十多条大灰狼扭头去看了看狼叫的方向，后退着消失在密林里。

"奇怪了，到口的食物都不要了，快看看，我的野兔，还有山鸡、猫头鹰，都在地上。"鬼师傅兴奋地手舞足蹈。

我警觉地看着四周，"鬼大哥，咱们还是别忙着高兴，赶紧地拿着食物跑吧，万一那群大灰狼再回过头来。"

鬼师傅一手拎着兔子，一手提着山鸡，临走还不忘让我捡着猫头鹰，我们匆匆忙忙地走出林子，看到我大哥升起的火光，备感亲切，加快了步伐。

"看看后边有什么东西跟着没，我总觉得有啥？"鬼师傅狐疑地不时回过头去。

我看了几眼，空旷的草地上只有阵阵虫鸣声，远处的林木在黑夜下显得鬼魅，"鬼师傅，你有点神经过敏了，啥也没有。"

我大哥见我们满载而归，笑得合不拢嘴，"好样的，看来我们晚上能够美美地吃上一回了。"

"呦，真是个好手，这木床搭得相当不错啊，我要是盖房子，得找你这个好木匠。"鬼师傅看着我大哥搭起的临时木床赞不绝口。

我大哥把野味接过一边，看到猫头鹰时坏笑着问："呵呵，我兄弟肯定不好这口，看来鬼师傅的口味蛮特别的。"

鬼师傅走到火堆边坐了下来，"鬼哥可没那个口福，那个留着给我们明天的食物准备的食饵。"

我大哥把山鸡的毛拔光，又把兔子皮一点点褪了下来，找了木棍穿插起来，横架在火堆上烧烤。"你们真行，明天我也跟着你们多打点野味。"

"你可不知道，这食物都是我们两个拿命换来的，狼，群狼差点就把我俩吃了。"鬼师傅开始不停地讲起了我们林中打猎的遭遇。

午夜魅影

柴火越烧越旺，烤得兔子流油，一滴滴跟下雨似的掉进火堆里"刺啦刺啦"地响着，山鸡的香味勾引得我们三人肚子"咕咕"地叫起来。

"差不多了吧，我先尝尝熟了没有？"鬼师傅馋得受不了啦，伸手去扯山鸡肉，由于火旺温度高，烫得鬼师傅龇牙咧嘴的。

"呵呵，别着急嘛，三只山鸡呢，一人一只，还有兔肉呢，足够我们吃的。"我开着玩笑，看着时辰差不多了，便找来三根削去皮的木棍把三只山鸡分给鬼师傅和我大哥，兔肉暂时在上面烤着。

三人分完了山鸡，顾不得烫热，都甩开腮帮子大口地吃了起来。没屁大工夫，鬼师傅手里的山鸡就变成了一个鸡架，鬼师傅把骨头唆得干净没味了，看着我和我大哥吃。

我把鸡肉往后藏了起来，警觉地看着鬼师傅，指指火堆上烤的兔子肉，"鬼哥，我们吃得慢，你可别打我们手里鸡肉的主意，你看，兔子肉也挺美味的，你多吃点。"

鬼师傅看山鸡肉是没指望了，把兔肉拿下来，用木棍去剔兔子肉吃了起来，嘴里还说着："哎，真是不讲义气，人都说有好吃的同吃，有难同当，我这是光跟着你们一起吃苦了，白天还不忍自己吃干粮让给你们呢。"

我大哥把剩余的一只山鸡腿丢给鬼师傅，眨巴着眼睛，"接着，说得好像我们兄弟不近人情似的。"

鬼师傅奸计得逞，坏笑着啃起了鸡大腿，"嗯，还是你大哥够意思，二愣，你就差点。"

我把鸡屁股掰了下来，递到鬼师傅面前，诚恳地说："鬼哥，就剩下最后一口山鸡肉了，我决定献给你吃。"

"去你的吧，鬼哥还就吃饱了。"鬼师傅打掉了我手里的鸡屁股，拿着骷髅头爬到架起的木床上去睡觉。

吃完东西，我也觉得犯困，打了个哈欠，"大哥，要么你先去睡会儿，我值首轮。"

"好的，只要少许添些木柴就行，火光不灭，那些野兽就不敢近前。"我大哥拿着没吃完的兔肉爬上了木床去睡觉了。

我坐在火堆旁无聊地看着天上高悬的明月，没多大会儿眼皮子就开始打架。

"二愣，二愣。"感觉耳边有个声音忽远忽近地叫我。

我揉揉眼睛，迷迷糊糊地站了起来，我身边的火堆呢，我大哥和鬼师傅呢？此时明亮的圆月不知何时躲到了一层薄云后面，朦胧的月色下前方不远处一个白色的影子正在叫我。

我也没想太多，声音叫得我软绵绵的，脚不由自主地就朝着白影走去，等我离白影越来越近的时候，才发现是个不认识的女孩。女孩脸色白白的，看似病态连连，她站在那儿冲我莞尔一笑，才看着有些气色。

"大深夜的你怎么来的这里，而且还知道我的小名？"我看着柔弱的小女子孤身一人在这荒野之中有些好奇。

"我们寨子就在这附近，我还要问你们呢，大深夜的怎么跑到这里来了？"女孩反问了我一句。

我有些不好意思地回答："哦，那个，我们是进来采药的，可是不小心迷路了，就走到这里了，这深山老林里面还有寨子？那太好了。"

女孩看着恳求地说："二愣哥哥，我叫庄柔，你就叫我小柔好了，我有件事情找你帮忙，求求你了。"

"有什么我能帮忙的，小柔妹妹，你说就是了，我一个人做不到，还有我大哥和鬼师傅呢。"第一次跟女孩近距离地聊了这么多，我还是十分害羞。

女孩摇晃着我的手，兴奋地说："真的，你答应帮我了，太谢谢你了，不过你说的大哥和鬼师傅在哪儿啊？"

我四处望了望，也不知我大哥和鬼师傅跑哪儿去了，"见鬼了，哦，不，我不是说你，我是说那两个人不吱声咋就不见了呢？"

"可是我们先去那边救救我姐姐吧，再不去她就要死了。"小柔着急得眼泪都流了出来。

我怎么忍心让这么柔弱的女孩子流泪呢，安慰她道："好好，我这就去救救你姐姐，你别哭了。"

小柔擦干眼泪，拉着我就往前面跑去，第一次被女孩子拉手，我感觉手里软绵绵的，心里也软绵绵的。

穿过一片密林，也不知跑了多久，一路上只有踩在地面落叶的"沙沙"声，连一声虫鸣都没有，我感觉心里毛毛的。

"小柔，咱们这是去哪里啊，你没感觉周围怪怪的？"我没把另一半话说出来，在一个女孩子面前说出个怕字感觉有些丢人。

"嘘，就在前面不远了。"小柔拉着我继续向前面跑去。

到了一处草丛面前，小柔突然停了下来，示意我蹲下，我跟着小柔后面蹲下，她乌黑的秀发蹭到我脸上痒痒的，还有一股天然的芳香味。

小柔轻轻地拍了拍我，扒开草丛，我们透过草丛的缝隙看去，前面十多米有一大片空地，空地上有一棵几人合抱的枯死的老树，还有个宽大的树洞，树洞上方垂吊着个穿着白衣服的女人，女人披头散发，看不清面貌。

"小柔，那个是你姐姐吗，她怎么被吊在树上？"我小声地问道，如果真是她姐姐，我们干脆出去上树解开绳子把人救下来得了，还躲在草丛中干什么？

小柔点了点头，"是的，二愣哥哥，树洞里有龙神，只有把龙神引走，才能救出我姐姐。"

"哦，是个什么样的龙神啊，我去把它引开，然后你去救你姐姐就行了。"我把话说完后才感觉有点后悔。

小柔目不转睛地看着我，我的脸唰的就红了，把眼光斜向一边说："小柔妹妹，你还没告诉我是啥怪物呢，我看看能不能制伏它？"

"哦，二愣哥哥，谢谢你冒险答应。我们寨子一年四季风调雨顺都靠着龙神掌握。今天我们寨前面的河水突然干了，我们的龙树也突然枯死了，巫师就跟族长说要给龙神献活人贡才能让龙神开心。"小柔好像十分害怕什么龙神，说话的时候紧紧地抓着我的手。

说到寨子前面的河水干了，我脑袋里灵光一闪，嘿嘿笑道："小柔妹妹，你说的那个龙神是不是像蛇一样，不过两个身子，身上五彩斑斓的？"

"啊，你怎么知道的，虽然我没有亲眼看过，不过我们的图腾上画着，一个脑袋，两条身子，身上五彩斑斓，还有六条怪腿，四只翅膀，看样子十分吓人呢。"小柔差点惊叫出声，"寨子里的人都害怕龙神，每年送贡品的寨民都活不了太长时间，所以没人敢来龙树这儿送贡品，巫师选中了我姐姐，威胁几个寨民要是不送贡品就当贡品，这才把我姐姐送了过来。我偷偷地跟在后面，等他们走了我也不敢过去，那个图像太可怕了，我正担忧发愁的时候听到了狼叫声，狼叫声里传达着别吃人，是我朋友的信息，我才知道原来有外人闯进来了，这才闻着你们的炊烟味，顺着火光找到了你。"

我拉着小柔妹妹站了起来，小柔紧张地说："怎么，怎么，你要去引龙神出洞吗？"

"龙神恐怕出不了洞了，我们什么也不用害怕。"我大胆地穿过草丛，走到树洞旁爬上了树，解开绳子，把人放了下来。

"快离开龙树附近，龙神就住在那里，好可怕的。"小柔吓得脸色惨白，哆哆嗦嗦地盯着树洞。

我往树洞处看去，黑乎乎的直通地下，传来一股腐败的臭味，呛得我立刻差点喘不上气来。我朝小柔挥挥手，示意她过来。

小柔还是不敢过来，我只好抱着地上的女人朝小柔走了过去。当我把女人放到小柔旁边时，小柔扑上来摇晃着叫道："姐姐，姐姐，你快醒醒。"小柔清理女人的头发，女人的面貌出现在我们眼前，吓得小柔一下子跑到我的怀里，"她，她是谁？"

我看那女人时也吓了一跳，女人的眼睛不知被谁挖了去，脸上被虫蚁咬得皮肉翻滚，"那不是你姐姐吗，不过是被人给害死了。"我安慰道。

"不，她不是我姐姐，我姐姐额头上长着美人痣，你看她额头上根本没有，还有我姐姐的脸型是鹅蛋的，她是圆脸。"小柔虽然害怕，但是我在身边，一点点地扭过头去再次确认了那人不是她姐姐。

我点了点头，"哦，可能是被人调包了，你姐姐可能早就被人救下了，这个人你认识不，是不是你们寨子里的人？"

"不是我们寨里的人，可能是补角寨里的人吧，但是他们寨子跟我们寨子不和的。"小柔听到姐姐有可能被救，心里又踏实起来。

"哦，那你们是什么寨的，没想到迷雾岭里面还有人居住啊？"

我说了起来。

小柔点点头，"嗯，我们在此居住有很长的历史了，我们是和尼族和尼寨的。"

正在我们说话的时候，突然身后的树林传来"嗖"的一声，我拉着小柔躲到一旁，一支短小的木制袖箭扎到我们面前的树干上，"谁？"我高喝一声。

一条黑色人影在密林里拐了几个弯就消失了，随后听到林子一片飞鸟声，肯定是这人的响动惊扰了林子里的宿鸟。

"究竟是什么人，为什么要害我们？"我指着袖箭不可思议地说。

小柔看了看袖箭，眼神露出一丝担忧，"这是我们寨子里制作的袖箭，用来捕射一些小动物的，糟了，一定是寨里的人发现我们前来抢夺龙神的活贡才要处罚我们的。他回去向巫师和族长告密，我，我也会受到惩罚的。"

"有我在，他们不敢动你一根毫毛。"我扶着小柔安慰道，"要么这样，你跟我先回到我的营地去找我大哥和鬼师傅，明天我们去你的寨里和你们不讲道理的族长去理论。"我安慰着小柔。

小柔看着我，点头说："嗯，二愣哥哥，我知道你是好人，不过我们族长能听你们的吗？"

"放心吧，让你们族长见识见识能降伏龙神的英雄，他不服气，还有鬼师傅呢，鬼师傅手段很厉害，有他帮忙，肯定没问题。"我和小柔手拉着手走向水塘处。

古老秘族

我们走着走着，突然听到前面有熟悉的声音喊我："二愣，二愣。"正是我大哥的声音。

我拉着小柔边跑边喊："大哥，大哥，我在这儿。"我拉着小柔跑到我大哥面前，看到我大哥举着火把和鬼师傅正用诧异的眼神看着我。

"咋了，咋了，不认识我了，还是中邪碰到鬼了？"我用右手在我大哥和鬼师傅眼前晃了晃，然后高兴地说，"来，我给你们介绍一下新认识的朋友小柔妹妹。"我把手往身后一指，然后回过头去，连我自己也惊呆了，刚刚拉着的小柔妹妹怎么转眼就消失了？

我大哥瞪着眼睛，给了我一个嘴巴，"疼不，你是不是中邪了，还左一个妹妹右一个妹妹的叫得如此亲切，大晚上不好好守夜，乱走什么？"

鬼师傅也在一旁开起玩笑来，"王老弟，我看你啊，到了年龄，想女人想疯了，太阳还没出来呢，你提前做起白日梦来了。"

我没法和他们解释，又喊了两声，"小柔妹妹，你在哪儿啊，快出来，别害怕。"喊完之后还是空荡荡的，根本没有一个人。

我大哥耷拉着脑袋，忧心忡忡地说："鬼大哥，我家二愣是不是真中邪了，碰到鬼了，你有没有破邪的法子？"

鬼师傅郑重其事地想了想，说道："糯米、符咒、黑狗血、猪头肉。"

我气得哭笑不得，上去一脚就去踹鬼师傅，"去你的吧，是不是还差一坛上好的老烧呢，你也就一混吃混喝的江湖骗子，还真当自己是茅山道士呢。"

鬼师傅往旁边一闪，指着我说："快看二愣，中邪挺深，还要对我动手动脚。"

我大哥一拍大腿，也嘿嘿笑了起来，"还好，还知道你是混吃混喝的江湖骗子，那就正常。"

我叹了口气，失望地看了看四周，"跟你们说你们还不相信，走，咱们去看看我和小柔去过的龙树处，还有个死人呢，还有人在我们背后放袖箭要杀我们。"

"哦，既然像你说得这么危险，咱们还是别在午夜犯险了，等天亮再过去查看不迟，咱们还是回到营地吧。"我大哥说道。

我依依不舍地跟着大哥和鬼师傅回到营地，重新生火，讲起了刚刚经历的一幕幕。我大哥和鬼师傅也听得入神，不过对我说的小柔还是不肯相信，我自己也觉得怪异，明明是跟在我后面，而且还手拉手的，突然间就没了。

聊了一会儿我觉得困了，我大哥揉了揉布满血丝的眼睛说："行了，你们去睡吧，我来守夜。"

后半夜我躺在木床上虽然闭着眼睛，但是翻来覆去地睡不着觉。也不知道什么时候睡着的，等我醒来的时候，天已经放亮了。

我从木床上翻了个身，看到我大哥和鬼师傅正指着地面上的一只插满木矛的小野猪正在谈笑，见我醒来，鬼师傅指着小野猪得意地说："咋样，够咱们吃两天的吧，那个猫头鹰换来两天吃的，你鬼哥做生意肯定是个好手吧。"

我跳下木床，揉了揉眼睛，想起小柔妹妹，说道："咱们什么时候去看看，我估计寨子也在附近，等找到寨子，你们就会相信了。"

我们把兔肉简单地烤了烤，三人风卷残云地把兔子肉吃了干净，又把野猪肉分割了好多块三人分装到衣服中包裹起来背到后背，鬼师傅把骷髅头和野猪肉装在一起，"鬼大哥，你可记好了你的肉，到时别跟我们的肉混在一起烤了，你的可是给骷髅上贡的肉，我们可不敢乱吃。"我开着玩笑说。

"如果真如你所说有那些东西，我们找到寨子，没准狼孩也在山寨中。"我大哥说着。

虽然昨夜朦胧，而且路又在山林里面不好辨认，但是昨夜留给我的印象太深刻了，我几乎是顺着和小柔妹妹走过的路一路追寻到草丛处。

"看，那就是我说的龙树，这可不是做梦吧。"我指着那棵枯死的粗树说，但是昨天我从树上解下来的女尸不见了，"哪去了呢？"

鬼师傅拔出插在树干上的袖箭说："这儿呢，王老弟，你确实没做梦，看来那个古老秘族真的在这里。"

我和我大哥不约而同地看着鬼师傅，问道："什么古老秘族啊，你好像又什么都知道似的？"

鬼师傅看着我们直愣愣地盯着他看，还有些不自然起来，"别，别用这种眼神看我，我也不是知道什么，只是比你们多读过几本书而已，二愣不是说了吗，女孩说这里有个和尼族是个古老的民族吗？"

"对对，就是小柔妹妹告诉我的，要不我上哪儿知道这么多事情，这回你们确信有小柔妹妹这个人了吧？"我看着鬼师傅和我大哥也对眼前的事情相信了，高兴地握着两人的胳膊晃悠起来，因为昨晚自己也有点不相信自己，感觉自己像是做了一场梦，我多么想确认事情就是真的，因为好想再次见到现实中的小柔妹妹。

　　"据说和尼族起源于秦汉时期，距今已经有上千年的历史，后在汉朝时迁徙南下，族人分支成好几个部落隐匿在深山老林中。祭龙的习俗从秦汉至今，祭龙的地方就是长有龙树的地方，相传龙树是以前龙神留下的化身。"鬼师傅滔滔不绝地讲说着。

　　我打断了鬼师傅，"管他什么龙树蛇树的，不就是被咱们弄死的肥遗怪蛇吗？咱们还是在附近找找和尼寨吧，找到人就能找到小柔妹妹了。"

　　鬼师傅又扮个鬼脸，吐出舌头，"你啊，二愣你真是想女人想疯了，还惦记着小柔妹妹呢，鬼哥可跟你说，和尼族的妹子惦记不得，你不知道人家族里有好多禁忌吗，而且相传那个巫师方鱼就是和尼族人，和尼族人半数都会弄巫术，我们可得罪不起。"

　　"还以为你有多能耐呢，鬼大哥对一个没见过的寨子都怕成这样，长他人志气，灭自己威风，还说自己是什么大将军呢，大将军有胆有识。"我用激将法刺激鬼师傅。

　　果然，鬼师傅受不了激将，"谁说你鬼哥怕了，好，鬼哥就带你们走一遭，看看古老部落的生活。"

　　我大哥兴奋起来，朝我调皮地挤着眼睛，也说道："好，这才是我认识的鬼师傅，说得好听，说得漂亮。"

　　"什么说得好听啊，鬼哥做得也漂亮，等到时你们就看出鬼哥有多大神通了，走，咱们这就去找山寨。他们的山寨选择在靠近河边、紧挨峡谷的地方。只要看看附近有没有河流，或是峡谷就能找到，他们选择的地势格局拿现在风水师的话说叫蛟龙得水的格局。"鬼师傅摇着脑袋，哼着山歌，神秘地说。

　　我拍着马屁夸道："鬼哥当个风水大师也可，等咱们出去了，拿这个坑蒙拐骗混饭吃也不赖。"

"你还别说，这个主意不错，到时候你就当旁边站着的道童，鬼哥肯定亏待不了你，嘿嘿。"鬼师傅想着想着自己笑了起来，开心得就像一个小孩子。

"走吧，前面那处好像是一个峡谷。"我大哥指着前面，隐隐约约地看到突起一座小山包，上面树木林密，不仔细看的话还真看不出，因为到处都是绿茵茵的树木草地。

我们朝着山包的方向走去，穿过密林，前方是片开阔的草地，草地前方有条河床，不过没有水流，河床延伸到小山包下面的峡谷里。

我们顺着干涸的河床朝峡谷走去，河床里一些乌鸦正在啄食臭鱼，见我们走过，"呱呱"地叫着，仿佛怕我们去抢夺它们的食物。

走到峡谷的时候才发现里面也是草盛林密，峡谷的石壁上刻着各种花鸟虫鱼的图案和一些人形图。每幅图上面都画着一个蛇形怪兽，就跟他们说的肥遗一模一样。还有众人祭拜大树的图案，一条怪蛇的脑袋从树洞中露出，鬼师傅看到后敲了敲石壁，指着说："看到没，他们有多崇拜龙神，几乎都是关于龙神的图案。"

"可是他们还不知道崇拜了上千年的龙神原来就是条怪蛇，怪蛇还被咱们给弄死了，你说他们会不会感谢咱们，咱们为他们除了一大害。"我拍了下正在研究石壁画的鬼师傅。

"这事情你最好别提，和尼族非常看重信仰，要是他们知道我们把他们心目中神圣的龙神给弄死了，非得把咱们活剥了不成。"鬼师傅看着一幅画，画上巫师正在把一些像蝎子似的怪虫子放到人的嘴里，然后那人就变成了一个骷髅似的人，"你看看他们的惩罚多么残酷，这些人都是违反族规或是冒犯巫师和族长从而被认定为恶魔，巫师对他们进行蛊术。"

"害人不浅，巫师啥的都不是什么好人，尽用些邪门歪道祸害人。"

我大哥对着石壁画吐了口唾沫。

大家边谈话边往前走，走到了峡谷的中间位置时，我看到前面的草地上好多茅草搭建的蘑菇似的房子，惊叫着："快看快看，前面有房子，我们找到和尼寨了，快走。"

鬼师傅揉了揉眼睛，点了点头，"嗯，不错，是和尼族的蘑菇房。和尼族的蘑菇房状如蘑菇，用峡谷河床淘出的红泥土做基墙，经得起风吹日晒，再用竹木架和茅草顶成，屋顶又跟瓦房似的弄成斜坡面，让雨水顺流而下。房子分层：底层关牛马牲畜和储存柴木等；中层用木板铺设，隔成左、中、右三间，中间设有一个常年烟火不断的方形火塘；顶层则用泥土覆盖，既能防火，又可堆放物品。房屋顶层还可开设透气窗口，夏天打开吹着凉风，冬天关闭保暖。蘑菇房经久耐用，冬暖夏凉。这些记载跟现实中几无差别，看来和尼族还沿袭着以前的生活习惯呢。"

"现在太阳都照屁股了，他们都没起床吗，连人影都没看见啊。"我指着前面说道。

"是不是以为咱们是土匪，都吓得躲到林子里去了？"我大哥笑着说。

鬼师傅咧着大嘴，苦笑着说："就你俩那熊样，还装土匪吓唬人呢，人家和尼族是老鼠族吗，说吓唬就吓唬得了的？告诉你们，人家可是会使巫术，善驱鬼兽呢。"

说到这，鬼师傅扣了扣脑门，说了句："巫术，难道是障眼法？"

"什么障眼法啊，就跟你弄出的骷髅怪的法术一样嘛，真坑人啊。"我抱怨道。

鬼师傅拿出奇楠木匣，开了盖子，自己闻了闻，又晃到我们鼻子前让我们闻两下，一股呛鼻子的辣味差点让我泪流满面。

"什么玩意儿啊，鬼哥你是不是不安好心，要把我们哥儿俩眼睛给呛瞎啊，辣死人了。"我揉着眼睛骂着鬼师傅。

我大哥嘿嘿一笑，指着四周，"真是障眼法啊，你看，好多人围着我们看呢，穿得花花绿绿的小姑娘真是漂亮啊，端着的是酒坛吧，他们也太热情了吧，真是好客。"

活人祭祀

我把眼睛瞪得不能再大，也没看到一个人，不知我大哥说的好多人在哪儿，"大哥，你是逗我们玩呢吧。"

我大哥小声地跟我说："我没逗你，骗骗鬼师傅。"

"是啊，真有好多人，你看他们拿着山鸡肉，大碗的酒，好热情啊。"我对着四周指指点点，好像真有这么回事。

鬼师傅揉揉眼睛，又闻了闻奇楠木匣，眼睛也呛得流泪，还是没看到什么，"我怎么没看到，你们都识破了障眼法？"

"可能是你流眼泪太少，没洗干净眼睛，多留点眼泪就好了。"我大哥说道。

"得了吧，再流下去，我眼睛都瞎了，你们是不是瞎扯呢？"鬼师傅坏笑着盯着我看，然后脸色一变，"真有人啊，不过哪里有酒有肉，都拿着长矛对着咱们呢。"鬼师傅指了指我的身后。

我回过头去，一群头戴尖顶软帽，穿着五彩斑斓布衣，身上佩戴用各种野兽骨头磨制的饰品的人正拿着长矛，端着弩箭对着我们。这些人个个虎背熊腰，长发披肩，分不清是男是女，眼神很是不善。

带头的是一个长脸巫师，他说话不男不女，"你们是哪里来的人，闯入我们的寨子有什么企图？”

鬼师傅打着哈哈说：“你们好，你们好，我们都是山外采药材的人，走着走着就迷路了，然后昨天晚上做梦有一条龙神给我们指路，让我们来这里，说是会有人帮助我们。”

鬼师傅编故事信手拈来，说得那些人信以为真。长矛和弩箭都不再对着我们，那些人交头接耳议论起来，可以听到他们说得最多的就是"龙神"二字。看来龙神果然是他们敬畏的神灵，我们若是跟龙神扯上关系，他们不敢轻易动弹我们。

"哦，一定是龙神的旨意，看来你们还是贵人。"长脸巫师尖声说着，"那好，你们跟我到这边来，正好今天是我们的六月年，请贵人陪同我们去祭祀龙神。"

我们三人跟在长脸巫师身后，穿过蘑菇寨，朝寨子后面的一处洞穴走去。洞穴两旁站着手持长矛的族人，看着长脸巫师过来纷纷弯腰致敬，等我们走进山洞便听到里面有一个女孩的哭泣声。洞壁上每隔一米就插着火把，照亮了山洞里的角角落落，洞壁上也都刻着在峡谷的石壁上看到的壁画，除了龙神还是龙神，已经没什么奇特的了。

到了女孩哭泣的地方，长脸巫师停了下来，洞里面还有十多个人，看着我们来了，有个上了岁数的老头说："巫师，你来了，那我们开始举行祭祀仪式吧。"

巫师上前跟着老头窃窃私语，然后指指我们三人，老头听完后笑着点了点头，"好，好，既然是龙神亲自挑选的，那就太好了，我们和尼寨有救了，你们三个是我们的贵人哪。"老头笑着迎了过来，对我们三个亲切地说。

鬼师傅笑着握着老人的手，赔笑说："哪里，哪里，都是一家人，不必客气。"

老人哈哈大笑，"那太好了，不用我们费事了，还请三位自己入席。"

我大哥看了看前面摆满了鸡鸭鱼肉和大坛的酒，伸手说了个"请"。

老者摇了摇头，"我们不敢造次，你们是龙神亲自指定的贵人，我们没有资格入席的，你们自便吧。"

鬼师傅也不客气，大摇大摆地先走上前去坐在地上拿起一只山鸡就啃了起来，闻了闻酒坛子，"哇，好酒，好香啊。"

说到酒，我大哥的酒虫子也被勾了出来，走上去端起坛子就"咕咚咕咚"喝了几大口，"好酒，真解渴，还有山鸡肉，不错，谢谢款待。"

看着他们大吃大喝，我顾不得礼貌不礼貌，上去捞起一只野鸭大嚼了起来，只可惜一坛酒没有多余的碗，我们三人轮流抢着喝。

老者看着我们狼狈吃喝的模样摇了摇头，跟巫师说："差不多了，我们去外面吧。"

我还想呢：是不是人家看我们如此糟蹋他们的食物，有点不忍心了，所以干脆不看我们吃喝了，看我们吃喝也是一种折磨。

"别啊，大家一起来吧，都别客气。"鬼师傅还不忘假意劝留一番。

长脸巫师看了看我们身后，脸色微微一变，"它要来了，我们走吧。"说完，带领老头和其他人都走出了山洞。

"鬼师傅，没想到和尼寨的人还真是热情啊，大碗喝酒，大碗吃肉，刚刚长脸巫师说谁来啊。"我打着饱嗝问道。

"管他谁来呢，过来陪咱喝喝酒、唠唠嗑，肯定是族里重要的人物呗。"鬼师傅啃着鸡腿，生怕说话耽误了吃肉。

这时，我们身后一个女孩说话了，"我还没见过像你们这样的人呢，难道你们不怕龙神吗，待会儿龙神就要出来了，我们都是它的贡品。"

我拿起一支火把，这才看清我们身后的一处黑暗角落里用绳子捆绑着一个白衣女孩，而这个女孩和我昨天碰到的小柔妹妹很像，但是不是一个人。女孩看着我直愣愣地盯着她，问道："我身上有什么特别的东西吗？为什么这样看着我？"

"活人贡品，你说我们是龙神的贡品？"鬼师傅把嘴里的鸡肉吐了出来，呛得脸色发红。

"是啊，你没听族长说吗，你们三个是龙神自己选的，还是上等贡品呢。难道你们一点也不怕龙神，看你们的样子，我也不怕了。"女孩被我解开了捆绑的绳子，大概是饿了，也抓起肉吃了起来。

我大哥拍了一下发愣的鬼师傅，瞪着眼睛莫名其妙地问："发什么呆呢，怕啥，龙神，就是那个怪蛇都被我们弄死了，怕啥啊，咱就在这安稳地大吃大喝，吃饱喝足之后就出去溜达溜达。"

鬼师傅听完我大哥说的，哈哈大笑起来，"哈哈，是啊，刚才太激动了，那个什么龙神都嗝屁了，咱们还担心什么。吃，来来来，好好吃。"

"龙神死了，不可能吧，你们听听，地底下就有龙神的动静，待会儿它就会上来吃我们了。"女孩说到这，害怕地看着刚刚的角落处。

经她这么一说，我们确实听到角落处传来"呼噜呼噜"的怪声，拿着火把往那儿照去，还有个木排做成的盖子盖在一个黑洞上，刚刚女孩就是坐在那上面。

"要不我们出去吧，真的是什么怪物，我们四个还不危险了？"鬼师傅顾不得吃东西，胡乱往怀里揣了几只山鸡大腿说。

女孩摇了摇头，"出不去的，族人都在外面守护着，如果我们不老实，他们就会放烟雾迷晕我们的。"

"肥遗怪蛇不是死了吗，难道还有一条？"我奇怪地问道。

后来我们又跟女孩确定了下她说的龙神，跟我们弄死的肥遗怪蛇是一个模样，但是木排下洞穴传出来的声音越来越大，那个怪物离我们越来越近了，我们也搞不懂是什么东西，没准这地区肥遗怪蛇还不少。

"鬼哥，你不是也会好多巫术吗，康老板都不是你的对手，他能把肥遗怪蛇降伏，你难道还害怕吗？"我看着鬼师傅吓得团团乱转对他说。

鬼师傅故作镇定地回道："二愣啊，你是不是没见到过肥遗的厉害，我们没有蛇木根本对付不了它，它喷出一口毒气，我们顷刻间就得没影了。"

我大哥点了点头，"那小蛇的厉害我们是见过的，吐出的毒气弄得人和烧焦似的，好不恐怖，还有那些食人树，要不是数量众多，也不是小蛇的对手。"

"什么蛇木啊，康老板一个水晶鼻烟嘴就对付得了啦，我明明看到康老板就是用鼻烟嘴斗的怪蛇，没看他拿其他东西，什么蛇木不蛇木的，本事不行就是本事不行，你老是找什么借口。"我鼻子冷哼了一声，关键时刻想用气话来激将他。

"康老板之所以降伏住了肥遗怪蛇，是因为他把蛇木料放在了烟嘴里，然后吸入了蛇木龙烟，用龙烟的浓痰熏晕了肥遗怪蛇。我在你们走后乘着肥遗昏死，用利器刺穿了肥遗的心脏，随后才挖了肥遗的眼球去当照明灯。"鬼师傅解释说，"要说你鬼哥本事不济的话，康师傅是败在谁的手下，你们还能跟我站到这里吗？"鬼师傅眉头一挑，斜着三角眼睛看我。

正在这时，角落的木排处传来"咚咚"的声音，怪物已经到了木排下，即将出来，我们四人退到后面，我从墙面上取下三支火把分给了我大哥和鬼师傅，"既然跑不了，那就跟它一决雌雄，我们要不要先发制人，把火把扔过去烧它？"我说道。

"嘿，你还真不怕病急乱投医，烧不死怪蛇反而刺激到怪蛇，到时候更好玩了。"鬼师傅心不在焉地说道。

我们还没争出个结果，我大哥就先把火把扔了过去，"管不了那么多了，二愣也算是急中生智，我看行，好的，多弄点火把扔吧。"

看我大哥扔完了火把，我和鬼师傅也朝着木排处扔去，火把从木排的缝隙里掉了下去，就听到"吱吱"的乱叫声传来。

"怎么听起来像是老鼠的叫声呢？"鬼师傅嘀咕着。

女孩惊叫了一声，吓得往后退去，指着洞口喊道："什么东西出来了？"

一个不大的火球从木排处滚了出来，还伴着"吱吱"怪叫，我定睛一看，都舒了口气，原来真的是只老鼠，被我们扔的火把点着体毛，四处乱窜。木排下还有好多"吱吱"的乱叫声，原来不是什么龙神怪蛇，而是老鼠大军。

洞里面充满了老鼠皮毛烧焦的味道，我们想出去却被女孩阻止了，"你们真想被巫师弄晕啊，到时还不知他们怎样对付你们呢，要是用了虫蛊，你们可就危险了，还是等到晚上吧，他们回寨子里我们再出去。"

我点了点头，"还是这位小妹妹说得有道理，我们等到晚上再说吧，反正有吃有喝的，怕什么啊？对了，小妹妹，你叫什么名字，怎么也被他们弄作活人祭祀？"我总感觉她和小柔妹妹十分相像，但是又不是一个人。

"我是和尼寨里的人，我叫庄梦，你们叫我小梦妹妹就可以了。"小梦水灵灵的大眼睛看着我们说。

"庄梦，啊，庄柔妹妹你认识吗？"我突然大惊问道，死死地抓住她的双手盯着她看。

"行了行了，二愣兄弟，抓着人家姑娘的手干什么，快放下快放下，都弄疼姑娘了。"鬼师傅拍了拍手掌，冲着我说道。

只见庄梦也吃惊地看着我，"你，你是怎么知道我妹妹的，她在去年祭祀龙神的时候也被当作活人贡在龙树那儿被龙神吃了。"小梦妹妹边说边伤心地掉下眼泪来，"要是没有你们，我也死在这次六月年的祭祀龙神的日子里了。"

我听完后又是一惊，"小柔妹妹死了，可是我，我看到的是，唉。"我没说完叹了一口气，那难道只是一场梦？或是，我遇到了小柔妹妹的鬼魂？

南柯一梦

鬼师傅上前拍拍我，安慰道："王老弟，古人有南柯一梦，虽然也是一场空欢喜，但也是美好的回忆。"

我点了点头，又摇了摇头，说："嗯，空欢喜一场？我相信那是真的，如果是梦，我怎么会找到龙树那儿，如果是梦，我们又怎么会在这里发现了小柔妹妹说的和尼寨，我们又怎能遇到小柔的姐姐？"

"这个还真不好说，鬼魂托梦吧，还是梦啊？"鬼师傅在一旁抓耳挠腮，想不明白。

我大哥见我愁闷，朝旁边一撇，想找点话题，"鬼哥，你给讲个故事吧，我们在这里要待上一天，无聊至极，时间过得可真慢啊。"

鬼师傅笑着接话说："这个难不住我，咱看过的书太多，随便说出来的都是典故，这就把南柯一梦的故事说给你们听。这是唐代李公佐著的《南柯太守传》：话说游侠之士淳于梦，家住广陵郡东，宅南有大古槐一株，常与朋辈豪饮槐下。一日大醉，由二友人扶归家中，昏然入睡。忽见二紫衣使者，称奉槐安国王之命相邀。遂出门登车，向古槐穴而去。及驰入洞中，见山川道路，别有天地。入大槐安国，拜见国王，招为驸马，又拜为南柯郡太守。守郡二十载，甚有政绩，大受宠任。后有檀萝国军来侵，淳于棼遣将迎敌，大败。不久公主病死，棼遂护丧归至国都。因广为交游，威福日盛，国王颇为疑忌，夺其侍卫，禁其交游。棼郁郁不乐，王即命紫衣使者将他送归故里。还入家门，乃蘧然梦觉，见二友人尚在，斜阳犹未西落。遂与二友寻槐下洞穴，但见群蚁隐聚其中，积土为城郭台殿之状与梦中所见相符，于是感人生之虚幻，遂栖心道门，弃绝酒色。"

我听完之后，跟自己现在状况联系起来，更加哀叹不已。

我大哥见状，用手指点了点鬼师傅，"你啊你，班门弄斧就班门弄斧得了，不是说有一大堆故事吗，非得讲这个什么南柯一梦，我看你就知道做梦，别的也不知道。"

"什么就知道做梦啊，咱这梦的故事是根据二愣兄弟的状况说的嘛，这也是现实与什么相结合。好了，你们不爱听，老子还不讲了呢，喝酒去。"鬼师傅也闹起了小脾气，独自一人去喝酒。

小梦妹妹走到我跟前，"二愣哥哥。"

我耳边好像又听到小柔妹妹叫我一样，转过头去刚想说："小柔妹妹，原来这不是梦。"结果看到了小梦妹妹正在我面前。

"小梦妹妹，有什么事吗？"我淡淡地说道，有点不好意思。

"我妹妹是一个很讨人喜欢的女孩子，我们一起在山里摘野果，采蘑菇，过着像幸福的小鸟一样的日子。我们还认为这样的日子能一直下去，可是，就如刚刚听到的南柯一梦一样，我妹妹被巫师的儿子看中了，所以巫师让族长强迫我家里把妹妹送给巫师儿子做媳妇，我爸妈不同意，就被巫师陷害死了，后来我妹妹拿着长矛晚上去找巫师报仇，结果我妹妹被巫师抓住，后来巫师就建议把我妹妹做了活人祭祀给龙神。没想到半年之后，又把我祭祀给龙神了。"小梦妹妹的话语间有幸福，有苦涩，有伤痛，也有仇恨。

我大哥听完之后，眼睛瞪得滴溜圆，气愤地说："好一个狠毒的巫师，害得人家破人亡。"

　　我看着小梦妹妹安慰道："小梦妹妹，你放心，既然我答应了小柔妹妹要救你，我们就会不惜一切代价地救你，还会不惜一切代价为你报仇。"不管是梦也好，还是其他也罢，总之我答应过小柔妹妹要救她姐姐，也算了却她和我的一个心愿。

　　"咳咳。"鬼师傅吐出一口酒来，"你说得倒好听，不惜一切代价，二愣啊，咱们带着小梦妹妹一起逃跑还行，报仇还是算了吧，你知不知道，和尼人人都会弄点巫术出来啊，再加上咱们好汉架不住人多，双拳难敌四手啊。"

　　"看看你，还没出去就怕上了，你不是说让他们见识下你的本事吗，大将军，还是不是大将军了，我看像个逃跑的虾兵。"我大哥又取笑道。

　　"是啊，刚刚来的时候吹得也很厉害，说什么见识鬼哥有多大神通，结果呢，我才知道，鬼哥的神通就是比兔子跑得还快。"我也在一旁说着。

　　"你们再侮辱我的话，我可不客气了啊，看我的。"鬼师傅掏出一个圆球的东西往我们这边一扔，"轰"的一声炸开了，这东西就是我们在水塘下面的墓室中看到的，鬼师傅当时用它变出来好多骷髅对付康老板。

　　我刚说完"你"，便见眼前一阵模糊，就知道又中招了。等我睁眼看时，好像来到一处世外桃源，眼前，花红柳绿，枝头闹黄鹂，一眼清泉穿梭在错落的奇石间，几尾小青鱼戏于水间。更让我惊喜的是清泉边的一块绿石上正坐着一个长发女孩，女孩穿着白衣背对着我，这背影看着很像一个人，我走上前去，看到小柔妹妹正光着小脚丫，两只小脚丫正在清泉里划水。

"二愣哥哥，你看什么呢，怎么，不认识我了。"小柔妹妹莞尔一笑，用手指把头发划到耳后，倾斜着身子看我。

"认识，当然认识，我是看到你太高兴了，一时不知道说什么好了，你昨晚跑到哪里去了？没有找到你，都急死我了。"我也坐到青石上，不敢直视小柔妹妹，看到她我心就"怦怦"地像是小兔子乱撞，看着水中的倒影越发觉得小柔妹妹那种清纯的美。

小柔妹妹拉起我的手，"咯咯"地笑了起来，"二愣哥哥，看来你还真的关心我呢，我只是想和你一起玩捉迷藏，看看你能不能找到我，果真还找到了呢。我们这里啊，男孩找女孩，如果找到了，就说明男孩喜欢女孩，女孩可以选择嫁不嫁给男孩呢，你是不是喜欢我呢，二愣哥哥？"

这句话把我问得"唰"一下脸就红了，我都感觉我的脸那个烧啊，恨不得用清泉水洗把脸，我支支吾吾地说不出话来，那句话到了嘴边又像是被什么卡住了一样，急得我满头大汗。

小柔妹妹看到我这个样子，笑得前俯后仰，然后指着清泉说："二愣哥哥，你看看你现在的样子，好可爱，咯咯。"

看到小柔笑得如此开心，而且也看到我的倒影，一个堂堂男儿的害羞窘样，自己也"嘿嘿"笑了起来。

"二愣哥哥，你不用说出口我也知道了，我们这里的女孩都心直大胆，你的为人勇敢善良，昨晚从你涉险相救就可看出来了，你是个好人，我喜欢你。"小柔妹妹把头埋进我的怀里。

此刻，我反倒觉得没有刚才那么紧张不安了，我知道自己作为男子汉应该保护自己身边的人，给她安全。我搂着小柔妹妹，坚定地说："我一定不会让任何人伤害你的，一定要保护好你，我们要一辈子都像现在这样在一起。"

突然，我感到后背一阵剧烈的疼痛，然后被人猛地推了一把，冰凉的泉水刺透了我的全身，我趴在水里听着小柔妹妹哭着叫着："放开我，二愣哥哥，你们不要伤害二愣哥哥，我跟你们走，你们放过他好吗？"

等我艰难地把头从泉水里抬出来的时候，就看到长脸巫师带着一群和尼族的人抓着小柔妹妹走到密林中消失了。我后背上痛得难以行动，大脑一片模糊，又趴了下去。

我醒来的时候发现自己正趴在一处平石上，我大哥和鬼师傅正围坐在旁边愁眉苦脸地看着我，看到我醒来，他也咧开嘴乐了，"二愣，你终于醒了，真把我们吓死了，还以为你再也醒不过来了呢。"鬼师傅喋喋不休地说。

"去你的，会说点好听的不，我家二愣命好着呢，能活个百八十岁的。"我大哥把鬼师傅拉到一边，这两人天天在一起你骂我，我说你的，少了他们就少了很多的乐趣。

"大哥，我后背是怎么了，疼得要命啊。"我感觉稍动一点就疼得不行。

"当然要命了，你被人用袖箭射到后背了，差点射到心脏上，你流了好多血，泉水都给你染红了，还算你命大，鬼哥把张天师炼制的神药给你服用了，果真是起死回生啊。"鬼师傅夸着自己奇楠木盒的神药，又表示他救了我一命。

我也开玩笑地说："原来是那毒药啊，没毒死我你就乐去吧，毒死我，我变成鬼也不放过你，呵呵，要是没这药，我早就能在地上跑了。"我又咳了几下，想起小柔妹妹又急着要坐起来，"小柔妹妹被巫师他们抓走了，快去救她，不行，我得去救她。"结果我刚起来，又差点疼晕过去。

"你别乱动，伤口又流血了，哥哥的药又得浪费了，来，张嘴吃点神药。"鬼师傅心疼地把药塞到我的嘴里。

我感到一股甘甜从嘴暖到心里，精神又恢复了过来。我眼睛里转着泪花，恳求道："我从小到大也没求过谁，大哥、鬼哥，你们帮兄弟一把吧，救救小柔妹妹，她现在一定很危险，又让巫师弄什么活人祭的就坏了。"

"男儿有泪不轻弹啊，二愣，你不要过度伤心，养身子要紧，我和老鬼去救小柔妹妹就是了，你可得保重啊。"我大哥心疼地说。

鬼师傅挖着鼻孔，盯着我大哥说："你不是说二愣小时候天天求你带着他去池塘挖泥鳅吗？看来你是他求的对象，二愣啊，对一个一面之缘的姑娘都这样，咱们相处了好几天了，怎么没见你对鬼哥有多好，重色轻友。"

"鬼哥，我对你们也能两肋插刀，但是小柔妹妹是女孩子，我对她跟你们不一样。"我说。

"哦，还是不一样，唉，咱俩还是不能和那女孩子一样。"鬼师傅哀叹着说。

我差点让鬼师傅气得吐血，"还是我自己去吧，这么冒险的事怎么能连累你们呢？"

我大哥把鬼师傅拉起，"走吧，再说两句都把我家二愣气死了，你还起死回生呢，听你的话都生不如死了。"

看着两人离去的背影，我心里也平静不下来，不知小柔妹妹此刻怎样，巫师又会用什么方式来折磨小柔妹妹呢？我大哥和鬼师傅是不是巫师的对手啊，真像鬼师傅说的好汉架不住人多，为了一己之私，让我大哥和鬼师傅陷入危险境地？我越想心越乱，自己还不能动。

正在这个时候，空中响起了炸雷，天空没有一片云彩，我感觉有事要发生，果然，我大哥和鬼师傅被长脸巫师和一众人捆绑着朝我走来。

"你小子命还挺大，袖箭都没要了你的命啊，还让人给我捣乱来，嘿嘿，这下好，我让你们大团圆。"长脸巫师诡异地笑着说，然后从腰间一个红袋子里掏出一只绿色的像蝎子一样的虫子放到我大哥眼前，"剔骨蝎，好好享受剃光骨头的滋味吧，给那位懂点巫术的师傅用更好的东西伺候。"

鬼师傅看着拿到他眼前的虫子大号，"你们不是人，钻心虫，你们拿这么变态的虫子祸害人。"

看到这个场景，我气恨交加，一口血箭喷了出去，随后眼前一黑。

狼孩相救

　　"嗷嗷"两声狼叫声从耳边传来，只听有人说："有狼，是不是到了晚上了？"正是我大哥的声音。

　　又听到一个女孩子说："嗯，差不多了，不过我们把狼都赶跑到别的山头去了，附近怎么又出现狼群了呢，我听它叫声的意思是正在呼叫同伴。"

　　我睁开双眼，才发现我们还在山洞里，我刚刚躺在地上睡了一觉，三人看着我好像是怪物似的。

　　"怎么样，二愣，刚刚做什么好梦了，南柯一梦就是这样的。"鬼师傅正吃着山鸡对着我笑。

　　"我说就是你搞的鬼，天天弄什么障眼法糊弄我们，真是好梦呢，你正在跪地求饶呢，求那个长脸巫师饶你一命。"我抢过山鸡，对着鬼师傅笑着说。

　　"什么，我跪地求饶，你是不是梦差了？"鬼师傅指着自己，不相信地说。

　　我点了点头，"对啊，长脸巫师说给你吃什么钻心虫，你就哭爹喊娘的。"

"什么，你说什么，钻心虫？"鬼师傅脸色大变，死死地抓着我的双手。

"相传钻心虫是我们族里三大禁刑中最厉害的刑罚了，还有另外两个刑罚——剔骨蝎和吸血蝠，据说吃进钻心虫的人撕心裂肺痛不欲生，直到虫子把人心脏吃光，那人才死去。由于钻心虫不好养，养了还不好管，所以经常出现钻心虫自己逃跑出去害人的事件发生，我们族就禁止这种刑罚，禁止研究钻心虫。另外两种虫刑也是太过恐怖，后来都被取消了，你怎么会知道的？"小梦妹妹好奇地问我。

我大哥听完也是脸色一变，"以前是听过什么酷刑，老虎凳、辣椒水，还有什么凌迟处死都够恐怖的了，听到你说的这些虫刑，真是不敢想象，太没人性了。"

"你还梦到什么，快说，你的梦没准和接下来发生的事有关。"鬼师傅晃着我的胳膊急着问道。

我把刚才的梦境大体讲了一下，不过把和小柔亲密的那一块省去，那段最美好的回忆就留在自己心里。

"怎么样，有什么发现吗？"我大哥凑过来问道。

鬼师傅点了点头，指着我气着说道："有，真不愧你们是哥儿俩，做梦都把好事让给你点，梦里都是我捡最倒霉的钻心虫，你弄个剔骨蝎。"

"去你的吧，咱们说正经的呢，你别扯些没用的。"我大哥骂道。

"有用的？还是去问问二愣吧，这小子把有用的、正经的都藏在肚子里没和咱们说呢。"鬼师傅指着我怪笑道。

难道他还能知道我的梦不成，我脸红地说："鬼大哥就会瞎说，还是想想出不出去吧，天都黑了。"

"出去？咱们去送死吗？你的梦就预示着长脸巫师他们不会放过我们，现在肯定就在洞口守着呢。"鬼师傅指着洞外说道。

我大哥说："咱们要等到什么时候，等酒也喝光了，肉也吃完了，我们也就饿死了。"

"是啊，老这么等下去也不是办法，就是我们不出去，到时候他们进来，咱们不还是一样逃脱不了被迫害的命运吗？我看，要么痛快拼一把，咱们都是汉子，要么痛快死，也不能苟且活。"我说得慷慨激昂，看了看小梦妹妹，"当然了，不包括你，你还是一介女子。"

没想到小梦妹妹咬了咬嘴唇说道："二愣哥哥，我们和尼的女子和男子一样上山打猎，下水摸鱼，你说得对，不能再像狗一样的活。"

鬼师傅摸摸脑门，看着我说："二愣啊二愣，看来你煽动群众还是有一套的，对了，小梦妹妹，那个是苟且的苟，不是我们养的那个狗。"

小梦妹妹纳闷地问："不是我们养的狗，那就是野狗了，管他什么狗，我都不想被压迫地活着了。"

我看着角落的木排处，灵光一现，"有了，你们说这洞穴能通向何处？咱们既然出洞也是死，何不试试这个地洞能不能出去？"

经过眼前形势对比，这是最好的方案，于是我们各拿了白天熄灭为了晚上使用的火把，看来还真用上了，挪开木排依次跳进洞穴。

洞穴里有几只烧死的老鼠，里面不是很大，只能猫着腰行走，而且里面有很大的潮湿味，我们走了一会儿看到地上都是牲畜的骨头，还有人的骨头和一些发了霉的衣物，想是以前龙神在这儿享受它的贡品。再走了一段，发觉风吹进来的迹象越来越大，我们的火把都来回抖动着，想必是离洞口近了。

果真，前面看到有月光投了下来，我们分别爬了上去，刚到上面火把就被晚风吹灭了。不过，月色明朗，就是不点火也能看清周边的情况。原来这洞是开在河床旁边，被几块高大的岩石围了起来，从岩石外看不到里面的情况，洞口也就不易让人发现。

"这是哪里，小梦妹妹？"我把小梦妹妹拉到岩石外面，让她看一看地形。

"我们寨子的下游，离我们寨子不是太远，因为我们寨子在峡谷月牙儿嶰的中间，所以两边都被凸出来的石壁挡住，从两边看去，只是看到石壁，而看不到寨子。"小梦指着寨子的方向说道。

"终于逃出来了，快走吧，咱们走得越远越好。"鬼师傅着急地说。

这时，听到有人发喊："他们在那儿，快去抓他们。"河床上游数十支火把，人影绰绰正向我们这儿追来。

"快跑，他们追来了。"鬼师傅扔掉熄灭的火把招呼大家。

我们跟着鬼师傅往前面的密林中跑去，恐怕在密林里还有机会躲藏起来，否则我们根本跑不过他们，一来他们对当地地理熟悉，二来我们不擅长晚上行走。

但是我们在林中也跑得不快，没多大工夫，头破血流，东撞一下，西碰一下，我的衣服也被枝丫划得破破烂烂，用衣服包裹的野猪肉在慌乱中丢掉了，后面追兵的脚步声越来越近。

我干脆停了下来，鬼师傅和我大哥拉着我说："你又犯什么邪劲，没看到都追上来了吗？"

我看了看小梦妹妹，又看了看我大哥和鬼师傅，"你们快跑吧，我给你们争取点时间，大家都跑肯定会被他们追上的。"

"我也和二愣哥哥留下来，你们跑吧。"没想到小梦妹妹也说出了这样的话。

"我的小爷、我的姑奶奶，你们这是给我们争取时间吗，这是拖延我们自己的时间，好了，那大家都别跑了，我也跑不动了，一起面对吧。"鬼师傅还是一副玩世不恭的样子。

我大哥也掏出别在腰间的砍柴刀，瞪着他们骂道："好的，是到算账的时候了。"

长脸巫师带着众人把我们围了起来，"你们知道跑不了了吧，怎么样，还是乖乖地回去吧，你们几个真是大胆，破坏了龙神的祭祀仪式，龙神生气了，不再要你们当贡品了，而是要你们下地狱。"长脸巫师的坏笑就没有停过，在黑夜里就像是一只恶鬼。

"呸，你个害人玩意儿，老子今天废了你。"我大哥说着就挥着砍柴刀要去砍长脸巫师。

长脸巫师嘿嘿一笑，扔了一个东西落到我大哥身上，"别动，那是剔骨蝎。"鬼师傅惊叫一声，"这个剔骨蝎你静它也静，你动它更动，你越害怕，越激烈地想摆脱它，它就越要刺透你的皮肤爬进去，那种疼痛让你乱蹦乱跳，它就一点一点啃噬你的骨头。"鬼师傅边说边走到我大哥跟前。

我大哥听了鬼师傅的话一动没动，不过眼皮子差点打架，那个蝎子一样的虫子也趴在我大哥肩膀上一动不动。我大哥给鬼师傅使了好几个眼色，意思是你倒是想办法把虫子弄走啊，我不能一直这样一动不动吧。

"知道的还不少吗，我就说嘛，你们这些外地人来我们和尼寨肯定没好心，亵渎我们的龙神不说，还对我们的巫术有企图，快上去，把他们全都抓住带回寨子里处罚。"长脸巫师命令下面的人过来抓我们。

眼看着那些人就要过来抓到我们了，突然，"嗷嗷"的狼叫声在我们四周响起，狼孩带着上百条大灰狼出现在我们面前。

长脸巫师看着上百条大灰狼，又看看吓得发呆的族人们，说："我们明明把它们都驱赶到别的山头去了，它们还敢来报复咱们，快，快，先对付恶狼。"

族人们用长矛和弓箭跟狼孩带来的群狼展开了一场搏斗，可是狼数众多，又团队作战，行动还很敏捷，没多大一会儿，族人的死伤渐重，长脸巫师怕葬身狼腹，甩出一个木头玩偶，那木头玩偶在空中"嘻嘻"笑了两声，然后就"呼"的一下起了个巨大火球。

群狼被火球吓得往后退去，长脸巫师带着族人就此逃走，狼群还要继续追去，鬼师傅跟狼孩说："穷寇莫追，何况长脸巫师不定使什么鬼把戏呢。"

狼孩"嗷嗷"叫了两下，那些大灰狼就散在我们四周，替我们守卫起来。

鬼师傅走到我大哥跟前，笑着说："看来王老弟的定力还是蛮好的，出家当和尚适合啊。"然后鬼师傅拿了我大哥的砍柴刀，让我们离得远点，用极快的刀法把虫子劈成了两半。

我大哥伸手夸道："没想到你刀法还是很厉害的，要是别人，我的肩膀都削没了。"

"蒙的，我看都没敢看一下。"鬼师傅一脸的冷汗，"我还以为大不了就是砍出个重伤来，也比被那虫子折磨的强，没想到还蒙得如此厉害。"

我大哥听完鬼师傅的话，脸都白了，白着眼说道："你牛，你还真敢干。"

看到狼孩，我大哥是万分激动，"真是多亏了狼孩，要不然我们都完蛋了，狼孩，这两天你跑到哪儿去了？你知不知道，你让我们找得好辛苦啊？这下好了，我们可以放心地回家了，也好给王叔一个交代。"

狼孩跟我大哥默默地交流着，我和小梦妹妹听着鬼师傅在那白话着故事，"你们可知道这狼里面最厉害的是什么？"鬼师傅指着四周的大灰狼说。

"我说是狈，是狼群里的首领呢？"小梦妹妹天真地说。

"真有狈吗，我打猎这么多年也没看到过，你呢，小梦妹妹，你们常年在深山老林中，一定是看到过了。"我问道。

"嗯，前年的时候我和族人打猎的时候看到过，它前肢短小，有一些体型健壮的大狼负责背负着狈，它在我们捕猎的时候用声音命令着狼群成功地逃脱了。"小梦妹妹在狼群里寻找着有没有狈。

我笑着说："我要说最厉害的是狼孩，看到没，这些狼都听他的，而且狼孩还有好多本事，也不用狼背着他走呢。"

"你们都没有答对，告诉你们吧，色狼最厉害。"鬼师傅说完之后，我又差点去踹他一脚。

铜锣解蛊

我大哥把我们都叫了过去，拿着一个铜锣面色凝重地说："告诉大家一个不好的消息，我们都中虫蛊了。"

"虫蛊？不可能吧，我们怎么中的虫蛊啊？"我有点莫名其妙。

"康老板给我们下的，下在我们饮用的水里，我们跟随康老板出来的人都喝过那水。"我大哥面露忧色地说道。

鬼师傅也不太相信，"那水和食物我都测试过的，没问题啊，而且康老板本人吃喝也和我们一样。"

"狼孩告诉我的，肯定不会差，他那天晚上听到狼的呼救之声就循声去看看是什么情况，结果发现一群狼在山顶正在想办法施救一只卡在陡壁缝隙里的狈，可是那处太陡，狼都下不去，还有几只狼太着急试着下去结果摔下山涧去了。狼孩通晓狼的语言，又对狼有着天生的亲切感，于是让狼群去咬些藤草过来然后编好草绳，狼孩爬了下去把狈背了上来。这只狈的岁数都有五十岁了，是狼族里的三代首领，狈和狼群对狼孩甚是感激，于是把狼孩带回了狼穴。那只狈发现狼孩中了虫蛊，于是叼出一个铜锣来让狼孩敲打，狼孩敲打数声之后感觉腹中一阵难受，接着狼孩哇地吐出一口黑水出来，黑水里还有一些虫子在蠕动。后来狈又命令一些狼叼来几只药草，让狼孩吃了下去，狼孩这才得救。"我大哥把狼孩的事情详细说给我们。

"七虫蛊？怪不得我们都没有感觉呢，这种蛊是由七种虫子合体而成，下在水里无色无味，据说这种蛊到了七七四十九天的零时就发作身亡。"鬼师傅听完我大哥说的这才恍然大悟，"怪不得齐家兄弟额头上吓人的肿瘤有些异常呢，原来是虫蛊作怪，三人都是习武之人，经常动用内部真气，那虫蛊便受了刺激，现行发作。"鬼师傅摇头叹息道。

我们先不说别的，知道自己被下了虫蛊之后，也敲打起铜锣，结果我、我大哥和鬼师傅都"哇哇"吐出了大股黑水，黑水里果真有东西在动。狼孩递上来一些药草让我们服用，吃完药草胃就舒服多了，只是有点口渴。

鬼师傅摸着铜锣点点头，"嗯，这是东汉末年的宝物啊，呵呵，上面刻着降魔除妖镇蛊六个大字，还有一些八卦图阵，神机妙算的诸葛亮是此宝物的创造者，诸葛亮用此物在南征北伐的战役里取得各种胜利。快问问狼孩这铜锣是在哪里找到的，没准这铜锣和一些别的重要的东西放在一起呢？"

我大哥指着鬼师傅，跟他大眼瞪小眼，"我说鬼哥，还有什么重要的东西你不说，我怎么问人家啊，神神秘秘的，又搞小动作了吧。"

"什么小动作大动作，我也不确定，所以先问问嘛，总之呢，我们找到那个发现铜锣的地方就知道了。"鬼师傅还是不肯说到底是什么。

于是我大哥又去问狼孩，然后对鬼师傅说："狼孩说了，只知道是狈在狼穴里给他的，具体怎么来的还得去问狈。"

"我说咱们人也找到了，是不是准备回家了啊，这个山里太危险了。"我跟众人说道。

"狼孩说了，他答应狈和狼群要等参加狼王争霸仪式之后再走，我看我们也得等他几天了。"我大哥说道。

"狼群也搞什么仪式啊，不知道它们弄仪式是什么样子，不会也搞活人祭祀啥的吧？"我问道。

鬼师傅摇了摇头，"二愣啊，没事的时候多跟鬼哥我学学，长点见识，狼王争霸仪式就是狼群首领的选拔仪式，一个狼群里有两个首领，一个是狈，一个是狼王，狈一直是至高无上的首领，遇到突发事情或大事件都得狈来指挥和决定，狼王是带着狼群在外面行动的领导，每年都要重新选狼王。比的是体格和搏斗，谁最终获胜谁就是当年的狼王。"

"原来是比武大会啊，看来也不错呢。"我们边走边说。

"对了，鬼师傅，你给我们讲讲这铜锣的故事吧，你不是说诸葛亮用它帮刘备如何如何厉害吗？"我看着鬼师傅把弄着铜锣，也对那个铜锣十分好奇。

小梦妹妹也凑了过来，"是呢，鬼大哥知道的那么多，我以前也只是听说过关于卧龙先生的一点传说，相传我们族人也受过他的恩惠呢。"

"武侯遍历六山，留铜锣于攸乐，置铜镘于莽枝，埋铁砖于蛮砖，遗木梆于倚邦，埋马蹬于革登，置撒袋于曼撒，固以名其山。诸葛亮早年在南阳时就已博览群书，广交当地的文人隐士，据估计当时一般性书籍读物都是些经典子集和一些战法兵书，据传其岳父黄承彦深谙《奇门遁甲》和张天师的《太平要术》，对中国古代神秘探测学领域精于研究。诸葛亮的神鬼之术都是受其岳父所传，更有人传言诸葛亮盗墓取得《太平天书》，各种流言，都有说法，也不知谁真谁假，但是其作战布阵，木牛流马等工具，占卜预测手段都和那本奇书有关。这铜锣的神奇作用功能：一可鼓舞作战士气，带动军心奋力杀敌，是为吹风锣音；二可传千里之音给同盟或同伴，作为令行禁止的通信工具，是为顺风耳锣；三可降魔除妖镇蛊，是其最重要的用途，是为神笑铜锣，人都说神仙笑一笑，妖求饶鬼哭叫魔定逃，神仙笑一笑，虫蛊也解了。当年诸葛亮平定西南夷少数民族，七擒孟获的故事你们听过吧，当时刘备病逝白帝城后，蜀国南边相继发生叛乱。建兴三年，诸葛亮经过充分准备后，亲率大军南渡泸水，诸葛亮知道这一带善于使用巫术，结果大军碰上被下虫蛊的毒泉水，还有会用巫术的木鹿大王，木鹿骑着白象，口念咒语，手里摇着铃铛，赶着一群毒蛇猛兽向蜀军走去。孔明敲着铜锣，取出早已准备好的木制巨兽，口里喷火，鼻里冒烟，吓退了蛮兵的怪兽，占了孟获的银坑洞。孟获连续几次交战被诸葛亮用铜锣之法破解，斗法斗智都敌不过诸葛亮，最终输得心服口服，孔明见蛮地已平，班师回国。行至泸水，狂风暴雨大作，兵马不能过河。当地土人说是鬼怪冤魂作怪。孔明在泸水边敲锣祭祀亡灵，放声大哭。泸水才变得平静，大军方能渡河而回。诸葛亮迅速平定了云、贵地区的叛乱，巩固了蜀国的后方。"鬼师傅说得口若悬河。

我上去讨要铜锣，"鬼哥，这东西还这么厉害啊，来，也让我玩玩，敲打两下，让我们的士气再高涨一下，此刻走得有点累了，有点不愿意走了。"

鬼师傅把我推到一旁，"去去去，你这是懒惰思想作怪，自己调整下就行了，这是神器，让你这样用岂不是大材小用吗？"

"鬼哥，你这样紧张什么，还真把东西当成自个儿的了，这可是人家狈的东西，到了人家那里还要还给人家。"我说道。

鬼师傅听到这里，看了看铜锣，说："这本来就是人类的东西，又回到我们的手里理所应当，这叫物归原主。"说完，把野猪肉扔给狼群吃了，把铜锣和骷髅头一起包裹起来背在身后。

我对小梦妹妹开玩笑地说："小梦妹妹，看到了吧，我们身边有这样危险的人物呢，可要小心自己的东西别落到他的手里，否则，这东西都得改姓了。"

小梦妹妹一脸漠然，"危险人物？在我们身边？不会吧，我们身边都是好人呢？"

"别听二愣在这胡说，小梦妹妹这样天真，我和你说啊，二愣你可不要把人家带坏了？"鬼师傅笑着说。

我指着鬼师傅，扮了个鬼脸，"是吗，是怕自己的形象变坏了吧，哈哈。"

大约走了半个时辰，我们爬到一处山腰处，山腰处有狼叫声传来，然后就听到我们的狼群中有狼也呼应起来。紧接着，前面又有几只狼叫，我们这边也有几只狼跟着回应，再后来，几乎是群狼共噭，连狼孩也跟着叫了起来。一时间，鬼哭狼嚎之声响天彻地，我们都把耳朵堵了起来，要么耳膜都要震破。等群狼共鸣之后，才停下来不再叫了，狼孩带我们走到一处山穴前，狼群在山穴处自由散开，或趴或卧地休息起来。

一只大狼背着狈在洞穴口迎接我们，鬼师傅兴奋地说："好久没见过这大场面了，二愣，你这也是大将军的待遇了。"

说完狈带着我们走进洞穴，狼孩点起火把，怕我们看不清，我这才知道，狼怕火，而狈对火一点也不害怕，背着狈的狼习惯了，也就不怕火光了。这个狼穴是天然形成的，高有两米，宽有三米，洞穴有几十米深，容纳上百头狼一点问题都没有。

鬼师傅拿出铜锣，示意狼孩问出来源，狼孩和狈交流起来，我们吃着狼穴石桌上摆的一些水果，对狼的印象大好特好。以前都说狼怎样坏，怎样狼毒，今天碰到的上百条狼救我们脱险不说，还如此热情好客……

过会儿，狼孩和我大哥交流完，我大哥打了个哈欠说道："狼孩说狈是从一处古墓中偶遇到的，前几年和尼族人猎狼行动时设计陷阱抓捕了狈，然后巫师又想用狈当饵将狼群一网打尽，当时巫师给狈下了虫蛊，狈没别的感觉，只是一到了晚上，肚子痛得有种要撑开的感觉。后来狈想想怎么也得逃出去，要不得有多少狼死在巫师手里。所有人都认为没有狼背着的狈就不会动，其实人们大错特错了，狈会跑会跳，只不过比别的狼速度慢而已。狈在巫师面前装不会动，委屈地趴在地上一动不动的，巫师又给狈下了虫蛊，所以巫师就用了一个看守看着狈。狈在看守出去方便的时候逃回到了山林中，同正准备救它来的狼群碰上了，狈带着狼群躲过一劫。可是狈回去之后，天天晚上肚子疼得要命，在林中找了好多药草还是不管用。有一天，狈又带狼去找药草，结果走到一个峡谷里的草地上突然踩空，背着它的狼带着它一下子掉到一个墓穴，说来也是命不该绝，狈碰到了石棺上的铜锣，铜锣跟着它们一起掉在地面上，只听得铜锣碰到地面的石头上清脆声回荡在墓穴里，锣声震得狈想吐，结果张嘴就吐出一股黑水来，黑水里就有那些虫子。狈发现这铜锣救了它一命，于是就叼着铜锣和狼走出了墓穴。那个墓穴里面墓道左右交叉，通道纵横，像个地下迷宫一样，狈凭借着超常的嗅觉和超常判断才走出了墓穴。然后狼孩救狈的时候，狈就嗅出了当年巫师给狈下虫蛊的味道，知道狼孩也被人下了虫蛊，于是才用铜锣解蛊。"

众人听完我大哥的叙述，都对狈赞叹不已，看来动物中也有着非凡智慧的佼佼者，这狈的智慧和本事，我们大多的常人都不及它。

鬼师傅又问了墓穴的位置，据说离我们有二十公里。小梦听完位置介绍后说道："哦，是那里，那个地方叫九龙沟，因为那处峡谷的河流由九条瀑布汇聚而成，每条瀑布都像是咆哮的水龙一样，所以我们都叫那里为九龙沟。九龙沟也是龙神经常出没的圣地，所以我们族人禁止去那里。"

我大哥问道："鬼师傅，你不是要去那个墓穴吧，你没听说吗，那里面跟个迷宫一样，而且还说不准有啥怪物呢。"

　　鬼师傅点了点头，挠了挠脑袋，"我知道，只要让一只狼给我带到那里就行，你们不用陪我去的，我想去看看那里有没有我说的那个重要的东西。"

　　"你知道我们哥儿俩是不能让你一人去的，好吧，大家一起共患难经历了这么多，也不差这一次，虽然你不想告诉我们是什么，我们还是要跟你一起去。鬼哥不是说了吗，让我二愣多多学习。"我拍了拍鬼师傅的肩膀，又朝鬼师傅抱拳。

　　"好吧，今天太晚了，明天一早出发，大家快点休息吧。"我大哥困得眼睛都转泪花了。

九龙盘佛

第二天，我们早早地起来吃过早餐便商量着要去九龙沟，我看着小梦妹妹说道："墓穴里凶险万分，一路上还有可能碰到长脸巫师，小梦妹妹就留在狼穴里等我们回来吧。"

谁知小梦妹妹急得都要哭了，"我要跟你们一起去，你说过不丢下我的，我不怕危险，而且我也能给你们带路呢。"

看到小梦妹妹的心疼样，也顾不得我大哥的反对，"好好，你就跟我们一起去吧，别哭了，我最怕女孩子哭了。"

小梦妹妹见我同意她去，破涕为笑，拉着我的胳膊激动地说："二愣哥哥最好了，谢谢二愣哥哥，嘻嘻。"

"好了，好了，再晃我的胳膊就断了。"我告饶着别再晃我的胳膊。

狈又让狼孩带了五只狼跟我们一同前去，一是遇到其他猛兽也好对付，二是遇到紧急情况还能通风报信。

就这样，我、我大哥、鬼师傅、小梦妹妹、狼孩和五只灰狼就一同前往九龙沟。一路上小梦妹妹缠着鬼师傅讲故事，鬼师傅开始还能讲几个，后来讲得嗓子都哑了，可是小梦妹妹都没听够。吓得鬼师傅找我帮忙，"赶紧陪小梦妹妹聊天去，我这嗓子招架不住了。"

我摇摇头，做出一副事不关己的样子，"我又不会讲故事，是谁说自己看过的书多来着，说什么有讲不完的故事呢。"

"二愣兄弟，求求你了，你鬼哥再这样下去都得失声了，鬼哥答应你，你要帮鬼哥，鬼哥怀里还有一只山鸡呢，让给你了。"说完，鬼师傅朝怀里去掏什么。

"去吧，谁要你的山鸡，你都多长时间没洗澡了，山鸡放你怀里捂了一晚，早就臭了。"我回过头去跟小梦妹妹聊天，还真怕她再次去找鬼师傅要故事听。

我们走着走着，小梦妹妹指着前面的一个像大佛一样的山冈说："那里就是九龙沟了，你们仔细听，怎么听不到瀑布的声音，以前走到这儿，那声音如龙啸一样。"

鬼师傅看了看四周的山脉，点头说道："好风水啊，好一处九龙盘佛，下有龙护，上有佛佑，绝佳的格局啊。"

我大哥听不出什么风水，说道："鬼哥，你给我们好好说说，什么九条龙，我一条都没看到。"

"你们看，这四处的山脉共有九条，山体势若游龙，九条山脉龙首齐聚，龙身蜿蜒盘绕在一起，这是外九龙护着，还有，咱们前面的山冈像不像大佛如来，而那山冈又有九条瀑布围绕于前，好比九条水龙护于身前，这是内九龙护着。这样的风水宝地在古代都是帝王首选之地，你们说那处墓穴会是谁的呢？"鬼师傅兴奋地说着。

"诸葛亮的？那里不是发现他制造的铜锣了吗，肯定是给墓主陪葬的，墓地里肯定放着的大都是生者之前最喜爱之物和日常用品。"我说道。

我大哥歪着脑袋想了想，眼睛转了转，说："我猜是刘备的墓，那么好的墓穴只有称王称帝的才有资格，而且刘备先于诸葛亮逝世，诸葛亮肯定得给刘备选一处绝佳风水，那个铜锣是诸葛亮送给刘备的陪葬品也可以解释得通啊。"

鬼师傅点了点头，"嗯，你们说的都有可能，不过答案还得我们进去之后才能揭晓，走吧。"

我们又走了一阵，总算是赶到了峡谷处，让我们惊讶的是峡谷的瀑布处不见了瀑布的踪影，水干了，只留下枯绿的青苔长在岩壁上。河流也消失了，干干的河床上只有一道道裂缝。

小梦妹妹大惊失色地说："难道，难道真的是龙神生气了，这里也和我们寨前的河一样都没有水了。"

鬼师傅也诧异万分，"没想到，真是没想到这么一动，周边的水脉水系全都发生了变化？"

"好了，我们还是去墓穴那块吧，狼孩正在前面等我们呢。"我看着狼朝我们叫了几声，肯定是催我们过去呢。

我们几人快步赶到狼孩那儿，见这一片都是密密麻麻的刺藤，而狼孩指着刺藤里面，原来一个洞口被刺藤覆盖着，如果不是狼来过这里，恐怕没有人能发现这样隐秘的洞口。这是当时狈掉下去的墓穴处，而出来的那个通道还在中央，但是这大片的刺藤根本不容我们进去。

我大哥用砍柴刀把洞口周边的刺藤砍去，如果被这种刺藤扎到，伤口会起水泡，要是不用药物及时消炎，伤口会越来越严重，虽然要不了人命，也足可让你皮肤溃烂。

我和小梦妹妹用长木棍把我大哥砍下的刺藤扒拉到一边去，鬼师傅找拴系草绳的地方，狼孩找一些做火把的木棍，我们最捷径的办法就是从此处下去，再从此处爬出来。

清理好了洞口周围的刺藤，鬼师傅也绑好了草绳，狼孩把木棍点着分给众人，鬼师傅把草绳甩了下去，拿着火把走到洞口说："你们等我消息，我先下去察看一下。"说完，鬼师傅一点点地往下刺溜，我们在上面弯着腰聚精会神地看着鬼师傅，怕有什么意外。

鬼师傅到了下面，火把的光亮只能看清他的脸，转眼间火把消失了，鬼师傅一定是往里面走了，"喂，行不行啊，鬼哥你别自己一个人瞎跑啊。"我在上面喊道。

只见火光又回到我们的视线里，下面传来鬼师傅的声音，"放心吧，这么好的学习机会不会让你错过的，下来吧，这里面空气流通得可以，不过那五只狼就别下来了，负责在外面给我们看护草绳别被山鼠啃断了就行。"

狼孩朝五只狼交流了一下，几只狼就围在草绳附近，我大哥拿着火把"刺溜"就下去了，到了下面"哎哟"一声，火把突然就灭了。

"大哥，你没事吧，是不是鬼师傅搞的鬼啊。"我问道。

只见鬼师傅拿着火把走到我大哥跟前，"是他图省事，下得太快了，草绳的长度不太够，你们下来悠着点。"

原来是我大哥下得太快，结果绳子到头了，手没了拉扯力道，幸好我大哥反应得够快，感觉到危机时做了缓冲的姿势落地，虽然摔得狼狈，但不至于骨折。

我们依次爬了下去，里面霉味很重，看来这处洞口开着，下雨时雨水灌了进来，把里面什么东西弄得发霉了。

洞口下方边上有一具石棺，出奇的是石棺很小，只有不到两米长，难道会是一个小孩的棺材？石棺上长满了苔藓，厚重的霉味从石棺内散发出来。看样子石棺的密封也不是很好。

墓室空间并不是太大，我们几人站立这里显得有点拥挤，鬼师傅一直在摇头，好像遇到什么难题。

"要不要开棺看看里面都有啥，估计也没啥好东西了，你们没闻出来吗，这里面都发霉了。"我指着石棺捂着鼻子说。

我大哥也很失望，"还以为一处绝佳的墓穴有多么雄伟壮观呢，这一看，也太寒酸了，没啥看头，不知里面还有什么看头没有？"

鬼师傅也很失望地说："这个墓室只是个储藏室，又不是墓主的墓室，我还以为这也是什么大人物的墓穴呢，可是储藏室就这一块石棺，确实有些可怜。"

"咦，那是什么？"小梦妹妹把火把举到墓壁上去，两个雕刻的蘑菇状的石头正长在石壁上。

"是哦，怎么刻了石蘑菇在这上面？"我走上前去摸了摸石蘑菇，感觉是活动是的，我拉了两下拉不动，又使劲往里推了推，只听"咔咔"几声响，小石棺向前滑动了两米，一个通道出现了，我又推了推另一个蘑菇，推不动，结果拉了拉，拉动了，小石棺又滑动回来把通道盖住了。原来这是两个机关，一个开，一个关。

鬼师傅兴奋地说："我就想呢，这么好的格局不至于如此可怜吧，原来上面是假墓室。真正的墓室在下面，快，快开开，我们下去看看。"

我又推推另一个石头蘑菇，小石棺滑动开来，鬼师傅和我大哥走到通道处用火把试了试空气流动性，两人这就走了进去，狼孩随后就跟了进去，小梦妹妹喊了声，"二愣哥哥，快走了，我们也不能落后啊。"

"好的，咱这就下去，可外面得留一个人啊，万一把我们都关在里面，就出不来了，小梦妹妹你负责在外面帮我们看着吧。"我怕小梦妹妹跟我们下去遇到危险，同时也怕把我们困在里面。

小梦妹妹一脸不情愿地说："那好吧，你们快点上来呀，我一个人多无聊啊。"

"放心吧，我们看看下面的情况很快就上来，小梦妹妹可要帮我们看好机关啊，呵呵，我们可不想被关在里面陪死人。"我指指石棺说道。

小梦妹妹开玩笑地说："要是你们上来太晚了，把我一个人扔在外面不管，我可要惩罚你们，嘿嘿。"

我拿着火把跟小梦妹妹告别了，喊着去追我大哥他们，就这么一会儿工夫，我大哥他们走得就没影了。

"啊，救命。"小梦妹妹的求救声从上面传来，一定是小梦妹妹遇到什么情况了。我转过身往回跑，这时只听"咔咔"声又响了起来，等我跑到石棺门前，门已经被合闭上了。

看来我和小梦妹妹开的玩笑成为了现实，小梦妹妹不知道现在怎样，机关被人动了，我们都被关在里面。我大声喊了喊，可是没有人回答我，我也听不到小梦妹妹的任何动静。只能往里面走，去找我大哥他们了，然而我们怎么出去也只能另寻别的出路了。

我很担心小梦妹妹，刚刚让她一人在上面，如果发生了什么不测，我得内疚死了。都是我太大意了，本来小梦妹妹想和我一起下来的。会不会是长脸巫师一伙跟踪我们而来，然后乘我们下来的时候把小梦妹妹抓住，闭合了机关，让我们耗死在墓穴里？或者是其他什么情况？

墓室狂蜂

现在只好举着火把顺着通道去寻我大哥他们，然后想办法另寻别的出路，我大脑里面想着小梦妹妹可能出现的各种情况，焦急万分，脚底下生风，一个不留神撞在一人身上。

"二愣，你又在做什么白日梦了，我们都等你半天了不见人影，这回可看到你了，可是你倒是没看到我们。幸好撞上了我，撞石壁上你脑袋就挂红了。"鬼师傅把我扶稳后拍了拍我的额头，看到我的神色后也是一惊，"你，你不是撞鬼了吧？"

"鬼大哥，没有时间开玩笑了，咱们快快想办法出去吧，小梦妹妹现在正处于危险之中。"我慌里慌张地把事情讲了一通，也不知自己都说了什么，一心想着要出去。

我大哥也过来稳了稳我，"二愣，别急别急，我们既然困在下面，也不清楚怎么出去，慢慢摸索。"

"慢慢摸索？可小梦妹妹怎么办，她现在正在危险之中。"我烦躁不安地说。

鬼师傅挠了挠头，"这事情倒也奇怪，我们一行出来也只有狼狈知道，是谁在暗中跟踪我们？还是这地下古墓中就隐藏着凶手？"

"嘘！"狼孩打断了我们，示意我们有动静。

我们屏住呼吸，听到墓室中传来阵阵"嗡嗡"的声音，这阴暗的地下墓穴中还有蜂类或是蝇类，这对于我们来说是一件好事。因为它们能出现在地下墓穴里意味着有出口，哪怕是多大的缝隙对于我们来说也是一件好事情。

"太好了，咱们去前面瞧瞧，没准还真的有出口呢。"鬼师傅开口说道，首先带路走在前面。

我也紧随其后，满怀信心地说："对，一定有出口，不然它们怎么出入呢？而且听这声音，数量还不少呢。"

我大哥却泼了凉水，瞳孔收缩，沉声说道："先别高兴，黑乎乎的地下墓室中怎么会有这蜂虫或是蝇虫的？我还真怕咱们遇到的不是普通虫子，这个大山里面奇怪的东西太多了。"

狼孩也点了点头，指着挂在石壁上一大团东西，我大哥凑了过去把火把拿到近前，在火把的光照下一个大如鸡笼的蜂巢出现在眼前。

"真是幸运啊，蜂巢附近没有一只蜂，大家一定要小心啊。看这蜂巢如此之大，蜂的数量肯定不少。"我大哥指着鸡笼大小的蜂巢谨慎地看着四周。

鬼师傅在前面着急地喊我们，"你们在拖拖拉拉地搞什么，快跟上来啊，前面又出现岔路口了。"

"鬼大哥，正想跟你说呢，小心点啊，真的有蜂啊，小心被蜇啊。"我大哥快步走到鬼师傅跟前，我大哥刚刚说完，脸色又是一变，指着石壁上又一处鸡笼大小的蜂巢，磕磕巴巴地说："这里，这里，还有那里，不知道还有多少蜂巢在这墓穴中呢？"

果真，在我大哥火把的照射下，好几处的石壁上挂着的蜂巢若隐若现，一个蜂巢就可能居住近千只蜂，照此估计，我们见到的蜂巢就有十来处，黑暗中还不知有多少蜂巢没有发现呢。那么，数十万只蜂类对于我们来说究竟是福是祸？

鬼师傅开玩笑道："正好取点蜂蜜，到时抓几只山鸡或是野兔，把蜂蜜往上一抹，然后好好的烘烤，嘿，那肉可就是极品了。"

"鬼大哥，你还有心思弄什么蜂蜜烤肉，你看看这是蜜蜂的蜂巢吗？上哪里去取蜂蜜？"我大哥有点生气，手指着蜂巢，头一扭，去一旁生闷气去了。

鬼师傅挠了挠头，指着我大哥"嘿嘿"地笑着说道："你这哥儿俩都开不得玩笑，你真当我老鬼傻到什么程度了？鬼哥我人在江湖漂，见过的世面多了。今天我们碰到的是虎头蜂，这种蜂可厉害，性情残暴凶猛，喜食小型昆虫，连同类的蜜蜂也不放过。"

鬼师傅的话还没说完，前方的岔口处蜂鸣的声音密集地传来，"嗡嗡"声震得地下通道上的沙粒尘土都掉落下来一些。

我的耳膜开始发痒，后来就快要耳鸣了，看着鬼师傅把火把靠在通道壁上，用手指去堵耳朵，也学他丢了火把把耳朵堵住，我大哥和狼孩早就用双手把耳朵捂个严实。蜂鸣声是听不到了，可我又担心待会儿这虎头蜂要是飞过来的话，我们该怎么办？

正在我胡思乱想之际，不知我们的火把怎么突然之间全都灭了，然后眼前一片黑暗，也不知谁踹了我一脚，我破口大骂："谁个该死的，背后踹老子。"也不见有人回应，这才知道自己捂着耳朵，自己听不见，别人当然也听不见了。谁知那人又狠狠地一脚把我踹趴在地上，我也顾不得捂耳朵了，双手本能地支撑在地上。"嗡嗡"声在头上盘旋，估计有大量的虎头蜂飞在我们四周，刚刚踹我的人是为了让我趴在地上，以防被高处乱飞的虎头蜂蜇到。

过了一盏茶的时间，头上没了动静，估计虎头蜂飞走了。听见有人打火折子的声音，然后就看到一缕黄色的火苗逐渐变成一团火，鬼师傅的背影出现在我的面前。

"鬼大哥，你下脚也太狠了吧，我的门牙都差点被磕掉。"我大哥也找到火把重新引燃，对鬼师傅还是有点生气。

"是啊，你踹我的两脚我可是记下了，我现在要还回来。"说着，我作势抬脚去踹鬼师傅。

"我是救了你们的命，你们还狗咬吕洞宾，不识好人心。被这虎头蜂蜇上的话，你们的小命都危险了。那虎头蜂不仅腹部有蜂刺，而且蜂刺与毒腺连着，被蜇上一下就会过敏，而且虎头蜂还能连续蜇人，蜇多了人就会中毒，轻者半残，重者毙命。"鬼师傅躲过我的脚，显出一副被冤枉的样子。

我大哥点燃了自己的火把，又把狼孩的火把也点燃，照了照四周，说道："鬼大哥，你起码也打个招呼，这虎头蜂确实如你所说那样厉害，一般的蜜蜂蜇人还红肿刺痛呢，也不知虎头蜂飞到哪里去了，我们在这里面最好别再碰上它们。"

鬼师傅"嘿嘿"一笑，指着通道壁角的蜂巢说道："刚刚你们不还是高兴能见到这虎头蜂吗，不是说指望着它们吗？这回你们有幸见到了，还又说不想见它们了。"

"鬼大哥，别再斗嘴了，小梦妹妹现在不知怎样了，我们的处境也很糟糕，接下来怎么走，往哪儿走？"我望着漆黑的通道，心里茫然起来。

狼孩招呼我们跟上前去，原来前方出现两个岔口，一个圆形通道，另一个是方形通道。圆形通道洞口的岩石黝黑如铁，岩壁上刻着密密麻麻的蜂虫从一个长方体的棺材中蜂拥而出。方形通道洞口的岩石色似赤铜，岩壁上也刻着怪异的图案，也是一口长方体棺材旁边站着一个拿着铜锣敲打的人。

"这是让我们做选择了，两个通道究竟走哪一条啊？"我大哥面露难色地说道，眼神来回游移不定。

鬼师傅看完洞壁上的图案，略带不安地说："也不知这是一种警告还是一种预示，你们看，圆形通道进去的话会碰到更多的虎头蜂，而方形通道进去的话更诡异，不知道要发生什么，棺材旁边的人是在召唤死人？"

我不想听太多的分析，时间紧迫，我抢先进入了方形通道，"你们要是能讨论明白，就在原地等着吧，我没工夫跟你们在这里耗时间。"

我大哥也跟着我后面，"对啊，未知的不是太可怕，总比碰到那些虎头蜂安全吧。"

鬼师傅无奈地说："好吧，既然大家都选择方形通道，少数服从多数了，有难同当了，但是未知的事物是最可怕的。"

我们在方形通道里走了大约一里路程，通道逐渐变宽，能容五人并排而行，但是通道里面温度剧降，仿佛从夏天直接走进了冬天。最开始感觉汗毛直立，后来牙开始打战，身子跟着哆嗦，我们四人你看看我，我看看你，鼻涕都狂流不止。

我大哥磕磕巴巴地说："还向……前走吗……这……这天……变得……太快了……咱们……走……走了……两个季节？"

我也磕磕巴巴地说："当然……得走了……"

"走……走……走什么走……鬼哥我……给你……你们暖和……暖和……"鬼师傅说完僵硬地把铜锣拿了出来，哆嗦着敲了一敲。

只听"哐"的一声，我先是打了个激灵，然后就觉得一股暖流从脚底往上升起，再看我大哥和狼孩苍白的脸上也变得红润起来。

我活动活动四肢，感觉十分舒服，开口说话也不再打战，"看来铜锣还真是好用啊，我们的士气一下就高昂了。"

"别高兴太早，你们听，这是什么声音？"鬼师傅面露忧色地说。

"虎头蜂？是虎头蜂？"我大哥嘴巴张得老大，表情又僵硬起来。

"嗡嗡"声离我们越来越近，这声音从前面来的也有，从后面来的也有，我们又是前进不得，后退也不行。

"可是，这里面的温度如此低，虎头蜂怎么能……"我有些理解不了，正常来说这些蜂类都是在温暖季节和地带生活的。可是这里面的温度，和冬天差不多，根本不适合大多数动物生存。

鬼师傅看着我苦笑道："我都说过了，不可想象的事情是最可怕的，你们看吧，这里面跟外面是两个天地不说，还招来了很多的虎头蜂。"

"那也是你招来的，刚刚怎么啥动静也没有，你这铜锣一敲，虎头蜂也招来了。"我大哥抱怨道。

"你们一点良心都没有，鬼哥我开始不让你们走到这个方形通道里来，你们不听，鬼哥我还一厢情愿地跟你们同患难。到这里你们要被冻死了，鬼哥我用铜锣解救你们，你们倒还怨我招来虎头蜂。你们可真是亲兄弟，长得像，为人也一样。"鬼师傅说了一大堆，一边诉苦，一边讥讽我和我大哥。

我摆摆手，"鬼大哥，你别生气，是我们哥儿俩不对，事情太突然，弄得我心急火燎的。眼下形势，还得靠鬼哥你主掌大局呢。"危急时分，我头脑清醒了一大半。

"这个时候鬼哥我也无招了，幸运的话还是趴在地上躲过一劫，或者与虎头蜂正面一战，然后葬身在这里。"鬼师傅摇摇脑袋，然后叹了口气说，"唉，确实也怪我，你们是陪我一起来探这古墓的，都是我让你们陷入这种境地的。"

我大哥不知怎的，"扑哧"笑出声来，"鬼大哥，你认真的样子好笑极了，我们王家兄弟两个跟你都爱开玩笑，你可不要当真，好像我们哥儿俩真是小家子气了。之前我们经历的那些也不比今天遇到的情况好，有的还更甚于这种状况，大风大浪我们过来了，阎王爷那里咱们也去过，我还不信今天我们就过不去这道坎儿。"我大哥一席话又让我们士气大振，个个摩拳擦掌视死如归，举着火把等着见识见识虎头蜂。

第一批虎头蜂从前面飞来，开始看到的是一团黑影，然后是密密麻麻的黑点，快到眼前两米左右的时候看到长有虎斑、头大、样子像老虎的数千只蜂冲了上来。我们四人用火把朝着飞过来的蜂群来回舞打，"噼里啪啦"伴着一股烧焦的气味，冲在前面的数十只虎头蜂掉落在地上。可是后面的虎头蜂根本不屑一顾，立刻又冲上来，火把与虎头蜂，一个不长眼睛，一个长了眼睛，可是不管长不长眼睛都搅和在一起，通道里"噼里啪啦"响个不停，好像过年那天放爆竹一样。

"火把都要被虎头蜂扑灭了，看过飞蛾扑火，今天算是见大场面了，群蜂扑火，看来我们要处于下风了。"我大哥半开玩笑半担忧地说着。

鬼师傅喘着粗气，狠心说道："兄弟们，你们信不信我，我们最后赌上一赌。"

"信。"我把飞过来的几只虎头蜂打落回应着说。

我大哥又笑了起来，"鬼大哥，你早就有办法了，非得等到这种紧要关头才用吗。横竖是死，玩邪的你在行，你看着弄吧。"

"没时间跟你扯，鬼哥我先办正事。"鬼师傅把铜锣再次拿出，狠狠地敲了一下，清脆的铜锣声盖过了蜂鸣声和虎头蜂扑火声。这声音最重要的是把近前的大量虎头蜂都击落在地上，后面的虎头蜂也像是怕了铜锣声，纷纷掉头飞跑了。鬼师傅又狠狠地敲打了铜锣，通道里锣声阵阵传来，我的心也爽快极了。

"不行，手都打累了，休息一会儿，那些虎头蜂真没了啊？"鬼师傅喜滋滋地不太相信。

"没了，你们听听，蜂鸣声都听不到了，这铜锣真是神器。"我大哥赞赏地说着。

尸蜜神酒

　　吓退了虎头蜂，又死里逃生一次，四人虽然都是大汗淋漓，心情却格外的好。

　　"走"，我大哥拉起鬼师傅，陪着说笑，我们也不想再在此地多留，心中生寒，寒意渐浓。四人摸索着朝前走去，我闻到一股诱人的芳香，让人心痒痒的，骨头麻麻的。

　　鬼师傅手臂一横，陶醉地深吸几口，"好舒服啊，看来我们有口福了。"

　　"什么口福啊，鬼大哥，刚刚我们差点命丧虎头蜂，哪来的口福，你一说我肚子都饿了。你可别说那些被烧死的虎头蜂能吃啊，我宁可憋着肚子也不打它们的主意。"我大哥瞪大眼睛看着鬼大哥。

　　鬼师傅嘿嘿一笑，三角眼睛眯成一道缝，"那可是你说的啊，这么好的东西你不享用可不要后悔。"

　　"好香啊，鬼大哥，你闻到没有？"我大哥兴奋起来。

　　"刚刚不是说宁可憋着肚子吗，现在闻到香味就受不了啦。"鬼师傅开着玩笑说道。

　　我大哥脸色僵了一下，不明所以地问道："鬼大哥，你说这香味是虎头蜂的？"

"对啊，就是它们，难道还有别的吗？你要是不吃也行，鬼哥还带着点食物呢。"鬼师傅说完便去怀里掏弄。

"得……得……鬼大哥，我还没有饿到那个份上，待会儿再说。"我大哥连连摇手。

我也不解，问道："虎头蜂不是不产蜜吗，这味道却真是上等蜜的芳香。"

鬼师傅摆了摆手，故作神秘地说："你不知道虎头蜂的本事吧，它们虽然不产蜜，却照样能吃蜜。"

我大哥嘿嘿一笑，瞪大眼睛看着鬼师傅，"这个我也知道，我们也不产蜜，但是我们也照样能吃到蜜，偷蜜、抢蜜呗。"

狼孩倒在地上，痛苦地蜷缩起来，全身发抖，却不吭一声。我们围在旁边干着急，不知道狼孩犯了什么急症。

"难道是被虎头蜂蜇了？还是吃了不干净的东西？抑或是中邪了？"我一连串地问了许多。

鬼师傅只是一个劲地摇头，嘴里念着"不对，不对"。

我大哥蹲在地上半抱着狼孩，用手摸了摸狼孩的额头，闪电般缩了回来，惊愕地说："太热了，鸡蛋放上都能蒸熟，这究竟是怎么了？老鬼，你见多识广，快来看看狼孩犯了什么急症。"

狼孩的额头有个红手印，像是个三四岁孩子小手的拍痕，可能是刚刚我们太过着急没有留意到。

我大哥着急地看着鬼师傅，"鬼大哥，你倒是说句话啊，这究竟是咋了？"

"那红手印是怎么回事？"我也追问道。

"咯咯！"一个怪异的笑声从头顶上传来，我和鬼师傅高举火把朝上看去，一个黑影瞬间从我们头顶朝里飞去了。这东西还有翅膀，长得像只乌鸦，由于它动作太快，再加上有点黑暗，没有太看清那东西的模样。

"什么鬼东西，这里面还有鸟？"我有点不自在，可能是刚才那鸟一样的东西扇动翅膀时的冷风让我感觉到背脊发凉。

鬼师傅三角眼瞪得跟铜铃似的，许久才说出三个字"阴小手"。

我大哥看着鬼师傅僵立在那里一动不动，担忧起来，说道："是不是又遇到不好对付的怪物了，狼孩是刚才那怪物害的吗？"

鬼师傅点了点头，看着狼孩说道："这是一种邪鸟，形似乌鸦，双爪如鸭蹼，乍看上去仿如孩童手掌，害人，喜食腐肉。所以人们都管它叫阴小手，阴间的鬼差。它们群居，善于在夜里和黑暗中袭击猎物，如鸭蹼的双爪常年接触腐尸，沾满了尸毒，被其爪牙攻击到的人或动物，先是中了尸毒慢慢而死。而阴小手则等待尸体腐烂后群起食之，据说此鸟曾于殷商末期出现危害一方，后被姜子牙以秘法捕而灭之，后消失于人们的视野中，不想却在这里被我们撞见。"

"如此邪乎，那狼孩岂不是中了阴小手的尸毒？"我大哥看着狼孩头上的红手印，眉头都要挤到一起去了。

"此刻只有赌上一赌，去寻那尸蜜酒。"鬼师傅拍拍我和我大哥凝重地说。

"赌？"我大哥疑惑地回了一句。

"是的，赌咱们能够平安过了眼前的这关，阴小手刚刚伤完狼孩，保不准就藏在身边伺机给我们来个突袭。赌我们再次战胜虎头蜂，因为尸蜜酒相当于虎头蜂的粮仓，我们此刻是要跟人家抢食吃，还会有一场激烈的大战。赌尸蜜酒的疗效管用，因为有酒的成分，如果解不了毒，酒反而会促进狼孩体内的毒发作，但愿传说中的秘方好使吧。"鬼师傅解释道，然后拿着火把走在前面，叮嘱我们，"二愣殿后，防护好头部和颈部，拿着武器，咱们往前面去找解药。"

我们走得很慢，四周死寂一片，唯有我们手中的火把不时发出"噼啪"声，但是能感觉到，寂静中隐藏着一股不安分的因素，有一些东西在盯着我们。

"鬼大哥，我怎么感觉咱们没动地方呢？"我大哥背着狼孩喘着粗气说道。

"是啊，我也感觉跟原地踏步似的，我刚刚仔细看了看两边的墙壁，墙壁根本就没动，但是我们的脚却在一直往前走。"我把这个奇怪的发现告诉他们，想让他们验证下。

"难道，难道我们遇上了鬼挡墙？"我大哥看了看自己正在运动的双脚和两边的墙壁不可思议地说。

"我们陷入了一个局里，可能是墓主当年设下的局，原来脚底下的石板会动，往复循环。"鬼师傅看完四周的环境后分析道。

"哦，我们脚下的石头是活动的，是墓主留下的机关？"我虽然明白了鬼师傅说的话，但还是有点不相信居然有这种东西。

我大哥顿时成了苦瓜脸，看着鬼师傅，"那我们往回走呢，是不是就能走出去了？"

"那有什么用，回去也是死路一条，况且狼孩需要解药，我们必须想办法经过这里找到尸蜜酒，我想我们脚下一定有机关，我们不小心触动了机关。"鬼师傅挠起了脑袋。

我用火把照着脚下，看看是否有类似机关类的东西，果然发现右脚边上有个凸起的手掌大的灰色石岩。我想也不想，抬起脚往上踩了过去，感觉石头立刻往下陷了进去。

"可以了，能走了，快，咱们赶快通过这里。"鬼师傅高兴地蹦着招呼我们。

我大哥舒展开愁眉，快步小跑着，嘴里喘着说："真有神灵的话，我就求求墓主大人别再为难我们了，我们回头肯定多给烧纸上香。"

鬼师傅回道："那墓主可不缺咱们烧的纸钱，人家能建这样的奇墓，非富即贵。不是一般的主，而且人家墓主设计就是要刁难进墓之人的。等着吧，后面不知还有多少机关格局呢。"

我还在担忧小梦妹妹，过了这么长时间，也不知现在状况如何了，狼孩又被阴小手弄得昏迷不醒，越想越是愁闷。正在胡思乱想之时，没有看好路，前面本是个弯路，我还径直往前走去。这一下撞得我额头火辣辣的，突然眼冒金星，差点跌坐在地。

"怎么回事？"我大哥和鬼师傅纷纷退了回来惊愕地看着龇牙咧嘴的我，还以为又发生了什么异常。

"走路怎么这么不长心，幸好这些岩石是圆滑的，碰上个尖细刀削的，你就残了。"鬼师傅半带责怪。

"是啊，二愣，别愣头愣脑的，在这里咱们得打起万分精神。咦，你脚旁那个圆圆的东西是什么？"我大哥指着下面问道。

我把火把往下照去，看到我脚旁有个拳头大小的白色花骨朵，鬼师傅蹲下身去细细察看，然后又嗅了嗅，欣喜道："墓中有白岩花，又有虎头蜂，我们刚刚嗅到的芳香，那尸蜜酒就准有了。"

"好啊好啊，那咱们快朝前走吧。"我大哥也高兴起来。

三人往前走了没多远，酒味厚重，原来前面又出现一个墓室。我们小心翼翼地走到墓门旁，看见墓室中尽是坛坛罐罐，而那酒味就是从墓室里飘出来的。

鬼师傅咧开嘴笑道："我等福气，千年陈酿，岂非珍品？"

"那里的酒就是尸蜜酒吗？我去取来一坛给狼孩喝点，看看能不能解毒？"说完我就要进入墓室，不想却被鬼师傅拦下。

"切莫着急，你看这墓室之中可有异常？"鬼师傅指着墓室处说道。

我睁大眼睛，只有坛坛罐罐，四周黑乎乎的，看不清有什么，我摇了摇头，说："鬼大哥，什么异常也没有啊。"

鬼师傅指了指那些坛坛罐罐，凝重地说："你再仔细看看，是不是有什么东西在动？"

果然，坛坛罐罐里好像有什么虫子在蠕动，"难道是虎头蜂，看来取那尸蜜酒也不容易啊。"我大哥放下狼孩，唉声叹气地说。

我拍了拍鬼师傅的铜锣，"这个也不好使吗？"

"好吧，你们先离墓室门口远点，我敲几下试试，做好各种准备。"鬼师傅待我们躲到远处后，拿起铜锣使劲敲了起来。鬼师傅敲完之后急忙跑到我们跟前，然后盯着墓室门口。

整个墓道里嗡嗡之声回荡开来，虎头蜂被铜锣音震出，成群结队地飞了出来，鬼师傅又敲了几次，过会儿便不见有虎头蜂飞出。鬼师傅点了点头，"可以，咱们快去弄一坛尸蜜酒。"

我们迅速地跑进墓室，看着满地的坛坛罐罐竟不知从何下手，鬼师傅抓起一坛嗅了嗅，然后给狼孩灌了一大口。狼孩先是大声咳嗽，然后就吐出一口黑水，臭不可闻，额头上的小手印顿时消失不见了。狼孩睁开双眼，站起身来看着我们，满是感激之情。

"太好了，真是好酒啊，鬼大哥，我们能喝两口吗？"我大哥随手也拿起一坛，咽了口吐沫说。

"喝吧，你看看坛子里还有啥？"鬼师傅坏笑着说。

我大哥往坛子里看去，脸色一变，惊道："骨头，还有虎头蜂的尸体，太恶心了。"

谁知鬼师傅拿起一坛，仰起脖子，"咕咚咕咚"就是几大口，用袖子擦了擦嘴唇，赞道："好酒，好酒。"

我也拿起一坛，先是小抿了一口，顿时觉得芳香清冽，有股神秘的感觉顿入心脾。随后又大饮了几口，"鬼大哥，这好酒究竟是咋酿的？"

鬼师傅斜眼瞧瞧我大哥，嘿嘿笑道："坛罐中本是墓主陪葬的尸酒，虎头蜂采集白岩花藏匿于坛罐中，又偷取其他蜂类所酿之蜜放于此中，死了的蜂掉进酒中酒葬，上等的虎头蜂花蜜酒。这酒中有蜜，蜜中有酒，又在特殊地气中经过千年酝酿，神仙闻上一闻都会饮醉于此。"

经过鬼师傅这么一说，我大哥端起来"咕咚咕咚"喝个痛快，鬼师傅连说，"好了，好了，再喝就真醉于此地了，我看我们还是快走吧。"

狼孩突然指指墓室门口处，我们转过身去，发现一个细长的影子垂在地上，鬼师傅喊了声："谁？"却没有人回应，我们纷纷拿出各自的武器悄声地朝着墓室门口走去，就快走到门口的时候，我大哥喊了声："不好，快闪开。"

紧接着风声响起，十多粒碎石子从我们身边飞了过去，碎石碰到墓室的墙壁上顷刻间碎裂开来，力道之大让人惊讶。我们躲在墓门的两侧不敢伸头张望，生怕又有石子飞来。

"墓室里有人？话也不接就跟咱们干上了，咱们这可咋整？"我大哥喘着粗气说道。

"兄弟，亮个话，你们是不是也要这里面的尸蜜酒？我们出去，你们进来，你们老是扔石子也不行啊，酒坛都被你们砸坏了好几个了。"鬼师傅试着跟对方搭话。

对方仍是不回话，又是一阵石子，砸得里面乒乓乱响，酒味浓重，让我们有点飘然的感觉。

"我说你们是不是人啊，多好的酒就这样糟蹋，地主老财可是要被人民群众批斗的，你们没有几天好日子了，还不悔悟吗？"我大哥还以为是土豪劣绅，又喊了一通。

白毛妖猿

鬼师傅急得抓耳挠腮，咧着嘴直说："完了完了，大家把火都灭了吧，现在酒洒了大半，很容易被点燃，咱们别烧死在里面陪葬。"

"他奶奶的，要么冲出去吧，管他外面是什么东西，我可不想憋屈烧死在这儿。"我大哥瞪着眼睛，舞着砍柴刀，骂骂咧咧地就要往外闯。

鬼师傅立即拽住我大哥的衣襟，"你想被砸死？我有个好主意，咱们把酒坛也往外抛，然后把火把丢过去，看看外面的东西怕不怕火？"

我竖起大拇指，赞道："鬼哥这招好，扔得别太近，要么把火引过来，咱们都得玩完。"

四人商量完毕，都拎起酒坛，心中虽有不舍，很心疼浪费这极品的好酒，但是为了活命，还就得咬牙抛出去。我们对着前后的通道分别扔了三轮之后，鬼师傅和我大哥把手里的火把往两边的通道一丢。只听"呼"的一声，然后外面的通道立刻亮堂起来。只听得"吱吱"声顿起，不见有石子砸进洞来，我们小心地探头瞧那走道里的情况。

"嗬，快看，那是什么怪物，难道是尸变的白毛僵尸？"我大哥伸手指着墓道里两个身上引火的白毛怪物说道。

前端的墓道有两只被火烧着的怪物又滚又跳，还有几只白毛怪物躲在两侧的石壁上冲着着火的两只怪物龇牙咧嘴"吱吱"叫着，好像很为它们着急。但是明显白毛怪物还是怕火，它们根本不敢跳到地面帮助两个同伴。

鬼师傅又挠起了头，有点左右为难的样子，"我们当好人还是当坏人？"鬼师傅看了看我们问道。

"别说你还起了善心要去救这两个妖怪，它们可是刚刚还要弄死我们呢，而且我一想到刚才它们浪费一坛坛好酒的情景就来气，这群白毛怪物和土豪劣绅有什么区别？"我大哥警惕地看着石壁上的白毛怪物，怕它们再次偷袭我们。

"或许它们也是出于自卫，我们进入了人家的领地，这是正常反应。再说，如果我们真的见死不救，活着的白毛怪物如果把我们当成仇人，恐怕我们还有麻烦。不如先救了它们再说，你看它们两个多难受？"我也有些不忍，被火烧的情景很是残忍。

鬼师傅看看我，我立即会意，把火把交给狼孩，我们两人走向燃了火的白毛怪物，然后在地上捧起大把的黄土往燃火的白毛怪物身上扑去，没几下，两个白毛怪物身上的火都被黄土掩灭。两个白毛怪物后背虽然大片黑乎乎的十分丑陋，但是捡回了性命，十分高兴，冲着我们俯首以示感谢。

离两个白毛怪物如此之近，看清它们的样子，长得好像猿猴一样，四只爪牙锋利无比，奇异的是它们长了三只眼睛，如果不是它们俯首，根本看不到第三只眼睛，因为那只眼睛长在头顶。

我目瞪口呆地看着这些怪异的白猿，推了推正在笑话我的鬼师傅，"鬼大哥，你笑什么笑，我又不是怕它们。"

"哈哈，我知道，你是想问，难道这就是传说中的天眼吗？"鬼师傅的三角眼露出一丝得意。

"我觉得高人都不会刻意去显摆什么小聪明，我知道，鬼大哥是个高人，但是有个毛病，很爱显摆。"我学着白猿的样子扮个鬼脸对着鬼师傅说道。

哪知鬼师傅不屑一顾，像模像样地说道："唉，我本以为你是个虚心学习的好小伙，谁知有个大毛病，就是在像我这样的高人面前摇头尾巴晃，威严尽失。人的眼睛就是一扇窗户，心灵的窗户，我们看到的是我们世界的东西，但是第三只眼睛还能看到我们世界之外的其他东西，有的小孩就有天眼，可惜的是超不过三岁天眼就会消失。"

此时急坏了我大哥，"你们扯什么话匣子，此时此刻，不思进取，还不快快往前探道，难道真想在这风水宝地长眠啊？"

"呸，你这个乌鸦嘴，没看我们哥儿俩正在探讨正事？我们想要出去，还得指望着它们。"鬼师傅说完指了指跳上洞壁上的白猿。

"它们？你不是在逗我吧？"我大哥嘴巴一歪，摇头不止，很是不相信鬼师傅说的话。

"真的假的，白毛怪物能带我们出去，我们一不沾亲带故，二没什么交情，凭什么白毛怪物帮咱们，何况它们就是动物，能有什么感情？"我也不相信。

"我们还就和它们沾亲带故了，嘿嘿，你不知道人都是猿猴演变的吗，论交情，刚才咱们仗义救火还不是大大的交情啊，动物的感情比人类的更淳朴忠厚。我们的命运还真就得指望它们了，要不然你们还有什么盼头？"鬼师傅句句说得在理，背着手好像一个私塾先生。

我想了想，白猿生活在这墓中不知多少年月，肯定十分了解出入的通道和通往外面的出口。问题是，我们怎么与白猿交流，还有就是白猿能不能帮助我们。

正在我想事的时候，白猿看着地面上的火灭了便纷纷跳了下来，对着我们挤眉弄眼"吱吱"叫了几声后，一股脑儿蹦跶着跑进了藏酒的墓室里。

鬼师傅坏笑着看了看我们，手一扬，"走，我们跟着看看去，也许答案就在里面。"

我大哥被鬼师傅的话说得莫名其妙，歪着脖子直愣愣地瞅着鬼师傅，"什么答案，鬼大哥，你真是拿自个儿当高人哪，有事没事打个哑谜。"

鬼师傅咳嗽两声，装出一副私塾先生的严谨样，"那个什么，你看看人家二愣兄弟多深沉，懂得做个事后诸葛亮，你跟着过去瞅瞅，待会儿就知道了。"

一席话弄得我哥儿俩哭笑不得，摆摆手，前面狼孩打头，尾随着鬼师傅，四人又回到墓室门口撅着屁股朝里看去。

"快看，有门。"我大哥又惊又喜地喊道。

墓室的墙壁处有个石门暗道半开着，也不知白毛怪物是怎么打开暗门的，看来它们还很熟悉这里的机关秘道。两个被火烧的白猿正守在门口，见我们走了进来，"吱吱"蹦叫着蹿进秘道里去了。

我们陆续进了秘道，里面别有洞天，两旁的石壁上刻画着一些图案。我们都认为或许在图案中能找点线索，最好是墓的结构图，这样我们就能清楚里面的情形了，当然走出这里就有把握了，大家讨论几句后都驻足细心观察起来。

图案画的是一些人和白猿的事迹，第一幅是好多白猿张牙舞爪围着一个跪地求饶的人；第二幅是白猿们正在吃人，有的白猿拿着人心，有的托着人头，好不恐怖；第三幅是人们跪拜祭祀，而祭祀主位上坐着白猿，白猿手中拿着一卷竹简；第四幅是好多士兵拿着斧头正在砍伐大树，白猿们和士兵激战起来；第五幅是白猿被大火包围，一白猿正把那卷竹简吞于肚内，然后向火海冲去。

"看明白没有，这些白猿可不简单啊！我说什么来着，不是什么好东西，跟土豪劣绅一模一样，吃人心的妖怪，幸好看到壁画了，要不然，它们指不定把我们带到什么陷阱里害死我们呢？"我大哥神色一怔，指着墙壁上的石画说道。

"是的，看来它们在当时社会人们心中的地位还挺高啊，还要给它们上贡品。"我看了看前面带路的白猿，真想不到竟然还有如此本事。

我大哥又强调道："古时能够让人们敬奉的除了神就是妖，神可降福祉，所以人们是敬重，妖乃生祸端，所以人们是敬畏。有此图可以看出，白猿食人害命，肯定不是神兽，我们再跟着妖猿恐怕会有危险。"

鬼师傅爽朗的笑声在秘道中响彻起来，说道："你们的推断是对的，但是对照壁画推断的结果未必正确。"

"哦,这话怎么讲？"我大哥转了转眼珠，没有明白鬼师傅的意思。

我看着壁画，又看了看白猿，一拍额头，笑道："鬼大哥，你的意思我明白，壁画乃是世人所作，而取意站立在当时世人的角度。白猿是神也罢，是妖也罢，那都是当时世人的看法，或者只是刻画的人取意，有的人和事情究竟是什么样子，必须亲自检验后才知道。我们和白猿相处之后自然知道它们的本质，而不要受壁画宣传产生出来的念头所影响。"

"呵呵，还是二愣兄弟聪明，我们不能光看表面现象，或是只听一面之词，这样得出的结论未必就是真正的答案。世人的言语可畏，世人的传言更可畏，妖魔化往往就是如此形成的。"鬼师傅的三角眼眯成一条缝，继续说道，"你们再看看图中，那白猿手持的竹简有可能就是天书，世人如此敬畏白猿，有可能像你们所说的造化于人，但我觉得乃是世人狡诈，想要套取其手中的天书。白猿为了保护天书，杀害了抢夺天书的人，然后杀鸡儆猴，以免更多的人来抢天书。人心不足蛇吞象，人们见骗取无功，于是露出凶恶面貌要来强抢，这才和白猿激斗一起。可能白猿不好对付，后来人们用火攻，白猿们宁死不交出天书，吞入腹内。我理解是这样的。"

我伸出大拇指，赞道："还是鬼大哥心思缜密，善于推敲，我们就没想到这里，你这么一说，还真是合情合理。好像当时的场景就在眼前上演一般，我和我大哥没考虑那么全面，而且鬼大哥把情节揣摩得有血有肉，看来鬼大哥的故事不是白讲的啊，都是取之于生活，还原于生活啊。"

"二愣兄弟连夸带损，鬼哥我可承受不起，不过我的推敲也未必全面。还有好多当时的历史因素和文化风俗没有考虑进去，但是考虑事物最好都有两面性，或者站在对方的角度去思考下，这样给出的答案或许更贴近一些，但是不是出问题的人，答案也就没有绝对了，所以我们也只是一种假设。"鬼师傅还在琢磨着。

"不管怎样，恐怕那个天书就是康老板和邪教要找的东西，好在书随猿亡，都毁于烈火之中。"我惋惜之余又庆幸道。

"是啊，多少年多少人都在这场追逐中死伤，如果书找不到，还会有多少人遭罪？我们亲眼看到康老板仅仅获得那个天书部分巫术就搞得乌烟瘴气，要是书被妖人夺了，妖人就会有更多的本事，简直不可想象会有多少无辜的人受害，所以最好的结果就是书全毁了，只要没有了书，就没有了这场追逐，妖人们就不能嚣张跋扈。"我大哥想到这不由得一震，激动地说着。

"但也不能高兴得太早啊，按我们之前看到的和推测的，方鱼应该是把自己的《天书秘卷》分成许多部分散落在各地，白猿拿的不可能是《天书秘卷》。但是从人们争抢和重视的程度可以分析，可能是《太平天书》。"鬼师傅精光一闪，对着我们分析道。

我点了点头，"嗯，不错，张角的《太平要术》虽然受烛火焚毁，其手抄本《太平天书》还残留人间。"

我大哥往前一指，打断众人的言语，"管他什么书，反正也毁了，也不用担心落到妖人手中为祸世间啦。快走吧，快跟不上白猿了。"

千年龙树

走了几个转折，两边石壁再无人工雕琢之状，秘道也逐渐开阔，一股果香迎面而来。

正在众人疑惑之时，一棵巨树出现在众人眼前，巨树有五个成人合抱粗细，龙鳞般的树皮，细数之下，二十八个枝杈分别指向二十八星宿的方向，巨树的叶子细小犹如枣树叶子一般，其间结了无数的果子，乍一看去，好像天空的星星。

"好怪的大树啊，看它枝杈有条有理的，难道还有人长期给它修理不成？"我大哥自上而下看了一通，满脸狐疑，指着巨树怀疑道。

鬼师傅摇了摇脑袋，跺了跺地面，笑着说道："此地隔阻阳界，我等不识时务误闯进来。你们瞧这地面，累积了多年的阴尘，上面只有白猿的掌印和我们四人的足迹，再无别人。"

我对着巨树四周巡视一圈，确实没有人的足迹，而巨树的样子明显是被刻意修理成的，我不相信它自己能把枝杈长得如此泾渭分明。所以脱口说了一句"难道这里有鬼不成"？

"那这鬼一定有着鬼斧神工般的园艺手段。"我大哥插嘴道。

鬼师傅挠挠脑袋，咳嗽两声说："咳咳，咱们脚踏地府，别张嘴就提鬼，你们再瞧瞧，除了我们，这里还有什么？"

"你是说白猿，它们就是修理巨树的鲁班大师？"我经鬼师傅这么一提醒，看了看给我们带路的白猿。

白猿们此时都匍匐于地上，好像膜拜眼前的神树，样子十分诚恳，我们也入乡随俗，跟着一起膜拜。然后就听到白猿们一起长鸣，好像在呼唤什么，这长鸣回转，振聋发聩。

过了好一会儿，白猿们停止长鸣，站起身来。龙树上突然跳下数十只白猿来，看来这里是白猿的老家，刚刚白猿的长鸣应该是给这里的白猿打个招呼。但见有的白猿手舞足蹈，有的展开双臂攀爬到树上采摘果实，有的坐在树上挠痒，有的还在枝丫间荡起悠悠，好不快活。

果子有核桃般大小，色白如玉，晶莹剔透。我们捡起白猿扔给我们的果子吃了起来，第一口咬上去酸涩，第二口吃上感觉涩中有小股甘甜滑过。吃过之后，只觉得回味无穷，于是又吃掉了十来个，直到打了饱嗝。

鬼师傅看着嬉戏的白猿，眼角湿润，看到我在瞧他，张起大口掩饰起来，"唉，行了大半日，早就腰酸背痛了，这么一坐，反而有点犯困了。"

"呵呵，一直紧张着，突然放松下来才知道什么叫累，看到白猿这般生活，才知在寨里打鱼种田是何等惬意。等这次完事，说什么也要回寨里过我的神仙生活。"我大哥也感慨起来。

"呵呵，只怕是咱们静不下这个心，不然我们怎么会来到这深山老林里，更不会困在黑暗的地下了。"鬼师傅苦笑着说道。

我联想到之前看到石壁上的画面，说道："鬼大哥，还记得咱们刚才看到的壁画吗？画里面是士兵砍伐树木，然后白猿与之激斗。画上之树莫不是眼前的巨树，而此巨树布局又绝非一般，我觉得这树也不是凡品啊。"

鬼师傅伸展手臂，打个哈欠说道："这树有千年的树龄了，而且身披龙鳞，长于阴寒之地而独活，实属神树。吃过果子以后，备感精增气提神定，也是绝佳的补品。"

"不对，你们闻到了吗，有一股特殊的味道？"我大哥跟狼孩分别站起来看看是不是有什么异常。

确实，除去我们手里火把冒出的烟味，还有一股难闻的气味夹杂着，只见树上的白猿像是受了什么惊吓，纷纷跳下神树。

我们朝树上看去，一缕青烟从树上冒出，看来气味就是从那儿冒出来的。

"二愣，随我上去看看发生了什么事情？"鬼师傅叼着火把，迅速往上攀爬。

我二话不说，学着鬼师傅，也往树上爬去，待到我们爬到树冠上，才发现烟是从树冠的树洞里冒出的。

"鬼大哥，这树洞里起火了？"我很是奇怪树洞是如何起火的。

"快折断些树枝，把树洞里的东西清理出来，乘着火势未起，赶紧熄灭，不然千年的神树毁于一旦。"鬼师傅边说边急着折树枝。

我也折了几根树枝，协助鬼师傅把树洞里面的东西往外掏，我大哥和狼孩负责清理我们扔到地面上还在燃火的东西，没多一会儿，我们把树洞里的火弄灭了。

鬼师傅还在掏着树洞里的东西，看着我停下来继续说道："快点，别停下来啊，我们要想防止再发生类似的情况就得把里面的东西掏净。树洞内都是壁虎的粪便，其中含有很多芒硝，还有很多枯树叶，日积月累出现自燃。"

我这才恍然大悟，"这棵千年神树最大的问题就是树洞比较大，里面存在不少腐烂物，日积月累，极易自燃。目前的解决办法主要是将树干中的腐烂物清理出来，然后用石头沙土灌注进树干，封住树洞口，以防止神树再次被烧。"

"我就说嘛，二愣就是聪明，怎么也是个事后诸葛亮。"鬼师傅边取笑我，顺便取了几枚果子放到嘴里。

堵完了树洞，我和鬼师傅坐在枝头喘着粗气擦拭汗水，突然，我发现我们的头顶处有两个绿莹莹的光亮一闪一闪的，就跟黑暗里的鬼眼一样诡异。

"喂，二愣，发什么愣呢，咱们该下去了。"鬼师傅用手在我眼前晃了晃。

"鬼大哥，上面，上面有东西。"我指着绿莹莹的光亮说道。

鬼师傅抬头看时，光亮又消失了，鬼师傅指着我嘿嘿笑道："你装得还挺像，越来越会搞鬼了，这次还真就把我骗了。是啊，上面都是叶子、果子。"

我揉了揉眼睛，难道是我一时眼花，怎么转眼间绿莹莹的光亮就没有了，或许是我的火把照射到了果子反的光吧，我也不和鬼师傅解释，叼着火把就要往下刺溜。

这时绿莹莹的光又闪了起来，确定我不是眼花，又爬回树冠，说："看吧，我真没骗你。"

鬼大哥往上看时，脸上一变，嘴里喃喃道："鬼萤火，鬼萤火，碰到非福即是祸。"

"鬼大哥，你说什么呢？上面的东西搞鬼，要不要上去瞧瞧？"我拍了拍魂不守舍的鬼师傅，然后叼着火把就要爬上去。

谁知后面被人一拉，鬼师傅挠了挠头，沉声说道："你不想活了，上面的东西比鬼还可怕，我们还是快些离开这上面为好。"

看着鬼师傅惊恐的样子，怎么也想不到小小的萤火之光究竟是什么鬼东西。看着鬼师傅着急的样子，我赶紧爬下神树，下爬过程中鬼师傅提醒不要过于鲁莽和追求快，因为龙树的树皮都是龙鳞状，下树的过程是逆鳞，一不小心就可伤皮损肉。

待到我们下了龙树，鬼师傅吐出一句话："好险，小命差点扔在这里，大家快快准备离开此地。"

我大哥先是一怔，瞪大眼睛瞧了瞧四周，随后问道："这里挺好的啊，没有什么异常情况，那些白猿都很善意，我们去哪里啊？"

"管他哪里，走得越快越好。"鬼师傅催促道。

我知道鬼师傅肯定不会拿生命开玩笑，打发我大哥不要多问，赶紧动身。

正在这时，龙树枝叶战栗起来，白猿们像是很恐惧，都匍匐在地上抖个不停，就见一团绿莹莹的光雾朝着我们飞落下来。

"什么鬼东西，看我的。"我大哥说完把手里的火把扔了过去，可是火把扔进光雾后立刻消失不见了，那团光雾跟被炸开了似的，炸出了好多火星子，火星子跟有眼睛一样都向着我们涌来。

"你闯祸了，大家快点跑到龙树跟前去，千万不要碰上鬼萤火。"鬼师傅拉着要用砍柴刀准备去砍鬼萤火的我大哥。

"鬼萤火，究竟是什么东西？"我大哥边退边问。

"传说它们是阴间的鬼火，碰上便灰飞烟灭，实际上它们是一种虫子，寄生在龙树的树皮之内，每逢龙树脱一次鳞皮，这些虫子便也长大，碰到这些虫子的瞬间会被融化。我也搞不清这些虫子体内怎么会生出如此高的温度，刚刚你们也看到了，木棍碰上它们立刻就没了。"鬼师傅抽空讲了鬼萤火的厉害，让众人冒出冷汗。

"那我们岂不是都得灰飞烟灭了，你看，它们已经包围了我们。"我大哥靠着龙树绝望地说着。

看着离我们越来越近的鬼萤火，鬼师傅小声说："大家屏住呼吸，紧靠龙树，赌赌我们的运气了。"

说完，四人一语不发，屏住呼吸紧贴在龙树上，那些鬼萤火飞到龙树附近绕了几圈便飞到树顶去了。

看着鬼萤火远离了之后，鬼师傅小声说道："大家可以换气了，不过动静不要太大，我们暂时还没有脱离危险。"

"那些鬼萤火为什么飞近我们又飞走了，难道它们没长眼睛？"我大哥惊讶地问道。

"是的，它们本来就不长眼睛，全是靠气味识别，我们贴近龙树，龙树本身散发的气味很浓，再加上我们食用了大量的龙树果，才掩盖了咱们身上的气味，那些白猿常年生长在龙树上，所以体味也被掩盖了。"鬼师傅边说边向上面看去，生怕鬼萤火再次袭击我们。

白猿们从地上起来，蹑手蹑脚地朝另外一边的洞口走去，鬼师傅小声说道："快，我们跟着白猿逃离这是非之地。动作要轻，呼吸要匀。"

好不容易远离了龙树，众人"呼哧呼哧"喘着粗气，"好险，好险，头一次见到这种鬼东西。"我大哥不断地重复着，还未从惊吓中缓过来。

我也跑得气喘，而且感觉腿跟坠了铅似的，并且头昏眼花。听到鬼师傅说的碰上即灰飞烟灭，想来就头皮发麻。"鬼大哥，这种虫子能活多长时间啊，飞到外面为祸人间咋办？"我又担忧道。

"这种虫子寿命很短，最长也不过七天，而其生长周期却要数十年之久，龙树每脱皮一次长达数十年，这虫子就伴随着龙树脱皮之时生了出来，生命虽然短暂，但是拥有世间的三昧真火。"鬼师傅感叹地说着。

我大哥拍着鬼师傅的肩膀，歪着头瞪着眼埋怨道："哦，鬼大哥你知道得如此清楚，怎么不早点提醒大家，还让大家逗留在那里得有多危险。真有你的，我们差一点点就灰飞烟灭啦。"

听完我大哥的话，也觉得鬼师傅确实有过失，而且鬼师傅肯定还有一些事情没有说出来，"鬼大哥，我们既然跟你来到此墓之下，就是奔着同甘共苦来的，但是我觉得你还是隐瞒了一些东西似的。就拿这事，有点说不过去吧。"

鬼师傅摊摊手，无奈地苦笑道："王家兄弟和狼孩是为了我而犯险，你们能陪我一起来，我知道我欠了你们一个还不起的人情。但是我之前说过，有的事情你们还是不知道为好。"

身世之谜

此刻通道里气氛异常，我大哥憋不住心里的话，冷哼了一声说："既然还是有什么隐瞒我们，我也把话撂出来了。我们王家兄弟不是贪生怕死之辈，更不是唯利是图的小人，狼孩也一样。我们一起经历了这么多，死都死过几回了，你还要瞒我们。本来我就对你有想法，但是我不想你是那样的人，因为我们是共患难的兄弟。可是你不把我们当兄弟，我越来越怀疑你和康老板是一样的人。"

鬼师傅脸涨得通红，张口辩道："王兄弟你……你……我……我怎会是……那样的人……哎……"

我拍了拍鬼师傅的肩膀，安慰道："鬼大哥，之所以我们还叫你大哥，就是还把你当兄弟，但是真心希望你把我们也当兄弟。或许你为我们考虑，有些事我们知道对我们不利，但是我们岂是怕事之人？"

"好吧，既然大家把话都说到这个份上了，我要是再不说明，恐怕我们心不齐，反生内讧。"鬼师傅下了决心准备一吐为快。

我们三人屏住呼吸，等着鬼师傅把心中的秘密吐露出来。

鬼师傅的眼睛在我们三人脸上扫了一遍，然后一字一句地说："我的真名叫华魁，乃神医华佗的后人，当年祖上神医华佗是得了《太平天书》成就一代神医之名。祖上华佗本是士人，一身书生风骨，利用所学《太平天书》的医术造福于人。数度婉拒为官的荐举，宁愿手捏金箍铃，在疾苦的民间奔走。行医客旅中，起死回生无数。他看病不受症状表象所惑，他用药精简，深谙身心交互为用。他并不滥用药物。《太平天书》中所传五禽戏被他运用其佳，能够治人于未病，观察自然生态，教人调息生命和谐。只可惜曹贼获悉他身有异术之后派人监察，得知《太平天书》落在他的手中，曹贼便千方百计想要拿到此书。曹操操纵朝政，自任丞相，总揽军政大权，遂要他尽弃旁务，长留府中，专做他的侍医。这对以医济世作为终生抱负的华佗来说，要他隔绝百姓，专门侍奉一个权贵，自然是不愿意的。何况，曹操想要从他身上得到《太平天书》用于统治，当时三国之争已经弄得数万百姓尸体壅塞，民不聊生。他知道此书落于贼人之手，只能是生灵涂炭，所以一直在曹贼身边装傻。曹贼见软禁没有效果，便假装释放他，暗中派人跟踪监视，最后他用计策烧了个假书，让曹贼以为把《太平天书》烧了，断了曹贼的念头，所以激怒曹贼。最终曹贼借由头痛让他来医，然后又假罪于他，最终害死了一代神医。"鬼师傅说完悲痛不已，愤恨之色仍挂于脸上。

"真是可恨，鬼大哥，别难过了，可是我们听说神医华佗的《青囊经》已经失传了啊，《青囊经》和《太平天书》就是一本书吧？"我问道。

"《青囊经》不过神医华佗的医术笔记，怎能跟《太平天书》相比，一个是专一领域，一个是包罗万象。曹贼依旧不死心，命令当时手底下的直属部队继续对华佗的后人进行追踪。而方鱼的后人，各方术士都在寻找华佗的后人，想要谋取《太平天书》，所以华佗后人为了躲避各方势力的抓捕，隐姓埋名。"鬼师傅一字一句地说道。

"哦，这么说《太平天书》在你们祖上手里世代相传了。"我有点不解，为什么鬼师傅还要费尽心思寻找？

"你们想错了，神医华佗并没有把《太平天书》交到后人手里，而是把书藏到无人可知的地方了。但是华佗神医交给后人的一些异术就是《太平天书》中的，代代相传，但是不敢表露身份，因为各方势力，尤其是方鱼的后人从来没有停止过对华佗后人的追踪调查。他们邪心不死，一是寻得能人，如为他们所用，便加以利用，如不为所用，便害之。我之所以隐姓埋名，不想透露过多秘密，一是怕泄露身世为邪人所害，二怕连累你等，毕竟邪人势力庞大，而且善于诡计，藏于暗处。我们祖上世代都在找寻《太平天书》，我们在跟各方势力赛跑，毕竟《太平天书》不能让邪人先行找到，后来还得知各方势力同时还在找更早失传术士方鱼的《天书秘卷》。所以我们又多了一份责任，这两本神书无论如何也要保护好。"鬼师傅挠着脑袋说道。

听完鬼师傅解开自己的身世之谜，我们面面相觑，我大哥点了点头说："鬼大哥，不，华大哥，你放心，你的事情就是我们的事情。"

鬼师傅深深地叹口气说道："唉，这种事情其实早就不该让你们掺和进来，可是我一人之力确实办不到，而且你们心地善良，所以我把你们留下来，想借助你们的力量找寻《太平天书》。我也有自己的私心在里面，等出了古墓，你们立刻回到寨里过原来的生活，再不要搅进这些事情里来。就当你们没有见过我这个人，我是祖上的使命，所以必须去完成。"

众人沉默了一会儿，我打破这种气氛，"先不去想其他事情了，鬼大哥，还是那句话，我们几个还是好兄弟。"

鬼大哥笑着含泪跟我们三人拥抱在一起，激动地说："兄弟。"

大家心情平复下来的时候，我们又问了关于华佗的各种事迹，鬼师傅说："《三国志》你们没有看过吗，那里面记载够详细的了。李将军妻病甚，呼佗视脉。曰：伤娠而胎不去。将军言：闻实伤娠，胎已去矣。佗曰：案脉，胎未去也。将军以为不然。佗舍去。妇稍小差。百余日复动，更呼佗。佗曰：此脉故事有胎。前当生两儿，一儿先出，血出甚多，后儿不及生。母不自觉，旁人亦不寤，不复迎，遂不得生。胎死，血脉不复归，必燥著母脊，故使多脊痛。今当与汤，并针一处，此死胎必出。汤汁既加，妇痛急如欲生者。佗曰：此死胎久枯，不能自出，宜使人探之。果得一死男，手足完具，色黑，长可尺许。佗行道，见一人病咽塞，嗜食而不得下，家人车载欲往就医。佗闻其呻吟，驻车往视，语之曰：向来道边有卖饼家蒜齑大酢，从取三升饮之，病自当去。即如佗言，立吐蛇一枚，悬车边，欲造佗。佗尚未还。小儿戏门前，逆见，自相谓曰：似逢我公，车边病是也。疾者前入座，见佗北壁悬此蛇辈约十数。广陵太守陈登得病，胸中烦闷，面赤不食。佗脉之曰：府君胃中有虫数升，欲成内疽，食腥物所为也。即作汤二升，先服一升，斯须尽服之。食顷，吐出三升许虫，赤头皆动，半身是生鱼脍也，所苦便愈。佗曰：此病后三期当发，遇良医乃可济求。依期果发动，时佗不在，如言而死。"

"真乃神医，我听过关于他给关羽刮骨疗毒的段子，手段高明。"我还回味着鬼师傅所说的，惊叹世间有如此高人。

"怪不得鬼大哥也懂医术呢，三番五次的遇险中毒，鬼大哥都给轻松地解了毒，神医门下得真传啊。"我大哥竖起拇指夸赞起来。

"哪里哪里，我这只算是皮毛，根本不能和祖上相提并论，其实我的祖上每一代都用所传本领救死扶伤，虽然都是默默无闻，但是邻里坊间也留下了好口碑。"鬼师傅说起先人带着些许钦佩。

这时白猿们停下来在原地聚在一起"吱吱"乱叫，好像发生了什么事情。

"走，咱们过去瞧瞧，看看我们的向导出了什么状况，我们还指望它们给咱们带路逃出生天呢。"鬼师傅快步走向白猿，言语中有一丝丝担心。

走到白猿跟前才知道原先被火烧着的那两只白猿躺在地上，烧伤部位红肿一大片，而且起了好多大水泡，甚至有的地方水泡还破了，两只白猿眼皮抖动着，显然很是痛苦。

"都怪我一时大意，当时把火扑灭了就没想那么多，这烧伤很是严重，没有及时给它们治疗，想必伤口感染了，我们必须赶快为它们找到消毒和消炎的药物，不然它们会有生命危险。"鬼师傅挠着脑袋，语气沉重地说。

"哦，那可没办法啊，这个墓穴里哪有什么药物？"我大哥也挠起了脑袋，着急想办法。

我拍了拍狼孩手中的那坛子尸蜜酒，推荐道："鬼大哥，平时我们有伤口都靠酒水消毒，你看看我们用这个行吗？"

鬼师傅摇了摇头，叹息道："酒虽好酒，但需对症下药，烧伤得用凉药解之，而酒水乃烈性药引，对其反而起到恶化的作用。"

我失望地点了点头，"那可怎么办，恐怕这黑暗的墓穴里再也没有相应的药物了。"

"有是有，不过还得冒次险，那千年龙树的树皮是上等的消炎止痛类中药，龙树的果子更是最好的消炎药物。"鬼师傅转过身，想要再回危险之地。

我大哥一把抓住了鬼师傅，用手指着，"你，你明明知道那里有多危险，为了两只白猿，值得吗？"

鬼师傅看着白猿痛苦的样子，又看了看那些围观的焦急心痛的白猿，三角眼睛往洞顶的黑暗处望去，深情地说道："你看看它们，我们人类的感情往往没有动物的真切。我救白猿本来是有私心的，指望它们给咱们带路，指望能给我们带来奇迹。可是白猿所做的是为了还我们恩情，仅仅是我们扑灭了我们弄到它们身上的火，这份恩情，它们没有任何目的。"

"鬼大哥，走，我跟你走一趟龙潭虎穴，白猿知道情义，我等如不识情义，岂不是连畜生都不如了？"说完，我拍了拍鬼师傅，头一扭就往回走去。

"好，二愣说得对，就冲情义二字，咱们管他生死，我们兄弟情义就是生死与共。"我大哥豪情地说道，炯炯有神地看着我们，狼孩陪着我大哥一同走了上来。

鬼师傅感激地看了看我们，没说一句话，用力地点了点头，我们四人又回到了千年龙树处。此时，千年龙树附近一片寂静，静得可以听到我们微弱的呼吸。我们也没有看到鬼萤火的影子，鬼师傅拿过狼孩的砍柴刀就去削龙树树皮，虽然掉下来几小块树皮，但是没想到龙树的树皮坚硬无比，砍柴刀的刀刃都卷了起来。

我在附近地上捡了许多龙树树果兜在衣服里，突然感觉阴风拂来，我知道在这封闭的墓穴里风无好风，顺势往后倒去，就看一团黑影从眼前掠了过去。

"大家快靠拢过来，阴小手袭击我们来了，小心别被它们拍上。"鬼师傅吩咐提醒道。

我提着果子，吃力地起身围靠在大伙身旁，"好险啊，不知它们怎么出现了呢？"我看着黑暗里来回飞悬的黑鸟问道。

"不好，鬼萤火，大家快点围拢在龙树跟前。"鬼师傅惊恐地吩咐我们。

我们哪还敢乱动，都跑到龙树跟前贴了过去。

果然，满天的星星从龙树的叶子里飞了下来，幸好我们再一次在鬼萤火到来之前围拢到了龙树跟前，那些鬼萤火从我们停留的地方一晃而过然后飞向了黑鸟，那些碰到鬼萤火的黑鸟有的瞬间消失，有的变成一团焰火然后瞬间蒸发，我们嗅到了刺鼻的焦臭味。没多大一会儿，鬼萤火消灭了所有的阴小手，世间的万物奇异百态，更是没有永远的强者。阴小手够厉害了，但是碰到鬼萤火连灰都没留下一点；鬼萤火更厉害，可是生命只有那么短暂的几天。鬼萤火再次集结到一起，又从我们头顶悬了一圈升到龙树茂密的叶子中去了，直到鬼萤火的光亮熄灭，我们才敢离开龙树，带着树皮和果子跑到了安全区域。

"好险好险，那些鬼萤火飞到咱们头顶上时，我头皮都要炸了。看着那些瞬间消失的阴小手，真想不到指甲大小的鬼萤火竟然有如此诡异的力量。"我大哥脸色苍白，豆大的汗珠从额头上滚下。

暗水魔虫

鬼师傅把龙树的树皮堆积到一起，然后用火把烧着，"二愣兄弟，麻烦你把果子切成薄片，然后贴在白猿的伤口处。"

"好的，这事情交给我了。"我用砍柴刀把数十个果子都切成了薄片，然后由我大哥和狼孩协助贴在两只受伤的白猿身上。

白猿被果子触及到伤口，吃了剧痛，浑身颤抖，急得旁边的白猿上蹦下跳，还有的白猿用手捂住眼睛，不忍观看。

"好了，止痛消炎的药来了，撒上后就不疼痛了。"鬼师傅手捧着成了灰烬的龙树树皮边说边笑地走了过来，模样像一个慈祥可敬的大夫。

两只白猿看到鬼师傅的模样，像是听懂了似的，脸上僵硬的表情放松下来，等待鬼师傅给它们医治。

鬼师傅小心翼翼地把灰烬撒在伤口上涂抹一番，然后要我们在伤口周围轻轻揉动，白猿在我们精心的医治后竟然又站立起来，虽然不如以前那样生龙活虎，却也可以行动自由。

其他的白猿见到同伴又可以站立行走，又是一阵欢蹦乱跳，然后像对千年龙树那样对我们匍匐拜敬，好像我们就是它们心目中的神。

经过刚才一番折腾，我们又筋疲力尽了，本来想在千年龙树那儿养精蓄锐，结果事与愿违。四个人医治好了白猿，靠着洞壁闭目养神。

正睡得香甜时，突然被我大哥的声音吵醒，睁眼看时，只见我大哥正说着梦话，脸部扭曲着，好像十分痛苦，我赶紧摇醒了我大哥，"大哥，醒醒，快醒醒。"

鬼师傅和狼孩也被我的动静惊动了，揉揉蒙眬的睡眼，帮着一起唤醒我大哥，我大哥在梦里可能陷得太深，即使我们都下手使劲儿掐，他都没什么太大反应。

"鬼大哥，我大哥这是怎么了，平时这么大的动静怎么也醒了，可是今天我大哥他？"我有些担心，难道是生了重病或是中邪？

"别担心，可能是太累了，神经长期处于紧张阶段，没有及时走出梦境，把尸蜜酒拿来给他喝点。"鬼大哥打个哈欠说道，示意我不用担心。

我把尸蜜酒给我大哥灌了一口进去，就听到我大哥一阵咳嗽，然后我大哥睁开惺忪的眼睛，看看我们三人，两只手朝自己的脸来回地摸来摸去，"我的牙，我的牙掉了，疼死我了。"

"大哥，你还没醒啊，还在做梦吗？"我看着我大哥古怪的动作疑惑地问道。

"哦，原来是一场梦，唉，疼死了，梦见掉了好几颗牙，还流了好多血，不是好兆头啊。"我大哥继续揉着自己的腮帮子，好像还在确认到底掉没掉牙，一脸的沮丧。

"《周公解梦》的说法是，梦见掉牙，或是将与人争吵，或是有水难之虞，的确不是什么好兆头。"鬼师傅此刻也迷信起来，眉头微皱，略有担忧。

"呵呵，不就是一个梦吗，怎么，鬼大哥你不会也迷信吧？"我打趣起来。

鬼师傅摇摇头，三角眼睛又眯成一条缝，说道："不是我迷信，那是你大哥一种特殊感觉的预示，每个人身上都有特殊的第六感，会在某种时刻提醒和预示即将发生的事情，我觉得你大哥的梦境是一种预示。"

　　"对，我也觉得做完梦之后，心里太不踏实了，总感觉浑身都不自在。不过预示吵架的事情肯定不准，我可不会学娘儿们吵架，男人动手不动口啊。鬼大哥，你说的什么水灾？难道我们还能遇到水不成，那既然有水灾，咱们碰到水远离就是了，不对啊，不喝水，咱们不是自杀吗？"我大哥双手一摊，愣愣地瞧着前面，很是迷惑。

　　"大哥，你还是醒醒吧，让一个虚无的梦境搞得头昏脑涨，让一个莫须有的事情搅得人心惶惶，我们何必吓唬自己呢？"我看到我大哥的样子变化太大，想不通为什么一个梦可以让人失去勇气。

　　"二愣，不是哥被梦吓怕了，只是觉得，说不清楚，就像鬼大哥说的，我们还是谨慎点好啊。"我大哥语无伦次地说了起来，而且还比画着，但是还是说不明白，"好了好了，我不说了，看，白猿们都准备好了。"

　　白猿起来后排成一队，陆陆续续地开始朝前走去。

　　"好了，我们也不能掉队，走，跟上去。"鬼师傅笑着说道。

　　"鬼大哥，还有一件事情我没想明白。那个千年龙树的枝干分布成二十八星宿的方向，你们都说是白猿修理的，可是白猿没有刀、没有剪子，它们靠自己的爪牙吗，而且它们又依据什么，能把枝干的间距和经纬算得如此的精确呢？如果没有相关工具丈量，恐怕是我们都未必能搞得如此精确吧？"我大哥闲着无事，把心中的疑惑说了出来，看看鬼师傅是否能够分析其中的奥秘。

　　我也附和道："对啊，当时我听鬼大哥说是白猿修理的时候也是不信，白猿平时活动在千年龙树上吃果子和枝叶肯定会影响到千年龙树，但是枝干的二十八星宿方位明显是人工所为。"

鬼师傅神秘地一笑，解释道："其实这里面的事情也是我推断出来的，如果当年的墓主，或是有这么一个人，他养了几只白猿，和白猿是亲密的朋友，而这个人又格外喜欢龙树，所以没事的时候就拿着剪刀修理龙树，而他身边的白猿受到耳濡目染，也自然会了。后来虽然这个人死了，但是白猿代代相传，白猿世世代代守护着千年龙树，龙树就被白猿世世代代的子孙修理，它们一生只做这一件事情的话，当然能把二十八方位弄得泾渭分明啦。"

"哦，鬼大哥这样说我们就能理解了，看来白猿们的忠诚经受住了历史的考验。"我敬佩地说。

"听，有水声。"我大哥朝前一指，兴奋地说道："有流水，我们可以顺着流水的方向走，应该就可以出去。"但是脸上一变，摇摇头说道："不对不对，我们碰到水就有灾难，我看我们还是别往前走了。"

鬼师傅听完之后也点了点头，犹豫地说："我心里也有些不踏实，再加上王兄弟的预感，我也觉得我们应该谨慎点。"

"可是，我们不走那里还能走哪里？走回头路？这里面就是个迷宫，而且是吃人的迷宫，每个地方都有让我们意想不到的危险，我认为应该跟着白猿走，起码它们比较熟识这里，安全性更高一些。"我把眼前的情况分析了一下，选择跟白猿一起走。

白猿看着我们没有跟上，也停了下来回头张望我们，鬼师傅看着白猿点了点头，拍了拍我大哥："好吧，我们确实是别无选择了，眼前我们也只能相信它们，走。"

我大哥无奈地苦笑了一下，"走，好吧，咱们就浑水摸鱼吧，但愿能够蒙混过关。"

墓道两侧都是汉白玉砌成的，白猿的爪牙再是锋利，也不能攀爬，所以只好蹚进暗流里，我们也卷起裤管举着火把跟在白猿后面。刚刚踏进水中就觉得冰冷刺骨，而且全身的筋都缩短了似的，浑身紧巴巴的。水声是从前面传来的，好像水流是从墓道顶部留下来的，也不知道墓道里的水流向何处，更不知道水有多深。

我大哥说话都磕磕巴巴的，打着手势一顿一顿地说："这……这……跟……骷髅河……是……是……一样的……冷……"

"有过之无不及啊，要不是喝了那尸蜜酒御寒，咱们肯定都抬不起腿来。"我说完话就打了个激灵。

火把照在通道里，再加上汉白玉的洞壁，白茫茫一片，而我们又踩在冰冷的水中，有身临冰天雪地的感觉。

"大家快些跟上白猿，可别落了队伍啊。加把劲儿，我们到了对岸就有希望了。"鬼师傅回过头给我们打打气，显然鬼师傅也被水的寒气冻得难受，嘴唇被咬得红一块白一块的。

"怎么回事？鬼大哥，你看，前面少了一只白猿。"我拍着鬼师傅的肩膀指着前面，因为我刚刚注意到，白猿少了一只。

鬼师傅打个喷嚏，定睛朝前瞧去，"哦？会不会走得快，跑到前面离我们太远了，我们的火把照不到那么远的距离。"

"也有可能，但是我有种不好的预感，总觉得怪怪的，而且狼孩也有这种感觉。"我大哥不安地说道。

"你们看，有只白猿趴在水里呢。"我手指着最前面的白猿，焦急地说。

那只白猿浮在水中一动不动的，然后突然间有绳子似的东西缠住白猿，白猿被拉入水下消失不见了，再也没看到那只白猿再次浮出水面。

"什么情况，是不是水里有东西？我说吧，不应该下水的，咱们快点退回上岸吧。"我大哥看到情况不妙，打起了退回的主意。

看着身后，黑茫茫一片，我们蹚水也有大半个时辰了，此时此刻根本看不到岸了。正在我们看来时路的时候，再回头发现又少了三只白猿。而白猿也像是感知到了什么，两只爪子疯狂地在水里拍打起来，有四只白猿回过头朝我们跑了过来。

　　"大家掏出武器，退回也不是最佳办法，因为我们距离岸边不是很近，看看白猿过来有什么指示。"鬼师傅盯着平静黝黑的水面说道。

　　四只白猿跑到我们身旁，不容得交流就把我们抱了起来往肩膀上一扛，然后继续朝白猿队伍跟了过去。

　　"鬼大哥，你说它们这是什么意思，招呼也不打，往肩膀上一放，跟拿贼似的？"我大哥丈二和尚摸不着头脑。

　　"大哥，白猿本来很怕火，可是这次咱们拿着火把也硬是把咱们背在身上，就是为了保护咱们别被水里的东西伤害到。"虽然洞里湿冷，但是我内心却温暖无比，白猿的行动足以诠释情义二字。

　　鬼师傅点了点头，说道："看来水里的东西还真是不简单，大家要万分留意。"鬼师傅的话还没说完，只听水面"哗啦"一响，然后水里就有一个半米长的东西跳出水面，有个蛇一样的东西冲着鬼师傅的面门蹿了过去。

　　鬼师傅的火把朝面门迅速挡了过去，那蛇状东西碰到火焰后"刺啦"被烧了一下，好像受了剧痛，闪电般缩回到水中。

　　正在惊诧间，背着我们的白猿身子一震，紧接着长鸣一声"嗷"，像是给同伴们的信号，前面的白猿转过身来，就看背着我们的白猿把我们揽在手里朝前抛了过去，前面的白猿张开双手把我们接住后又朝前抛去，就这样转了四回才停了下来。

　　我揉了揉发昏的头部，晃了晃脑袋，感觉回过神来，这才发觉自己已经站立在岸上，鬼师傅和我大哥他们正用双手护着手里的火把，微弱的火光才逐渐亮了起来。岸上站着七八只气喘吁吁的白猿，我们回过头去看看后面的白猿跟上来没有。四人的火把照亮了十多米的范围，离我们两米左右又出现另一个洞口，而那些黑水朝那里流去了，十几只白猿陆陆续续地跟在后面，水里"噼里啪啦"不时有响动，然后就发现会有白猿倒下。十几只白猿上来了十只，后面再也没有动静，数十只白猿有大半都被水里的东西害死了，我们心里很是沉重。上岸的白猿中突然有一个倒在地上，用爪子使劲抓挠后背。

我们四人把火把往后背照去，这才发现后面有一个身体扁平，嘴朝下，尾巴很长、有刺的怪物黏在白猿的后背上。鬼师傅瞪大了眼睛，磕磕巴巴地说："快……快拿刀……砍断……"鬼师傅边说边夺过我大哥手里的砍柴刀，砍断了那带刺的尾巴，怪物吃痛地"吱吱"叫了声就掉在地上，断了的尾巴还来回扭动。

"这怪物究竟是什么东西，鬼大哥，白猿怎么了，快看它，好像要没有气息了。"我看着那只白猿着急地拍了拍正在发愣的鬼师傅，希望鬼师傅能够解救白猿。

"这个魔鬼鱼有毒，尾巴像蝎子一样会蜇人，会致人死，尾巴里面的毒素既是毒药，也是解药，快快用砍柴刀在尾尖三寸处砍断，流出的白色液体就是解药，涂在白猿的伤口处可以解救。"鬼师傅神神叨叨地说着，指挥我大哥去做，自己依旧神色未定。

我又拍了拍鬼师傅，说道："鬼大哥，你看白猿得救了，你还在担心什么？"

"真是怪名字，魔鬼鱼，听着就够吓人的了，看着更吓人。鬼大哥，看来我的第六感预感对了，我们真的遇到危险了，接下来可咋办？"我大哥翻了翻眼睛一脸忧愁。

"我们找对地方了，《太平天书》就在这里，当年我父亲曾经说过，藏天书的地方有一道护书河，水中的魔鬼鱼那是护书使，看来我们真的找到地方了。"鬼师傅激动得热泪盈眶，跪在地上不知在祷告什么。

"找对地方了，那可太好了，我们一路跋山涉水陷入各种险境，看来都是值得的，鬼大哥，我们真的要找到《太平天书》了？"我也激动起来，大功告成前的兴奋。

鬼师傅起来后点了点头，用袖子擦干泪痕，说道："我有点太激动了，我也不知道究竟是老天的用意还是白猿们懂得我们的意图，我们有意无意地来到这里了，那么前面没多远肯定就是藏天书的琼楼玉宇了。"

白猿们拉起被魔鬼鱼蜇伤的白猿朝前走去，不知这些白猿怎么如此会揣摩人的心思……

白毛尸煞

　　果然如鬼师傅所说，没走多远，白猿们停了下来，而洞穴也豁然开朗。

　　众人朝前看去不由得惊呆了，一座汉白玉的楼阁在火把微弱的光照中若隐若现，楼阁从外表看起来很像一条大船，原本以为汉白玉的楼阁只是个模型，走近才知道这是一个真正的楼阁。有门有窗不说，走廊内阁，里面还有桌椅橱窗，但是这里面所有的一切都是汉白玉雕砌而成，宛如天上人间的琼楼玉宇。

　　白猿们带着我们四人在楼宇里环绕了几圈之后，停在一个九角玉亭处抓耳挠腮。九角玉亭顶处盘着多条腾云驾雾的玉龙，仿佛群龙聚会，顷刻间就可逍遥于九天之上。九角玉亭外围正对九角处各站立九个玉兽，形象逼真。九角玉亭正中有一个圆形大玉球，正是鬼师傅所说的水球玉石棺，圆球石棺上满是坑洞，有深有浅，有大有小，甚是古怪。白猿看我们靠近，四散开来。

　　"我们要找的东西可能就在这水球玉石棺内，可是怎么才能打开它啊？"鬼师傅在水球玉石棺周围转了几圈，又使劲推了推，挠着脑袋发起愁来。

我大哥也不甘落后，着急要打开这石棺，用石头砸来砸去，可是手里的石头都砸碎了，石棺上只留下点划痕。气得我大哥要拿拳头往上打去，嘴里骂道："这他奶奶的是什么鬼东西，我是没辙了。"

"大哥，你别急，肯定有办法的，石头都没它硬，你就别拿拳头出气了。"我按住我大哥的拳头劝道。

"是啊，王兄弟不要心急，这种石棺肯定有机关的，我们找到机关就能不费吹灰之力啦。"鬼师傅围着石棺找寻机关。

"这石棺没其他特别的地方，就是有不少坑洞，机关会不会在这些坑洞当中？"我提醒鬼师傅，指着大大小小的坑洞。

鬼师傅点了点头，三角眼睛眨巴眨巴想着什么，"是的，我也想到了，但是这么多坑洞究竟是干什么用的呢？"

"如果是机关，肯定得有钥匙或其他东西触动才能发动，鬼大哥，你看这是不是像什么？"我拉着鬼师傅走到正对我们的一个人头大小的坑洞前。

鬼师傅露出一丝惊喜，开口叫道："二愣兄弟，你脑子动得真快，哈哈，骷髅头，这个坑洞跟我包裹里的骷髅头大小形状相似，八九不离十就是它了。"说完，鬼师傅解开后背的包裹，托着骷髅头在坑洞前比较了一下，然后放了进去。

没想到骷髅头和坑洞正好匹配，众人都站立旁边，等着触动机关，只听"轰轰"声起，半圆形石棺盖向后滑了出去。

"哈哈，看看里面有啥宝物，最好我们要找的书就在里面，这样我们就完成任务，可以回到寨里去啦。"我大哥也抑制不住内心的兴奋，瞪大眼睛瞧去。

"啊，大家快看，石棺里怎么躺了九个怪物？"我指着石棺里的尸体，非常震惊，要说石棺里有尸体本不足为奇，问题是这个石棺中躺了九具尸体，而且尸体根本不是人的。

"大家快快退后，这是传说中的白毛尸煞，是墓主的阴兵守护者，遇到人气则活，长长的指甲积聚了深厚的尸毒，被它们划破皮肤就会被尸毒侵入，全身变黑，皮肤腐烂化脓，死无全尸。"鬼师傅拉着我们往后退去。

正在我们说话间，那些尸体果真有了变化，尸体的头上和脸上像是有虫子往外爬，开始冒出白色肉芽，然后身体也跟着蠕动起来，真不敢相信千百年的尸体竟然真的会动。

"它们是鬼？还是僵尸？这世上真的有鬼？"我大哥不可思议地惊叫问道，瞳孔惊恐地收缩。

"大家快快退后，虽然说是白毛尸煞，但我不相信它们是鬼，肯定又是墓主当时搞的鬼把戏。"鬼师傅护着众人往后退去。

"快看，它们站立起来了。"我大哥举起砍柴刀。

鬼师傅看着那些行动缓慢的尸体说道："大家千万不要用任何东西触碰这些尸体，它们身体内都是腐肉虫，一旦破裂伤口出来，腐肉虫就脱离原来的宿主袭击我们。"

"虫子？鬼大哥你是说它们身体内都是虫子？尸体的站立行走确切地说是虫子的运动？"我不可思议地追问。

鬼师傅默默地点了点头，然后说道："腐肉虫本是古时军医用来给伤口感染的伤兵所用，那时发生大的战斗，伤兵多，军医少，好多人都因伤口都腐烂化脓而死，张天师发现腐肉虫喜食腐肉，便把此秘方研究出来传授给当时作为军医的徒弟，此秘法也就默默地传了开来。"

"过来了，过来了，这些死尸、这些虫子怎么知道我们的方位啊？明显是冲着咱们来的。"我大哥也很忌讳死尸，拿着砍柴刀比画比画又收了回来。

"温度，我们手里火把的温度、本身的体温和这里面的温度明显不一样，虫子对温差很是敏感，所以就跟长了眼睛一样跟着我们。"鬼师傅三角眼眨了眨，好像在想什么办法。

九具白毛死尸一步一步晃悠着往前走，动作虽然十分缓慢，但是一举一动让人看了就发毛。九具白毛死尸排列成半弧形朝我们围了过来，我们四人只能退后，我被火把上掉落下来的火星烫了一下，这时我想到一个好办法，于是对着大家说道："有了有了，咱们把火把扔到两边看看能不能吸引开它们，只要它们的弧形阵势一乱，咱们就可以以速度取胜了啊。"

"嗯，好办法，我先扔一个试试。"鬼师傅把手中的火把朝一旁扔了过去，果然吸引了边上的三具死尸。

我大哥看到火把起了作用，随后把火把扔向另一边，也吸引了三具死尸，此刻就剩三具死尸朝着我们的方向过来，但是包围的密度明显不够用，我们四人乘着最佳时机用最快的速度从两边跑了过去。

看着缓慢掉头的死尸暂时对我们还不构成威胁，我大哥赶紧问鬼师傅："鬼大哥，快快去石棺找找天书，待会儿死尸就回来了，我们手里就剩两个火把了，再扔的话就只能睁眼瞎了。"

鬼师傅让我大哥和狼孩在后面放哨，我举着火把陪着鬼师傅蹑手蹑脚地来到圆球石棺跟前，火把朝里照去，一股污秽臭气往外散发，里面空荡荡的别无他物。鬼师傅眉头紧锁，极为失望，"看来又落空了，唉，现在我也不知道天书到底在不在这里了。"鬼师傅的语气十分沉重，看样子泄气了。

"鬼大哥，别担心，不是常说离成功越近就越困难吗，看样子我们肯定要找着书了，要不然哪来这么多麻烦事情，况且这天书既然那么重要，狡兔三窟，估计天书也多弄几个假的地方吸引外人。"我拍了拍失望的鬼师傅安慰起来。

"你们别发呆啊，白毛死尸快过来了，咱们是撤退还是怎的？"

我大哥着急地喊道。

我和鬼师傅回头看时，九具白毛死尸又围成了半圆弧的阵势朝我们围了过来，原来我们扔出去的两个火把已经灭了，所以那六具白毛死尸又会合了其他的白毛死尸来围攻我们了。

"二愣兄弟，你再好好照一下，石棺里有些燃火的尸油，点着后我们都爬到石棺顶部上去，争取把死尸引进去。"鬼师傅安排我大哥和狼孩先爬上去。

我点燃了石棺里面的尸油，石棺里面立刻燃烧起来，鬼师傅拉着我爬到石棺顶部上去，看着九具死尸爬进了石棺中，听着"噼啪"乱响和闻着冒出来的臭气，让人极为恶心。鬼师傅赶紧拔出了骷髅头，机关被触动后，我们脚下的石棺盖"咔咔"下沉，又盖住了石棺。

"哎呀，总算可以喘口气了，这一拨一拨的真让人揪心啊，哎哟，屁股，烫屁股了。"我大哥尖叫一声跳下石棺，在下面捂着屁股揉了起来。

我们也纷纷跳下石棺，鬼师傅说："就你偷懒，我们都是站在石棺上，就你坐着，而且还坐在正中，大家伙再找找白猿吧，顺便找找是否有火把，我们的火把坚持不了多长时间了。"

"鬼大哥，快看，圆球石棺上的坑洞里流出来的是什么啊？"我指着坑洞里流出的白色黏稠状物。

"那是尸油，这尸油无色无味，是一种邪物黑虎的尸油，想必当时有人把尸油浇淋到圆球石棺的坑洞里去，尸油黏附在坑洞里变干，遇热又融化了。可以把咱们的火把多粘点尸油，这样还能多坚持一段时间。"鬼师傅把骷髅头装了起来，吩咐我和狼孩去把火把粘上尸油。

我和狼孩走到石棺跟前，拿着火把对着坑洞留出的白色黏稠物体来回滚了几下，坑洞遇火也燃烧起来，一传十，十传百的，其他坑洞也着了，整个圆球石棺上跳着鬼火。

"快回来，石棺里有东西出来了。"我大哥惊慌地喊叫我们。

一个燃火的坑洞里冒出一个恐怖的脑袋，头顶还着着火，没有眼睛没有鼻子更没有身子，只有一张畸形的嘴巴还不会张开，那个怪头耳朵两侧越鼓越大，然后就拱出两个扁扁长长的肉芽扇动起来，没想到和翅膀一样带着怪头飞了起来。我和狼孩倒退着往后走去，我另一只手拿出了七星杆，狼孩也掏出了砍柴刀。

"究竟是什么鬼东西，真够恶心的。"我大哥看着几乎要吐出来，张着嘴巴干呕。

那怪头摇摇晃晃地飞起一人多高，头上"刺啦"烧着火，脑袋上往下滴着黑色的液体，看样子这怪头没有眼睛，因为没有直接朝我们飞来，歪歪斜斜四处乱撞。

鬼师傅还在盯着圆形石棺处，一个两个三个四个，转眼间又飞出四个那样的怪头来，喃喃起来："是它们，真没想到它们居然还能活着出来？"

"那个石棺里除了白毛死尸还能有什么，鬼大哥你是说怪头就是白毛死尸的吗？它们怎么还长了翅膀耳朵啊？"我想不通在烈火的燃烧下它们居然安然无恙，而且究竟是怎么样从坚硬的石棺出来的呢？

"是白毛死尸的人头，但确切地说它们是虫后，腐肉虫的虫后寄生在死尸的脑袋里，在生命受到危险的时候保卫虫后的腐肉虫会分泌出大量的胶体，封闭头部，这种胶体既能防水，又耐高温，更不怕火烧，保护了虫后。石棺的坑洞与下面连接，被火烧了之后本身就脆裂，稍微撞击便可突破出来。虫后的肉翅膀感知外面的温度，它们乱撞是想把头部的火弄灭，我们必须把虫后消灭掉，千万不能让它们再次为祸生灵。"鬼师傅手伸到我大哥跟前，眼睛还盯着怪头，"快，刀给我，破了它们的脑袋，虫后在里面，用火把烧死或是扔进石棺上的火上都可以。"说完，鬼师傅拿着砍柴刀对着一个乱飞过来的怪头狠狠地劈了过去，怪头好像知道危险一样朝旁边躲了过去，但是一边的肉翅膀却没能躲开，硬生生被砍了下来，怪头丢了一个翅膀，重重地掉在地面上，鬼师傅猫着腰来个力劈华山，怪头被劈了个大口子，"还等什么，快上来烧死它。"鬼师傅吼道。

我拿着火把上来对着怪头的口子处伸了过去，只听一声震耳欲聋的惨叫"哇"，像一个被弄痛的婴儿。怪头口子处也是遇火就着，而且十分旺盛，怪头在地上痛得乱滚了一阵终于停了下来。

鬼师傅又解决了两个怪头，我大哥和狼孩消灭了另外两个怪头，听到那些惨叫让人发毛，心底生寒。

"看来就这五个虫后了，其他都烧死在石棺里了，看来我们都是忙碌命，一点也不让咱们消停。"鬼大哥满头大汗，用手背擦了擦额头。

"是啊，白猿们又不知跑哪儿去了，接下来还得找它们，现在我都饿死了。"我大哥也抱怨起来。

鬼师傅摆摆手，自己先坐了下去，随手从包裹里扔出一条魔鬼鱼来，"还好，还剩点食物，虽然咱们狼多肉少，将就着补充体力，四人吃几口，王兄弟，尸蜜酒还剩几口啊？"

"魔鬼鱼？那么毒的鱼能吃吗？"我大哥张大嘴巴看着鬼师傅咬了几口，舔了舔嘴唇说道。

鬼师傅指着魔鬼鱼的尾部说道："这就是它的毒刺部位，被我砍去了，放心吧，毒素都没有了，抓紧吃啊，没几口。来，二愣兄弟尝尝，味道还是不错的。"

地下蜃楼

吃完了最后的食物——一条魔鬼鱼，喝完了最后四口酒——尸蜜酒，我们意犹未尽，正在闲聊间突然听到耳后"轰隆"一声响，回过头去发现圆球石棺倒塌了。九角玉亭亭顶居然旋转起来，"咕噜噜"一声，亭顶上滚落下来一个翡翠色圆球，有拳头大小。

"难道又是虫后不成，怎么还跑到那上面藏着？"我大哥谨慎地盯着那里，拿着砍柴刀走上前去。

"别急别急，看明白后再动手不迟。"鬼师傅也走上前去，怕我大哥有什么闪失。

我和狼孩也贴了上去，那个翡翠色的圆球"嘭"的一声，吓得我们四人往后退了几步，再看那圆球散开两半，里面掉出一个黑色环状物。

"不会是虫子吧，但是碰到地上有金属的声音。"我大哥狐疑地走了上去，弯下腰把东西捏在指间，在我们的火光下照了又照，"嘿嘿，是戒指，也不知是什么材质的戒指，肯定是古董啊。"

鬼师傅也凑上前去，把黑色圆环放在手心，可谁知黑色圆环竟然飞了起来，"嗖"的一下从众人的眼前飞走，就听"叮当"一声从鬼师傅后背传来。

"鬼大哥，好像是你背着的铜锣，怎么还叫唤上了？"我大哥伸着脖子在鬼师傅后背打量起来。

"可能是骷髅头一咕噜就碰响了吧，我看看什么情况。"鬼师傅嘴上这么说着，神情不太自然，可能怕又生出什么意外事情来。鬼师傅解开包裹后，看看骷髅头，又把铜锣前后瞧了瞧，突然瞪大眼睛"啊"了一声。

我定睛一看，刚刚在我们眼前飞走的黑色环状物扣在铜锣背面的一个圆坑里，不大不小，正好把圆环扣放进去。"怎么回事，我们的错觉吗？"我揉了揉眼睛，又掐了下手背。

"是不是什么虫子啊，要不然它怎么会飞，这样的古董我可不敢要，看来它相中鬼大哥的铜锣了。"我大哥"咕咚"咽了口口水，十分忌惮那个黑色环状物。

鬼师傅还在翻看铜锣，嘴一咧，三角眼睛一眯，又笑了起来，"嘿嘿，这个不是什么虫子，是铜锣上的机关钥匙一类的东西，就跟我骷髅头放到圆球石棺的坑洞上能开启石棺一个道理。铜锣里肯定有秘密，看到没有，铜锣跟以前不一样了，以前铜锣的色泽比较浅，现在颜色深了好多，而且这上面的图案以前我没见过。"

"图案，什么图案，我来看看？"我大哥挠着脑袋，把眼睛差点贴到铜锣上面去，"不还是以前的文饰图案吗，哦，不对，好像是一座楼宇啊，图案线条太密，看得我眼晕。"

我看了看后也觉得奇怪，问道："嗯，以前看铜锣上确实没有楼宇图案着，什么时候画上去的？谁刻画的呢？"

"一直背在我的后面啊，再说了，你看这图案像是新刻的吗，应该相当长的时间了，而且这手工也不是一时半会儿就弄完的。"鬼师傅摸了摸图案的纹路说道。

"难不成有鬼，哦，我知道了，这个铜锣一直和你的骷髅头放在一起，会不会是骷髅头搞的鬼？"我大哥吸了口冷气，直愣愣地盯着鬼师傅包袱里的骷髅头，生怕会有什么举动。

"你们别一惊一乍的了，咱们一路上碰到的诡异事还少吗？自个儿吓唬自个儿不更是自讨没趣？我倒是觉得这事情和骷髅头没关系，你们不觉得黑色圆环很蹊跷吗？"鬼师傅手指食指钩到了圆环往外使劲拉了拉，黑色圆环好像和铜锣融为一体似的，根本拉不下来，鬼师傅把手指拿了出来活动两下，"嘿，这弄得我手指还挺疼，看来环是赖到铜锣上了，你们别愣着呀，也试试，好像我逗你们玩儿呢？"鬼师傅把铜锣交到我的手里，挑了挑眉毛，让我先来试试。

我接过铜锣的时候看那图案突然游动起来，我眨了眨眼睛再次看时，图案又不动了，难道是我眼花了，于是我也用食指钩住拉环使劲往外，拉环果然像是被粘在了铜锣上，丝毫不动。

看到我咬牙切齿的样子，我大哥瞪大了眼睛帮我拽着铜锣，我们两个像拔河那样使劲拔了起来，但还是刚才那样，动也不动。

"算了，王家兄弟，别白费力气，你们快看，铜锣上的图案又有变化了。"鬼师傅走上前，手指按在铜锣上，铜锣上密密麻麻的线条像无数条蛇游动起来，看得人眼睛都花了。

"对，刚才我就看着不对劲，还以为眼花了呢，这回是真看到了，鬼大哥，你说这是咋回事？"我万万想不到还有如此神奇的事情。

"大家快看，白毛妖怪又来了，不过这回数量还不少啊。"我大哥惊恐地喊道。

果然，楼阁里出现了一些长满白毛的动物，它们红眼长耳，人立而行，挥舞着长长的爪牙朝我们缓缓走了过来。我大哥让我们赶快拿出武器准备防卫，白毛妖怪看到我们拿出武器便没有急于向前，而是跟同伴们交流什么，看样子它们也懂得团队作战。

"怎么回事，我的眼前怎么都是白色线条？"鬼师傅晃了晃脑袋，使劲地眨了眨眼睛后看了看远处，又看了看跟前，然后还是摇头，"不对不对，难道我的眼睛真的花了，睁眼是白色线条，闭眼还是白色线条。"

"鬼大哥，什么白色线条？是白毛妖怪啊，过来了，过来了，鬼师傅咱们快往后退。"我大哥拖着鬼师傅迅速往后退去，眉毛都抖了起来。

更让人意想不到的事情发生了，我们眼前平地升起几座大的白色楼阁，楼阁上掉下许多白毛妖怪，簇拥着朝我们围了过来，"鬼大哥，快看，怎么升出许多楼阁出来了，而且白毛妖怪越来越多了，我们怎么办啊？"我看着眼前突如其来的变故，感觉像是掉进了地狱。

"我看到的只是一些白色线条，现在脑袋里都乱糟糟的，二愣兄弟，你说什么？什么楼阁，还有白毛妖怪越来越多了吗？"鬼师傅眉头都要连起来了，眉头间还挤出个疙瘩，言语间又急又忧。

我大哥拿着砍柴刀指着地上，挥舞起来，大声惊恐地喊道："地上，大家小心地上，有蛇。"

狼孩也配合着我大哥，用火把挥舞着，地面上窸窸窣窣地爬着许多白蛇，蛇有两个头，其中一个头上还有逆鳞，吐着猩红的芯子对着我们跃跃欲试。

我手里的铜锣在惊慌间脱落摔在地上，就听"哐"的一声，我觉得脑袋一震，感觉有什么东西从两只耳朵里往外面跑了出去，整个人打个激灵。定睛一看，眼前的两头蛇没了，白毛妖怪也没了，还有那些升起来的楼阁都不见了。"大哥，你看看，这是怎么回事？没了，是不是没了？"这个意外还算是个惊喜，眼前的危险终于暂时消失了。

"是啊，真没了，我们不是做梦吧？两头蛇都到眼前了，怎么就没了呢，还有那些白毛妖怪，鬼大哥，你别揉眼睛了，你看看。"我大哥着急地拍着鬼师傅，想让他看看。

鬼师傅眼睛红肿起来，看了看四周，点了点头，"好了，我的眼睛终于好了，白色线条终于没了，不过我这眼睛疼啊。眼前的一切不是跟刚才一模一样吗，没啥变化啊？你们哥儿俩别乘着我眼睛出问题这段时间吓唬我啊。"鬼师傅说完，盯着我看了看，又盯着我大哥看了看，然后看了狼孩一眼，摸着脑袋说："难道是真的啊，狼孩的眼睛可不会骗人。就这屁大工夫，真的发生了刚才那些事？"鬼师傅似信非信地看了看四周。

"对啊，要不是这铜锣，咱们肯定没得救了。"我捡起地上的铜锣在众人面前比画一圈。

在我大哥和狼孩点头赞同之际，鬼师傅突然抓住铜锣抢了过去，在火光下聚精会神地看了起来，然后"啊"的一声又把铜锣摔落到地上，嘴里念道："眼睛，又是白线条，我的眼睛。"

铜锣掉到地上又是"哐"的一声，这一声震得两耳嗡嗡作响，我掏了掏耳朵，我大哥和狼孩也晃了晃脑袋，显然都是给震得不舒服了。

"咳咳。"鬼师傅咳嗽几声，红肿的眼睛可能是因为酸痛，挤出几滴泪水，"我跟你们说啊，那个铜锣上的图案是千万不能看了，都是图案惹的祸，这是一种障眼法，相当厉害。你们刚刚也看了铜锣上的图案，然后就冒出一大堆怪事出来，我看图案的时间比较长，但是我本身对障眼法的防御也强，所以看到的只是一些白色线条，可也伤害了我的眼睛。"

我大哥听完鬼师傅说的话不自觉地又要朝铜锣看去，鬼师傅赶紧用右手捂住我大哥的眼睛，说道："你还不信邪啊，是不是还想体验一下心跳的感觉？"

"哦，不是不是，我也不知道自己怎么了，不自觉地又想去看那铜锣的图案了。"我大哥拧了自己手背一下，拍拍自己的脑袋。

鬼师傅解下包袱，把铜锣装了进去，舒出一口气道："这个铜锣上肯定藏着秘密，但是需要闯过障眼法这关。"

"鬼大哥，快看，白猿它们回来了。"我指着在楼阁处朝我们招手的白猿，它们又蹦又跳地好像有事情让我们过去。

"哦，那咱们过去瞧瞧。"鬼师傅带着我们朝白猿走去。

我们前脚刚刚离开九角玉亭，就听"轰隆隆"巨响从地底下传来，九角玉亭稀里哗啦就倒了，地上突然裂开一个大口子，这个口子离我们就有十来米的距离，能感觉到从地下吹上来的寒风，冰冷刺骨的寒风让人汗毛直竖。

正在惊疑之时，我发现地面口子断裂处伸出一只手来，开始我还以为是我们身边谁没跟上来，不小心掉到口子里去了呢，回头瞧瞧，鬼师傅、我大哥和狼孩都在身边。那这人会是谁呢？再瞧的时候，这人上半身已经爬了上来，"小梦妹妹，太好了，小梦妹妹，你怎么掉到口子里去了，来，大哥帮你。"我急忙跑了过去，伸手就去拉小梦妹妹。

"快，快来拉我，我坚持不住了。"小梦妹妹气喘吁吁地说着，身子又开始往下坠了坠。

我的心"咯噔"一下，生怕小梦妹妹发生意外，奋不顾身地朝前扑了过去，幸好及时拉住了小梦妹妹的左手，我这才看清口子下面是深不见底的黑洞，阵阵冷风直往上冒。

"二愣兄弟，你干什么呢，你不想活了吗？"鬼师傅的话在耳边响起，也不知谁拍了我一巴掌，我眼前片刻虚晃后才发现自己正趴在裂口处，而小梦妹妹消失不见了。鬼师傅正蹲在身边拉着我的胳膊，来回晃悠。

"鬼大哥，我看到小梦妹妹了，你看到了吗？"我看着黑幽幽的黑洞无神地说道。

鬼师傅把我拉了起来，使劲往后拽去，"你疯了吗，你差点掉进黑洞中，哪有什么小梦妹妹，那些都是假象，你还没从障眼法中走出来。"

"啊，假象？小梦妹妹也是障眼法里的？"我顿时头皮发麻，想想要不是鬼师傅及时拉住我，我可能就掉进深不见底的黑洞里了。

我大哥兴奋地喊道："快看快看，那边有阳光照进来了，说明那边有出口，快，我们赶快出去。"我大哥高兴得手舞足蹈，然后就奔着口子处走了过去。

"你给我回来，你们兄弟两个怎么都不长心呢，哪有出口，哪有阳光，障眼法，你们静下心来别胡思乱想行不行？"鬼师傅拦住我大哥，"啪"！扇了个耳光。

我大哥捂着脸，往前看了看，"咦，怎么没有了？"

鬼师傅推着我们走到白猿跟前，"别看了，跟在白猿后面走，别胡思乱想了，这里面随时都会出现地下蜃楼。"

正在我们惊魂未定的时候，也不知哪处传来一阵龙吟声，振聋发聩，让我眼冒金星，我拍了拍耳朵说道："鬼大哥，这不会也是什么蜃楼弄出来的吧。我这耳朵嗡嗡直响，差点就没缓过来。"

鬼师傅把脑袋探到我跟前，右手傍着耳朵，张大嘴喊道："什么，你再大点声音，我没听到。"

"你们在说什么呢？怎么说话声音跟个蚊子似的？"我大哥也嚷了起来。

我一看这情景，就纳闷起来：为什么我的耳朵还能听到他们的声音，鬼师傅和我大哥的耳朵却不好使了？刚才我就比他们多了一种举动，耳朵被震之后拍了拍。于是我冲着他们三人比画，用手拍耳朵。

鬼师傅和我大哥还有狼孩当时心领神会，拍了几下后，竟然发现从耳朵里拍出一些黑色芝麻大小的虫子掉在手心上。

"耳朵里怎么跑进虫子了？真恶心啊。"我大哥赶紧把手心的虫子抖落在地上。

鬼师傅也蹙着眉头，喃喃道："难道跟刚才那声龙吟有关，龙吟帮我们解除了我们刚才无形之中中的虫蛊，这些黑色的虫子藏在我们耳朵中改变幻听，我们看到的地下蜃楼肯定跟这黑虫子也有莫大的关系。"

"鬼大哥快看，地上好像有什么东西？"我指着地上的一团棕色的东西说道。

我们走近跟前，鬼师傅捡起那团东西，原来是一张牛皮，牛皮上血迹斑斑地写着一些字。

"洞中如迷宫，多鬼怪，非常人出没，天书难寻，性命堪忧，后来人寻天书者止步于此，愿借后来人之手埋吾尸骨……"鬼师傅一口气念完后，大失所望。

我大哥也耷拉着脑袋，灰心丧气地说："后来人止步于此，我们不往前走了也走不了回头路啊？"

"看来还真有人先咱们一步进入这里面啊，不过也是什么都没落着，最后还死到这里面了。咱们先找找他的尸骨吧，同病相连，唉。"我叹气说道。

"好的，咱们四周看看是否有尸骨，先了却前人的心愿再说。"鬼师傅语重心长地说。

我们往前走了十几步远，发现一个干瘪的尸体裸露在地上，我大哥和狼孩用砍柴刀在地上刨坑，刨了几下，突然有一个圆鼓鼓的牛皮袋子被挖了出来。牛皮袋子打开之后，发现一小张牛皮纸，上面也血迹斑斑地写着字。

"为感谢后来人葬吾尸骨之恩，特告知九龙墓下并无《太平天书》，勿枉费心机，但传言方鱼秘卷在此墓中，可细心搜查。"鬼师傅念道。

龙井神泉

"这个人到底是谁啊，本事不小，也能进入这个深山老林里啊？"我佩服道。

我大哥也点头称是，"我们这么多人历经千辛万险才闯了进来，误打误撞地走到现在，多不容易啊，这个哥们儿确实值得佩服。鬼大哥，他究竟是何许人也？"

鬼师傅点了点那张牛皮纸，神秘地说："此人也是有名号的，晚清时期下三门中人，有一手绝技——盗墓打洞，此人做事一向独来独往，不喜拉帮结派，所以外号响亮，但认识他的人不多。真不知道他怎么也对天书感兴趣了，独自一人来到原始深山老林的九龙墓下，没想到最终还是没有走出去，长眠于这暗无天日的地下了。"

"好了，不说他了，他的心愿未了，咱们可不能学他啊，咱们得继续前行呢。"我大哥朝前一指，白猿们已经走了很远了。

也不知走了多久，白猿这才停了下来，我只觉得口干舌燥。

鬼师傅说道："好井，快，大家取水喝，折腾这么久，早就渴得要命了。"

我这才低头一看，白猿和鬼师傅他们围在一个圆井前指手画脚，听到有水，我也挤了进去，这井直径三米左右，水深两丈左右，清可见底，四周用黑白相间的石头砌成，石头上雕刻着腾云驾雾的游龙。

"这井底的泉水还往上涌，为什么井水没有溢流出来呢？井水离我们有两米左右，我们还得用猴子捞月亮的办法取水啊。"我大哥舔了舔干裂的嘴唇，掏出裹在腰间的酒坛子，笑呵呵地说："幸好空酒坛还留着，要么怎么取这井水喝。"

我也"咕咚"咽了口唾沫，但是心里有些顾虑，问鬼师傅："鬼大哥，这里的水能喝吗？会不会有毒？"

鬼师傅摆了摆手，指着井底说道："你们看，此井不是地表水，而是地下水，所以相对安全，而且此井也不是死水，就像王兄弟刚才说的，有泉水上冒，但是水却不见上涨溢流出来，这说明井水部分流走了，所以不能溢流出来。"

鬼师傅跟白猿们比画了两下，白猿们立刻会意，开始玩起了猴子捞月亮，白猿把井水打上来之后，鬼师傅先嗅了嗅，随后又尝了一口，点了点头告诉大家没问题，于是众人和白猿轮流饮水。

"鬼大哥，你看，龙……井里的龙……游动起来了……"我大哥瞪大眼睛指着井里说道。

可不是吗，井水中一条条龙转圈游动着，越转越快，"不对不对，大家还是别看了，是不是又是什么障眼法啊？"我捂住眼睛赶紧提醒大家不要去看。

我大哥的话也在耳边响起，"对啊，我怎么就忘了这事，待会儿不会又出现什么蜃楼吧？快闭眼睛，啥也别看了。"

"王家兄弟放心，这回不是什么障眼法，而是井水涨到一定高度就会触动机关，那机关就是四周的墙壁，转动起来就出现了缝隙，然后水就顺着缝隙流走了，我们看到的游龙就是墙壁转动起来的效果。"鬼师傅嘿嘿笑着给我们分析道。

我睁开眼睛再看时，可能机关停了，一切又都恢复平静，"鬼大哥，但是这个井多少有些古怪，肯定也不一般啊。"

鬼师傅点了点头，"对，二愣兄弟，我也想到了，这个机关原理跟铜锣上的机关大同小异，它们两个之间肯定有什么关联。铜锣的秘密、龙井的秘密，说不准都和我们要找的天书有着千丝万缕的关系。"

我大哥挠了挠脑袋说道："既然铜锣和龙井有关系，鬼大哥你就把铜锣打开，咱们仔细研究研究不就得了？"

"那可有危险了，铜锣上又看不得的。我们刚刚才躲过一劫，可不能再陷入障眼法和蜃楼中去了。"我提醒我大哥，建议还是不要打开铜锣。

鬼师傅犹豫不决地看着龙井和铜锣，咬了咬嘴唇，把包裹拿在手中，"你们转过身去，我来试试挖掘铜锣中的秘密。"

我按住鬼师傅正要打开包裹的右手，看着鬼师傅摇了摇头，说道："鬼大哥，这个险你不让我们冒，你也不能以身试险，我们都要平平安安地走出去。"

鬼师傅点了点头，笑着说道："二愣兄弟，鬼大哥我知道你担心，我对这个抵抗力还是比你们强的，而且我会知难而退的，放心吧。"鬼师傅把我推到后面，强调道："没我的话，你们三个说什么也不能转过身来。"

我们三个无奈地背对着鬼师傅，正担忧间，听到"啪"的一声，然后就听鬼师傅着急地叫道："哎哟，我的铜锣，这可怎么办啊？"

"怎么了，鬼大哥，我们可以面过来吗？"我大哥也着急起来。

"可以，铜锣掉井里去了，我刚刚解开包裹，这铜锣就飞到龙井里去了，完了，沉到底了。"鬼师傅急得来回跺脚。

听完鬼师傅说的话，我们伸着脖子不约而同地往井底瞧去，可不是吗，那个铜锣不偏不正地平躺在井底，盖住了往上冒的泉眼。

"鬼大哥，你刚刚说铜锣也是自己飞下去的？"我好奇地问道。

鬼师傅拍拍脑袋，挠挠头皮，"可不是嘛，就跟那个黑色圆环飞到铜锣上那样，就像有一股力量从我手里猛的一抽，我就不明白了，这个是铜，又不是磁铁还有磁性，究竟是什么力量把铜锣给吸下去的呢？"

"是啊，这事情就怪了，莫非真有神力？"我也摸不清缘由，信口胡说起来。

正说话间，龙井"轰隆隆"响了起来，井水"咕咚咕咚"冒着泡泡，好像煮开了似的，透过沸腾的水可以看到水位正在迅速下降，没多大会儿，井水终于干了，铜锣还趴在井底，被井水这么一泡，铜锣颜色变成了翠绿色，而且铜锣上又变了图案，这个图案画的就是一口圆井，井中还躺着三个骷髅头。

鬼师傅揉了揉眼睛，兴奋地说："原来秘密真的藏在铜锣里面，你们看，图案又变了。"

果然，图案又变成一口方井，井中躺着六个骷髅头，没多大会儿图案又变成一口三角井，井中躺着九个骷髅头，又过了段时间，图案变成一个塔形建筑物，我们又看了一会儿，图案消失了，翠绿色变成了淡黄色。

"鬼大哥，那些个图案是什么意思啊，怎么好多骷髅头啊？"我大哥问了起来。

鬼师傅盯着井底，高兴地说道："不记得之前我跟你们讨论那个方鱼术士的事情了吗，这个人变态到把自己的秘术刻到人的头骨上，而且不想让人找到，又怕秘术失传，这种矛盾心理和变态想法就让他把带有秘术的头骨分放在不同的地方隐藏起来。刚刚铜锣显示的应该是藏头骨的几个地方，有圆井、方井、三角井和石塔处，我们现在已经找到一处藏有三个骷髅头的地方，我想，那三个骷髅头应该在这个龙井中。"

"那真是太好了，不过这井已经干了，而且洞壁湿滑，离井底也很高，怎么下去研究铜锣启动机关呢？"我大哥托着下巴发愁起来。

鬼师傅跟着身边的白猿比画着，嘿嘿一笑说："这个好说啊，有白猿在这里，还是刚才猴子捞月亮的办法，我先下去看看情况，你们在上面给我照亮子啊。"鬼师傅边说边组织白猿结绳梯，看看结得差不多了，就顺着上面爬了下去。

我和狼孩一人各站一边举着火把为鬼师傅照亮子，鬼师傅下到井底示意白猿们先上去休息，等白猿们爬上去后鬼师傅才放开手脚在井底研究起来。先是对着四周的井壁敲敲打打，然后耳朵贴上去听了听，又蹲下身去想把铜锣提起来，可是铜锣就跟长在井底似的动也不动。

"鬼大哥，用不用我下去给你搭搭手？"我大哥看到鬼师傅吃力的样子就待不住了，也想下去帮帮忙。

鬼师傅仰着脑袋摆摆手，说道："不用不用，这井底空间太小，咱们两个人遇到事情还不方便，我看这个铜锣用蛮力是不行的，肯定有机关的，不着急，我慢慢来。"

我提醒鬼师傅，说道："对啊，鬼大哥，你试试常规的旋转方法，把铜锣转转。"

"好嘞，嘿嘿。"鬼师傅双手一上一下按在铜锣上使劲旋转起来，果然，铜锣缓慢地转动着，伴着"咔咔"的声音，铜锣被一圆形石柱顶着渐渐往上升了起来，等升到与鬼师傅齐肩的高度才停了下来。"真在这里呢，哈哈，没白忙活，你们看看，这骷髅头头骨上也有符文。"鬼师傅从石柱里拿出两个骷髅头，举着两个骷髅头得意地给我们看。

"咦，鬼大哥，下面就这两个骷髅头吗？图案画的圆井里面不是三个骷髅头吗？另一个骷髅头哪里去了啊？"我想着刚才铜锣上的图案，看着鬼师傅手里的两个骷髅头疑惑起来。

鬼师傅弯腰扭头看了看，看着手里的骷髅头一个劲地摇头，正在这时候，铜锣"哐"的一声响，紧接着石柱"咔咔"又往下降落，突然井底的泉眼又开始冒出水来。鬼师傅手忙脚乱地把两个骷髅头也放入包裹中，朝我们招手："快，快让白猿把我弄上去。"

　　看到鬼师傅着急的样子，我赶紧跟白猿比画起来，白猿们迅速地搭上绳梯垂了下去，鬼师傅爬上了猿梯，临走之时不忘铜锣，铜锣不知何故轻松地就被鬼师傅拿在手里，鬼师傅着急地爬上来喘着气说："好，太好了，多亏了白猿们及时出手相救，你们看，这泉水又升上来了。"

　　我大哥张大着嘴巴，看着鬼师傅把包裹打开，然后拍着大腿笑了起来："鬼大哥，我知道怎么回事了，龙井里你找到了两个骷髅头，可是铜锣图案提示我们有三个骷髅头，大伙肯定都在想另一个骷髅头哪里去了？"

　　"对啊，大哥，难道你找到另一个骷髅头了吗？"看着我大哥自信的样子，我连忙问道。

　　我大哥手指着包裹里，"当然就在这里了，这里面不是正好三个骷髅头吗。我们都忘记我们手里面已经有一个骷髅头了，没准这个就是，可能是从地下水脉中冲到骷髅河里面去了，然后就让我给碰巧遇上了。"

　　鬼师傅看着三个骷髅头，也咧开嘴笑道："王兄弟分析得有道理，我们还真忽略了这个，提着灯笼找灯笼玩呢。"

　　"鬼大哥，铜锣上的黑色圆环没了，快看看，是不是丢落到井里面去了？"我在铜锣上扫了几圈，又在地面上找了找，没有发现，井底的泉眼"咕咚咕咚"冒着，或许掉到泉眼中去了。

　　"我想那个黑色圆环就是开启圆井机关的钥匙，既然圆井机关被打开了，钥匙也没什么用了，我们还是寻找其他线索，查找下这里面是否还有铜锣上提示图案的构筑物，虽然有可能方井、三角井和石塔都分布在不同的地方，但是我们也要仔细查找。"鬼师傅把骷髅头和铜锣一一收了起来，想看看白猿们还会给我们带路和一些指引不。

正在我们离开龙井的时候，脚下突然一阵晃动，然后就听到龙井处传出一声咆哮"呜"，龙井里喷出一股金色光晕来。长长的一条，好似张牙舞爪的飞龙。

"那是什么啊，好像是龙，难道世界上真的存在龙啊？"我大哥被眼前的情景震撼了，仰着脖子若有所思地问道。

鬼师傅也看着龙形云气发呆，张了张口想说什么，结果又咽回肚子里去了，摇了摇头。

"这世界上的事情说不准，我们进入这个深山老林里发现了多少以前传说中的事物，还有多少根本都不知道的事物。"我感慨地说道。

逃出生天

　　正在这时，龙形云气甩动身子，然后一头扎回龙井中，紧接着又传来一声龙吟。大地开始剧烈地颤动着，白猿们"吱吱"乱叫跑了起来，鬼师傅让我们赶紧跟上白猿，我们就这样慌乱地跟在白猿后面。

　　白猿跑着跑着突然停了下来，我们这才发觉脚下没了动静，这才看到我们跑进了一个空旷的殿宇内。白猿突然间四下分散跑去了，留下我们四人在原地发呆。空旷的殿宇内看着两支火苗微弱跳动的火把，感觉我们已经脱离了属于我们的世界，我们像孤魂野鬼一样飘荡在地狱中，虽然我们有目的，但是我们没有方向。经历了多少次的生离死别，忍受了多少次的病痛饥饿，都不足以和现在这种感觉相比，即使你有精神、即使你有信念、即使你有勇气，但是当你脱离了原有的世界，这些都会失去作用。

　　两只火把变成了一支，然后最后的一支也要被黑暗吞没，我知道我们的希望也将破灭，没有火、没有光，我们根本就没有机会在危机四伏的迷宫般的地下洞穴里寻找出路，黑暗正在削弱我们四人的呼吸。我们四人没有说话，或许在最后的关头，我们等待的奇迹还会出现……

　　果然，奇迹再次出现，就在我手中的火光熄灭的瞬间，我们头上犹如万点星光亮了起来，我们再次看到四人清晰熟悉的脸庞，那种重回到我们自己世界的兴奋、激动，让我的心快速跳动，仿佛也要出来看看光亮的世界。

"是它们，我相信它们不会背叛和抛弃我们的，我们的好朋友，我们的白猿最终还是在关键时刻帮助了我们。"鬼师傅看着不知用什么方法点亮楼宇的白猿，十分激动地说着，身子有些颤抖。

我环顾了四周，原来我们置身的殿宇比我们原来预想的规模还要宏大，少说可以容纳上千人，而且里面的建筑更是奇异罕见。不说别的，就说白猿点的那些星星灯，说它们是星星灯，是因为它们的模样和图画里的星星一样，有脸盆般大小，通体银白，不知用什么材质做的。在殿宇的梁柱上，在殿宇楼阁的扶手处，或垂挂着或镶嵌着，直视那些星星灯还有刺眼的感觉，可见光亮耀眼。殿宇周围有八个神台，神台上铸有飞龙，奇怪的是八只飞龙都没有雕刻眼睛。殿宇正中间有一个石塔，汉白玉石筑构的九级石塔，塔顶耸立着一个玉石雕刻的骷髅头。

鬼师傅指着石塔神秘地笑道："你们知道此处是什么好地方吗？"

"瞧鬼大哥这高兴样，再看看这里跟皇宫大院似的，莫非这里藏的都是宝藏？"我大哥嘿嘿一笑说道。

鬼师傅默默地摇了摇头，笑得合不拢嘴。

"那我知道了，呵呵，这里肯定有好吃好喝的，我们都快饿得走不了路了，现在最缺的就是好吃的。"我大哥用手指点了点鬼师傅，等待鬼师傅回答。

看到鬼师傅再次摇头，我说："难道是我们找到出口了，这是我们逃出生天的地方？"

"你们记性这么差呢，我们刚刚在龙井中看到铜锣提示的图案中不是有石塔吗，那石塔的模样，你们想想，眼熟不？"鬼师傅指着石塔，然后走了过去。

"鬼大哥，石塔下面也有骷髅头吗？我们找到了骷髅头之后怎么处理，难道还要带出去吗？"我大哥看着鬼师傅，指着石塔问道。

"是啊，鬼大哥，我们的目的不是为了阻止别人找到天书危害社会吗？最好的办法是我们先找到，然后再毁灭了天书，这样再不会有人利用天书去做什么坏事了。"我说出了内心的想法。

鬼师傅看了看我们，点了点头回答道："你们说得很对，只有我们先找到这些东西，然后毁灭掉它们就可以结束一切。可是问题得是咱们先找到天书啊，而且我发现了一个秘密，这骷髅头既是记录天书的载体，同时也是开启机关的钥匙，所以要想找到剩余的天书，这些骷髅头暂时还不能毁掉。"

我大哥挠着脑袋挤着眉毛，说道："可是这东西带在身边多危险啊，不是好多人都在找天书吗？这要是让人盯上了，咱不是替别人忙活了吗？"

"王兄弟放心，我不会让骷髅落在他人手里的，我会与它们共生共灭。"鬼师傅一字一句斩钉截铁地说道。

我大哥围着石塔转了一圈，摸着一级石塔上面的符文发呆，"这个符文好眼熟啊，好像跟骷髅头上刻的字迹相像，鬼大哥你看是不是？"

鬼师傅停到我大哥跟前，细细品读起来，看样子好像识得石塔上的符文似的。

"鬼大哥你是看得懂呢，还是不懂装懂，看了也有好半天了，到底是什么意思啊？"我忍不住了，想问问上面写的是什么。

"当然是懂了，要不然在这儿浪费时间干什么，我是想看看这上面写的东西跟咱们找寻的天书有无关联。写的好多东西都是记载风土人情的，没什么重要内容。"鬼师傅神情之中略带失望。

不过我还是好奇，刨根问底地继续追问："那上面到底写了些什么啊，鬼大哥你就别藏着掖着了，直接说给我们听就是了，我对古老传说故事之类的最感兴趣了。"

鬼师傅甩开腮帮子，滔滔不绝地讲了起来："九龙沟一带被和尼族人发现常有龙气和龙吟之后，便多有和尼族人探视，可是这里是山地和森林交叉地带，九龙沟内山险林密，重峦叠嶂，溪涧幽深，迷雾缭绕，进来的人常常无法辨识方向，给人一种阴森森的感觉。这里地理位置特殊，自然条件复杂，生态原始。好多探视的人来到九龙沟后都失去踪影，罕有活命的回去告诉和尼族人说发现一个神奇的山洞，山洞内存在着一股巨大的吸力，龙吟之声就是从山洞里传出来的，每当人或野兽接近时，就会被吸入洞内，一去不复返，也不知里面到底有什么东西。墓主当时也对神秘的山洞进行过大量的考察，可是派出去考察的人都被吸入进去生死不明，最后只好放弃，总之九龙沟一带因为神奇的山洞让人更加敬畏起来。"

"九龙沟还有这么诡异的山洞呢，咱们进的这个墓就够不可思议的了，还有会吸人的洞，看来里面肯定是有妖怪啊？"我大哥说话时警惕地看了看四周。

"看你说话还怕谁听见似的，你不知道妖怪的神通可大着呢，没准就隐藏在咱们身边偷听着呢，王兄弟你害怕吗？"鬼师傅开着玩笑说道。

"你们别扯没用的了，什么可怕的咱们又不是没见过，还能可怕到什么程度啊。咱们还是继续研究石塔吧，你们看看第二层画的是什么啊，难道也是什么故事吗？"我指着第二层的石塔问道。

第二层上面画了好多简单的图形，仔细看过之后才发现都是一些不规则的图形，或是波纹状，或是鱼形图，或是圆形图，等等，也不知有何寓意。

鬼师傅单手托着下巴凝视了许久，脸上堆起一丝笑意，拍手大声叫好。

"鬼大哥你没中邪吧，怎么又突然间一惊一乍的，别吓唬我们啊。我们精神都绷得紧紧的，再受什么刺激可真受不了啦。"我大哥看着鬼师傅的反应很是担心，忧心忡忡地说道。

"你们快看，咱们有救了，二层的石塔上画着的是地下路线图的标志性物体，我们沿途走的星星点点画的就是虎头蜂，还有好多瓶子似的图案就是坛坛罐罐的尸蜜酒，还有树形图画的就是龙树，鸟状图代表的是阴小手，波纹代表暗水，波纹里的鱼形图画就是暗水中的魔鬼鱼，还有那像房屋构造的图形就是宫殿，包括咱们看到的龙井，这不都画着呢，最后面画的就是骷髅头，这个骷髅头上面还有个圈圈，虽然暂时还不知道究竟是什么意思，但是可以肯定的是，我们已经走到头了，也就是说我们就在出口跟前。"鬼师傅一口气兴奋地说完。

我搓了搓手，饶有兴趣地说："嗯，这个石塔还是挺有意思的，一层一个故事，一层一个看头，那第三层又说的是什么？"

第三层石塔图文并茂，图案无非是一些飞禽走兽和普通的人物，图案占了一半，密密麻麻的文字也占了一半。

"这层看着就没什么意思了，说的是一些因果报应，善恶循环，还是看看第四层吧。"鬼师傅简单略过第三层石塔的说头儿，指着第四层。

第四层画的是一位披头散发的人正执剑作法，面前有七盏大灯，周围有不少小灯，也不知在搞什么。

"鬼大哥，这个人一看就是在弄什么仪式，跟你是一类人啊，故弄玄虚玩。"我大哥在一旁挖苦起来。

鬼师傅哈哈大笑，"我们还真是一类人，你们眼前这位可是大名鼎鼎的惊天地泣鬼神、神机妙算的诸葛亮，那可是了不起的人物啊。"

"诸葛亮？真的假的啊？"我大哥立刻来了兴致。

　　鬼师傅神神秘秘地说："看我的样子像逗你们玩吗，还有看看那图案画的正是诸葛亮七星灯续命的场景了，难道那段故事你们没有听过？《三国演义》第一百零四回，时值八月中秋，是夜银河耿耿，玉露零零，旌旗不动，刁斗无声。姜维在帐外引四十九人守护。孔明自于帐中设香花祭物，地上分布七盏大灯，外布四十九盏小灯，内安本命灯一盏。孔明拜祝曰：亮生于乱世，甘老林泉；承昭烈皇帝三顾之恩，托孤之重，不敢不竭犬马之劳，誓讨国贼。不意将星欲坠，阳寿将终。谨书尺素，上告穹苍：伏望天慈，俯垂鉴听，曲延臣算，使得上报君恩，下救民命，克复旧物，永延汉祀。非敢妄祈，实由情切。拜祝毕，就帐中俯伏待旦。次日，扶病理事，吐血不止。日则计议军机，夜则步罡踏斗。却说司马懿在营中坚守，忽一夜仰观天文，大喜，谓夏侯霸曰：吾见将星失位，孔明必然有病，不久便死。你可引一千军去五丈原哨探。若蜀人攘乱，不出接战，孔明必然患病矣。吾当乘势击之。霸引兵而去。孔明在帐中祈禳已及六夜，见主灯明亮，心中甚喜。姜维入帐，正见孔明披发仗剑，踏罡步斗，压镇将星。忽听得寨外呐喊，方欲令人出问，魏延飞步入告曰：魏兵至矣！延脚步急，竟将主灯扑灭。孔明弃剑而叹曰！死生有命，不可得而禳也！魏延惶恐，伏地请罪；姜维忿怒，拔剑欲杀魏延。

　　"却说姜维见魏延踏灭了灯，心中忿怒，拔剑欲杀之。孔明止之曰：此吾命当绝，非文长之过也。维乃收剑。孔明吐血数口，卧倒床上，谓魏延曰：此是司马懿料吾有病，故令人来探视虚实。汝可急出迎敌。魏延领命，出帐上马，引兵杀出寨来。夏侯霸见了魏延，慌忙引军退走。延追赶二十余里方回。孔明令魏延自回本寨把守。可惜诸葛亮七星灯续命未成，将星陨落汉丞相归天。"鬼师傅边讲边摇头叹息，然后接着说："这上面还记载着墓主人也想效仿诸葛亮七星灯续命，但是费劲千辛万苦找寻失传的七星灯续命秘术，最后虽然找到却抱憾终生。"

我问了句："那个秘术是不是跟天书有关啊，墓主人说找到了秘术，那么就是找到了相关的天书？"

鬼师傅点了点头，"嗯，线索也许即将揭晓。"

我大哥指着上面的石塔苦笑道："鬼大哥你不会是说剩下那几层石塔能给我们什么答案吧，看到没有，明显是有人把字迹和图画给毁了。"

确实，剩下的五层石塔表面上都是划痕，什么信息也看不到了。

鬼师傅无奈地说着："离真相越近的时候越难发现真相，看来这句话很正确啊，没事没事哈，好事多磨。"鬼师傅说着说着又自我安慰起来。

我对顶端的汉白玉骷髅也甚是好奇，说道："鬼大哥，既然骷髅头是最后标志性的物体，那么我们就得从它入手了，是不是上去看看有什么文章啊？"

鬼师傅竖起大拇指，笑道："好主意，走，咱哥儿俩上去看看。"

我和鬼师傅学着猴子攀爬的姿势迅速地爬到顶端，鬼师傅用手按住骷髅头，就听到"咔吧"响了一下，鬼师傅朝我笑了笑说道："果然又是机关。"随后鬼师傅又转动骷髅头，骷髅头顺时针转了九十度后，我们头顶伴随着"咔咔"的响声裂开一条正方形的窟窿出来。

"出口，是通往上面的出口，大哥、狼孩快准备点灯笼上来，我们终于要出去了。"我激动不已地说着。

我大哥和狼孩准备了四个灯笼也爬了上来，白猿们朝我们挥了挥手，我问道："鬼大哥，白猿它们不跟我们一起走吗？"

"送君千里终有一别，这里是它们的家，它们不会离开的。走吧，咱们也该上来瞅瞅了。"鬼大哥和白猿挥手告别后，顺着方形窟窿钻了上去。

我回头望了望跟我们相处一段时日的白猿，眼看分别在即，心中有些不舍，就像和老朋友分别一样难受。我大哥和狼孩在下面催得着急，我只好最后再看一眼，便也钻了上去。

我们四人钻上来之后，各人分别拿了灯笼察看周围情况，果真如狈遇到的情况是一样的，一道道回廊搞得和迷宫似的。

"鬼大哥我们怎么走，刚刚脱离是非之地，又进了迷宫。"我大哥愁眉苦脸地说着。

鬼师傅看了看狼孩，笑了起来，"看样子狼孩应该有办法带我们出去，我们不必担心了。"

我大哥跟狼孩交流了下，然后兴奋地说："狼孩说他嗅到了人的气息，离我们不远，看样子我们很快就能出去了。"

我也兴奋起来，"真的，人的气息，那肯定是小梦妹妹的气息了，她没事就好。"

我们终于走出了迷宫墓道，让我们意想不到的事情发生了。

偶遇驴友

　　长脸巫师带着一群脸上画满符咒的手下把我们围了起来，看着小梦妹妹在他们手里，我们投鼠忌器，只能被动地让他们绑了起来。长脸巫师拍着胸脯，挂上奸笑的嘴脸，说道："你们这几个该死的活人祭，竟敢逃跑，但是龙神给了我指示和神力，你们是逃不出龙神的手心的，哈哈，这下你们该死心了吧。"

　　"你到底想要干什么，抓一个小姑娘算什么本事，你还是男人吗？"我讽刺地高声喝道。

　　"嘿嘿，男人又怎样，女人又怎样？我本事大着呢，待会儿会让你见识见识，你们能耐挺大啊，在龙神眼皮底下溜走，又来九龙墓下偷盗。快，把东西交出来，免受皮肉之苦，你们是不知道我们是如何惩罚惹怒龙神的人的吧。"长脸巫师尖尖的嗓音极为刺耳。

　　我大哥"呸"吐了口唾沫，仰着脖子说道："阴险奸诈的小人，今天算是栽在你手里了，不过爷爷我就是不服气，你弄死我啊。"

　　"对，王兄弟说得好，大长脸，你阴阳怪气的算是个什么东西，有本事就单挑，拿一个姑娘要挟我们也想得出来，要么就弄死我们，深山老林的落到你们手里，弄死我们对于你们来说还不跟弄死只蚂蚁一样吗？"鬼师傅也附和着我大哥。

我也哈哈笑了起来，说道："这才是生死与共的兄弟，告诉你们，我们早就是死过的人了，阴阳界里来回溜达，再死一次又何妨？哈哈……"我这么一笑，让长脸巫师都莫名其妙起来。

"你们是死过的人？别拿死激我，你们想死，我还不让呢，去，翻翻他们身上的东西。"长脸巫师命令道。

长脸巫师带来的手下在我们身上搜了好几轮，把我们的武器、铜锣和三个骷髅头都给搜走了。长脸巫师看着骷髅头眼睛眯到一起笑了起来，"好啊，踏破铁鞋无觅处，得来全不费工夫，哈哈……"

鬼师傅暴喝一声："大长脸，放下那些东西，不然你没有好果子吃，你到底是什么人？"

"嘿嘿……嘿嘿……你让我放下……你有什么本事让我没好果子……嘿嘿……我是什么人……你又是什么人……"长脸巫师阴森森地说着。

鬼师傅看了看我们，突然语气放软说道："我们也是受人所托，他们都是普通的百姓，我是个江湖的浪子，那些东西本是我们冒着生命危险拿到的，你把它交还给我们，让我们做什么都行。"

长脸巫师指着鬼师傅笑个不停，"你这个人太有意思了，你们和东西都在我的手里，还和我谈条件，东西是我的，你们也是我的，呵呵，走，把他们都带走。"

"对了，女儿，你现在不用演戏了，任务已经完成。"长脸巫师对着小梦妹妹说道。

小梦妹妹伸了伸懒腰，活动活动腿脚，盯着我们笑嘻嘻地说："演戏还真不是一件轻松活，尤其是演别人，真是憋屈。不过呢，跟他们几个相处，还挺有趣的，尤其是那个老鬼，讲故事、说笑话，一套一套的。"

听完长脸巫师说的，犹如一个晴天霹雳，我的脑袋嗡嗡直响，"演戏，小梦妹妹，不，你不是小梦妹妹？"

小梦妹妹嘴角一咧，怪怪地长笑起来，"还不相信，说明我演戏演得真像啊，你们的小梦妹妹只能活在你们的脑海里了，呵呵……"

"真没想到啊，都怪我们太过大意，轻易相信你这个妖女的假话了。你潜伏到我们身边，我们的一举一动都掌握在你的手里，但是我不知道你是怎么给他们通风报信的？"鬼师傅问道。

"让你见识下也好，省得死不瞑目，我们是靠这个做记号的。"小梦妹妹手里捧出黑色圆球状的甲壳虫，得意扬扬地笑着。

"这个虫子叫石刻记号虫，以石头为食，而且母虫放在某处是不会动的，公虫会飞，而且嗅觉特别的灵敏，寻着母虫的体味飞着找到母虫。我女儿每隔一段距离沿途扔上一只母虫，我带着族人自然就能寻来了。"长脸巫师摇头晃脑地说着。

"螳螂捕蝉，黄雀在后，到了这个地步我们也没什么好说的，不过我告诉你们，你们手里拿的骷髅头可不是什么好东西，那是个害人的玩意儿。历史上不知有多少人因它而死，劝你们还是收手吧。"鬼师傅语气平缓地说道。

"我就说老鬼大哥说话有意思，你看，到这地步了，他还和咱们开玩笑，吓唬谁也不能吓唬我们啊，没用的。你再说什么骷髅头是被下了诅咒的，那样不是更有说服力吗？"长脸巫师斜着眼睛看着鬼师傅。

到了地面上，让我们心痛的是给我们放哨的灰狼被长脸巫师他们用弓箭射死了，狼孩看到这个场面想要挣脱出来，悲愤地"嗷嗷"大叫。长脸巫师命令手下对狼孩一顿拳打脚踢，打得狼孩鼻青脸肿，狼孩还"嗷嗷"大叫不停，长脸巫师掏出一片叶子塞到狼孩的嘴里，狼孩突然倒地昏迷过去了。

"狼孩，狼孩，你这个妖人，到底给狼孩吃了什么？"我大哥瞪着眼睛怒气冲冲地说。

我也十分担忧，吼道："你们到底给他吃了什么？"

"放心吧，就是让他老实一会儿，你们现在还有利用价值呢，我怎么会轻易就杀了你们？"长脸巫师皮笑肉不笑地说着。

鬼师傅冷哼了一声，"你是忌惮狼族的那些野狼吧，想用什么诡计再陷害群狼，你真是阴险到家了。"

"你还是很了解我嘛，你们要是表现好的话，还就真能活命，看你们的造化了。跟你们透漏一下，新的龙神出来了，你们必须得给我们族人一个交代，继续做你们的活人祭。"长脸巫师悄悄地在鬼师傅耳边说着。

正在我们走到斜坡的时候，突然一阵"咕噜噜"的声音从山上传来，然后看到大大小小的石头滚落下来。众人四处躲闪起来，我们身边没有人看守，乘着这个空当三人互相使了个眼色。三个人心照不宣地跑到背着狼孩的那个守卫前，我用腿扫，我大哥用脚踹，鬼师傅用腿接住从背上甩下来的狼孩。我们赶跑了那名守卫，赶紧找到附近的一块尖石磨断了草绳，然后互相解开绳子。

"你们这群笨蛋，跑什么，快，快给我抓他们去。"长脸巫师气得哇哇大叫，可是山上的石头滚落下来的越来越多，长脸巫师和他的手下也没有办法。

我们乘着慌乱往山坡上跑去，我大哥背着狼孩说道："是谁在半路帮咱们忙呢，又一次死里逃生啊。"

鬼师傅指着山坡上大大小小的数十只野驴，挠着脑袋说道："我们跟它们没啥交情啊，怎么还帮起咱们来了？"

正是那些野驴后蹄踢落大大小小的石头，此刻野驴们还欢蹦乱跳地踢着又一批的乱石，小石头被它们踢得四处乱飞，大石头被踢得翻滚而下，此刻长脸巫师也带着手下往上冲呢。

"妖人们也上来了，咱们可怎么办？"我大哥气喘吁吁地说着。

确实，我们跑肯定是跑不过妖人们，因为我大哥还背着狼孩，很快就会被妖人们抓住的。"不是有野驴吗，咱们一人骑上一头，那样不就得了？"我看着野驴打起了主意。

"野驴的主意你也想打，别说我们走不到它们跟前，就是走到它们跟前，人家也不让咱骑呢？"我大哥犯愁道。

鬼师傅小手一招，"走，好歹咱们也得试试啊，车到山前必有路啊，秃噜噜……"鬼师傅捏着嗓子发出一阵怪声。

还别说，那些野驴长耳朵呼扇着对着我们这边，然后都看着我们，"呜啊呜啊"地叫着。

"呜啊呜啊！"鬼师傅也跟着叫了起来，然后鬼师傅嘿嘿一笑，"走啊，兄弟们，我们又交了新朋友了。"

我们骑上了驴，长脸巫师也刚刚带着手下追了过来，野驴在地上弹起一大片尘土，然后带着我们跑了起来。

翻过几个山坡，野驴把我们带到一处高高的草甸子处停了下来，我和鬼师傅跳下驴背接应我大哥把狼孩抬了下来，我们坐在草地上休息，野驴们啃起青草。

"咱们还是找个地方隐藏起来，待会儿长脸巫师他们追上来怎么办？"我大哥看了看后面，生怕有人再追上来。

"没事，咱们都过了好几个山坡了，估计他们一时半会儿也找不到咱们，狼孩怎么还没醒过来，不会有事吧？"我看着仍然未苏醒过来的狼孩担忧地说。

鬼师傅翻了翻狼孩的眼皮，缓缓舒出一口气道："没事，真的是昏睡过去了，要想让狼孩快点醒过来，你们接点驴尿过来。"

"驴尿？鬼师傅不会是拿驴尿给狼孩喝吧，这玩意儿可不好喝啊。"我大哥为难地说着，然后看了看我。

我摆了摆手，"别看我啊，驴尿那东西味太大了，你们不想亲手喂狼孩，我就忍心下手啊？"

"难道你不想让狼孩尽快地醒过来吗，这个任务非你莫属了，快去吧。"鬼师傅嘿嘿地笑了起来。

我无奈地摊手白了鬼师傅和我大哥一眼，然后看着身旁的野驴，等着哪头野驴撒尿就以最快的速度用双手去捧。等了小一会儿，终于看到右边的一头小驴"哗哗"地尿了出来，我一个箭步冲了上去，双手赶紧接着，眼看捧了一手的野驴尿了，谁知野驴"扑哧"拉出稀屎出来，正好掉到我的手里。

"二愣兄弟，太好了，你总算完成任务了，赶紧过来吧，其实驴屎比驴尿效果更佳。"鬼师傅三角眼眯成一条缝，笑得前俯后仰的。

当时我真想把驴屎尿泼到鬼师傅的身上，所以故作生气道："鬼大哥既然说我完成任务了，那好，我就把解药交到鬼大哥手里了，接好了啊。"然后我摆出要把驴屎尿泼向鬼师傅的样子，表情还挺认真。

鬼师傅信以为真，朝旁边侧滚了过去，嘴里说道："二愣兄弟别逗，还是先救人要紧，你千万别弄洒了啊。"

"放心吧，鬼大哥你这是练什么功夫呢，在地上滚来滚去地不累吗？"我看着鬼师傅的狼狈样子忍不住笑出声来。

"好了好了，你们两个别逗了，这个节骨眼了，你们还没心没肺的，赶紧过来给狼孩救醒了啊。"我大哥把狼孩从草地上扶起，招呼我和鬼师傅过去。

"二愣兄弟，那个东西不用给狼孩服用，你捧着在狼孩鼻子下待会儿就行。"鬼师傅从草地上爬了起来，走上前来笑着说。

"早说啊，早说我随便找个木棍或是石头都能弄点驴屎了，你还逗我用手来接，真够损的，鬼大哥，等狼孩醒了我再跟你算账。"我把手捧到狼孩的鼻子下，扭头看着不敢靠近的鬼师傅。

鬼师傅拍着自己的胸脯，连连道歉："鬼大哥我错了还不行吗，我道歉，二愣兄弟，你大哥说了，都这节骨眼了，咱们还没心没肺的，哎呀，咱们现在什么都没了。"

"咳咳！"狼孩突然醒转过来，睁开双眼看着我手里的驴屎尿，然后扭过一边咳嗽起来。

"还捧着干啥，赶紧扔别处去吧，狼孩都醒了过来，再熏一会儿，我俩都得晕过去。"我大哥看着正在发愣的我提醒道。

我把驴屎尿扔到一旁，看到不远处有一个小水塘，几头野驴正在饮水，"我过去洗洗手，大哥，你待会儿问问狼孩咱们怎么回到狼族那里，现在咱们是迷路了。"

驴头露面

正在我们商讨的时候，也不知什么原因，群驴突然都跑过来把我们围在中间，前蹄来回有节奏的踏地，这种气势挺威猛的，我大哥咽了口唾沫，鼻头冒着细汗，小声说道："这……这……这是……什么……架势……"

想想刚才还救了我们一命的野驴，转眼间不知有了什么想法，这要是群驴真的从我们身上踩踏过去，我们非得成了肉饼。"鬼大哥，你不是会学什么驴叫马叫的那个跟它们交流吗，别跟我们似的傻愣地待这儿受罪啊，你赶紧跟驴大哥们儿沟通下，看看是怎么回事？"

鬼师傅挠了挠脑袋，嘴里回道："论交流，还是二愣兄弟跟它们交情好啊，你不是在驴屁股后面拿到了人家的好处吗？二愣兄弟上前不用干别的，只要双手一伸，那些野驴肯定卖个面子给你，嘿嘿，信不信？"

"去你的吧，鬼大哥啊，你这人真是不仗义，心眼儿还挺坏的，竟把兄弟们往火坑里推啊，这回又是这样。上回听你的那是我脑袋被驴踢了，这回我是真的宁可让驴踢驴踩也不信你的了。"我指着鬼师傅气呼呼地说道。

鬼师傅把脑袋往狼孩那一扭，挑了挑眉毛，然后神秘地说："有狼孩呢，怕什么，山里的动物都是有灵性的，而且它们动物王国之间也是有交流的，咱们眼前有一位动物王国的使者，放心吧。"

果真，狼孩嘴里说着一些古怪的言语和声音，野驴长耳朵来回摆动，像是听进去了一样，然后最前面那头大黑驴也从嘴里发出了许多古怪的声音，狼孩点了点头，跟我大哥比画交流着。

"狼孩说野驴暂时不想让我们走，它们想把我们带到驴头那跟咱们见个面，而且还说野驴们也是长脸巫师的受害者，它们这次看到长脸巫师带着族人来九龙墓，所以搞了这么个突袭，没想到顺便把我们给救了，听鬼师傅跟野驴们交流得知我们也是长脸巫师的对抗者，所以才让我们跟它们一起跑的。"我大哥组织语言的能力并不是太强，说话有些吃力，怕我们听不明白，也比画起来。

看到野驴们的蹄子终于停了下来，我的心安稳了些，听完我大哥说的，我接话说道："看来野驴们的脑袋也挺聪明啊，它们还知道联合作战，明显是想拉拢咱们一起对付长脸巫师啊。"

鬼师傅食指晃了个圈，点头笑道："孺子可教也，二愣兄弟比驴聪明多了，那个驴头正好找你当驴头军师，而且你驴屁股也拍到位了，放心，这个官非你莫属。"

"呸，这个驴头军师还是鬼大哥当最合适，我又不懂驴唇马嘴那些言语，鬼大哥你三言两语就勾搭上了。"我也不客气地回敬道。

我大哥拍了拍我们两人，瞪个大眼睛，严肃地批评起来："你看看你们两个，关键时刻不好好出谋划策，还在这跟个小孩子似的斗嘴玩，看看围着咱们这些野驴，正等着回信呢，跟你们说啊，野驴一上来什么驴脾气的话，大家可都吃不了兜着走。"

鬼师傅上下打量了我大哥一圈，好像不认识我大哥一样，嘴里嘀咕着："不对劲，不对劲啊，这王老弟怎么突然间文化水平就提升了呢？"

"呸，鬼大哥你这句话我就不爱听了，怎么我文化水平低是怎么的，还突然提升了，变着法子损人呢。"我大哥推了推鬼师傅，气得乐了起来。

"法子不是说了吗，咱们跟驴走统一战线的路子，见一见它们的驴头去，二愣兄弟还能做个驴头军师，我们都跟着沾光。"鬼师傅嬉皮笑脸的样子把我们都给逗乐了。

狼孩跟大黑驴沟通后，驴群散开，然后让我们骑乘黑驴，野驴带着我们再次疾驰起来，耳边呼呼的风声，眼前的树木飞快地向两旁溜走。终于在一声驴叫之后，驴群停了下来，这里是一个比较大的山谷，谷中是一片平原，平原上成群结队的野驴。我们从驴背上跳到草地上，然后看到一匹棕色毛的大个野驴走到我们面前，这头驴子眼睛炯炯有神，毛发干净顺溜，脖子上系着个金光闪闪的锁链，一个巴掌大的牛皮口袋拴在锁链上，驴子嘴和鼻子"秃噜秃噜"的发声。

"这就是驴头，狼孩说驴头希望我们留下来帮它们渡过难关，长脸巫师长期地追逐屠杀野驴们，它们已经更换了好几处领地了，可是最终都被长脸巫师他们找到。野驴们虽然也有反抗，但是长脸巫师他们有一种很厉害的武器，一扔过来就炸开很大片烟雾，然后就倒下成群的野驴，所以直接和长脸巫师对抗，肯定会吃亏的，希望我们能够有什么好办法对付长脸巫师。"我大哥跟我们说着。

听到这，我咬牙切齿地骂道："这个长脸巫师真不是好东西，欺负寨里的平民，陷害我们，对大山里的动物也要赶尽杀绝，难道整个山林就是他们的吗？"

"当然了，这里是另外一个世界，长脸巫师想要建立自己的秩序，看样子我们还是小瞧了深山老林里的人了。"鬼师傅眉头紧蹙地说道。

我大哥点头说道："可不是吗，就说那个小梦妹妹，看着还以为是不谙世事、天真淳朴的孩子，结果谁能想得到人家是演戏，暗中插进来的奸细，那个长脸巫师心思缜密，简直太可怕了。而且他们还会玩什么虫子，各种巫术，深山老林里的人很不简单哪。"

鬼师傅说道："不管怎样，我们必须联合野驴跟长脸巫师较量一番，我们还要取回我们的东西，那东西落入歹人的手里会更加可怕。长脸巫师一伙残杀野驴和狼族，肯定不是简单的为获取食物猎杀，而是有密谋的、有目的性的。不管怎样，我们把狼族和野驴群联合起来共同对付长脸巫师，这样会更有把握的。"

狼孩听到鬼师傅说的这些话，很是激动，然后跟驴头交流起来，交流过程中驴头低头沉思了会儿，然后转过身去。

我大哥听完狼孩的传达后说道："驴头很是吃惊，因为跟狼族合作这种事情太不可思议了，动物世界里，狼族猎食野驴和其他动物，跟狼族合作恐怕也是引狼入室，后果不堪设想，所以驴头需要好好考虑一下，就是驴头同意可以和狼族联合起来，下面的驴子们也未必都同意。"

这确实是个现实，动物世界有动物世界的规则，狼的天性、狼的生存肯定要猎食野驴和其他动物，而且让野驴和狼族联合起来也确实是个难题。野驴们害怕和狼族联合作战的时候，没准儿稍不留神就被狼给吃了，如果当时不吃，那么等到打败长脸巫师之后呢？谁也保证不了。

我和我大哥都看着鬼师傅，希望鬼师傅能够想出什么好办法。

"你们别这样看着我啊，看得我发毛。我也没办法，大自然定下来的规则，我跟你们一样是个普普通通的人，肯定也改变不了大自然的规则啊。脑袋乱糟糟的，本还以为是个很简单的事情呢，可就没想到狼和驴不是一个战壕的。"鬼师傅拍拍自己的额头，看着离我们而去的驴头扫兴地说道。

狼孩也沉默着，一脸落寞，我大哥安慰了几句，看了看天空，自言自语道："天有不测风云，唉。"

"好了，咱们别在这里杞人忧天了，下去和驴友们多多交流，加深感情，最起码我们之间还要合作愉快呢。走，看看去，这里环境真是不错呢。"鬼师傅拉着我们朝前走去。

我们所处的山谷中，中间是平坦宽阔的平原，平原上鲜草肥沃，而且谷边还有一条小溪，可以饮水，山谷一侧的山脉斜插，宛如一个屋檐，可以遮挡大部分风雨，山谷只有两端可以出入，地方也很隐秘。

"这么隐秘的地方，刚才那只驴头说了，它们换过好多地方了，可是还是被长脸巫师发现了，你们说里面有什么文章呢？"我大哥问起这个话题。

我也想不通，点了点头说道："是啊，深山老林的，隐秘地方多的是，地方也大着呢，怎么就能找到呢？"

鬼师傅说："狼饿了，它靠着自己的本事寻找自己的猎物是自己的天生本事，但是野驴连续更换了好几个地方，按理说一时半会儿应该不会被发现的，可还是很快让长脸巫师找到了，说明长脸巫师做了手脚。"

"手脚？什么手脚啊，我们身边可以安插个小梦妹妹，但是这是野驴群，难道还有野驴奸细？"我大哥打趣说道。

"你们忘记长脸巫师说的那个什么虫子了吗，记号虫，难道他不会在驴身上或是我们身上放什么虫子吗，这样驴走到哪里或是我们走到哪里，长脸巫师照样可以很快地找到，因为奸细就潜伏在我们身上或身边。"鬼师傅指了指自己身上，又指了指我们身上。

我和我大哥点头称是，如果事情真有这么糟糕的话，我们离危险越来越近了。

天空阴云密布，太阳早就不见了踪影，起风了，而且风中夹杂着潮湿的空气，看样子要下雨了。野驴们开始集结，好像也嗅觉到了暴风雨的味道。

"鬼大哥，我们也去那边的山岩下躲避躲避吧，这雨说下就下，看样子还小不了。"我大哥担忧地说着。

鬼师傅看了看天空，嘴角笑了起来，"不错，下吧，下得越大越好，真是天助我也。"

我大哥看了看鬼师傅，跟我们小声嘀咕："鬼大哥是不是因为东西被长脸巫师拿走了，心里一直憋屈着，这种人很容易憋出病来，你们看看他这样子，是不是疯笑？"

"是啊，我也感觉鬼大哥有点不正常，下雨还下得越大越好，咱们还没躲起来呢，不是都得淋成落汤鸡？"我和我大哥还有狼孩加快跑起来，回头看了看还在慢腾腾走的鬼师傅。"鬼大哥，快点跑吧，雨点都掉下来了，再不跑，可就真的挨浇了。"

鬼师傅摸了摸掉在脸上的雨滴，接过话茬，"是啊，那你们还愣着干啥，还不快跑。"鬼师傅说完就消失在眼前，跑得比兔子还快。

我在后面追着，大声骂道："太不仗义了，刚刚我们哥几个好心等你，等到你了，比兔子跑得还快，快跑啊，下大了。"雨点像豆子般打落下来，砸到身上还挺疼的，我们脚底生风，山岩避雨处近在咫尺。

气喘吁吁地跑到避雨处，鬼师傅正悠然自得地靠在山背上歇息，看到我们来了，鬼师傅手往旁边一指，"快来快来，这还有地方，看看别处，都被野驴们给占了。"

我不客气地往鬼师傅旁边一靠，故作生气道："你可别在这假热情了，看看我们都挨浇了。"

我大哥把上衣脱下来拧了拧，扔到鬼师傅身上，"咋弄吧，要么把你的衣服脱下来给兄弟们穿吧，可惜只能给一个人穿啊。"

鬼师傅把我大哥的衣服甩了回去，"跟你们说啊，想好好的要干衣服的就老老实实，跟鬼哥动手动脚的我可就不帮你们了。"

"你还能是孙悟空不成，会七十二变？你不会是拿嘴帮我们吧，我怎么感觉鬼大哥越说话越冷呢？"我假装打个寒战，把衣服往鬼师傅眼前晃晃。

驴粪火器

鬼师傅把我的衣服拨开，然后从身后摸出两个火石，神气十足地说："有这个，哥儿几个就不怕了吧。"

"哪来的火石啊，咱们的火石不是被长脸巫师他们给搜去了吗？"我大哥问道。

"就是有火石又有什么用啊，我们没有柴木，生什么火啊，这又下起了大雨，更没有干柴木了吧？"我双手一摊说道。

鬼师傅三角眼又眯到一起，捂着嘴笑道："我说有呢，二愣兄弟你能动手吗？"

我活动活动手，刚想说话，但是看到鬼师傅坏笑的样子心里想到：鬼大哥肯定又有什么坏心眼，这回千万不要上当。"鬼大哥，我这个人虽然不聪明，但也不是木头脑袋，你说让我动手我就动手，我岂不是真傻了吗？有干柴的地方是有，但我可不会冒着风雨去别处动手。"

"不用去别处，就在跟前，你动不动手？"鬼师傅得意扬扬地看着我说。

"动手，如果跟前没有，那鬼大哥你可要自己解决啊。"我不服气地说道。

鬼师傅把火石一碰，冒出火花，"好，痛快，二愣兄弟，看看眼前，一大片厚厚的驴粪，都是干的，这可是最好的柴木。"

看着眼前厚厚的驴粪，我立刻傻了眼，再次被鬼师傅玩弄了，"好，好，愿赌服输，驴屎尿都接过，干驴粪怕什么。"我猫腰随手捡地上的驴粪，口里平和地说着，心里骂着鬼师傅。

熊熊烈火生了起来，我们把潮湿的衣服脱下来在火旁烘烤，虽然驴粪烧起来味道难闻，但是比木棍烧起来更耐用。"鬼大哥，下雨有什么好的，你还一个劲地让下大点？"我大哥问起了这事。

鬼师傅看了看外面的瓢泼大雨，指着我们的火堆，说道："长脸巫师他们不是擅长跟踪吗，但是遇到大雨天，什么跟踪也不好使。要是在晴天我还不敢生火呢，那生火的烟要是在晴天肯定升得老高，在雨天气流压得低，升不到空中去。再有，长脸巫师用的记号虫什么的，靠气味、嗅觉等，在雨天能好使吗？"

我大哥听到这一个劲地点头，"对啊，对啊，这雨下吧，下得再大一点，下的时间再长一些，那才好呢。"

"可是当务之急还是尽快商量出一套办法来，毕竟这样躲着藏着也不是长久之计，驴头现在也有点犹豫不决，我们先坚定驴头的信心才是目前要做的事情。"我继续往火中投入驴粪，看着鬼师傅说道。

鬼师傅把火石碰撞得"噼里啪啦"直响，指了指身后，"我们就用这个对付长脸巫师他们，也让他们尝尝我老鬼发明的火器的滋味。"

我大哥看了看山背上的岩石，用手掰了几块下来，然后互相碰撞，火星四射，一股火药味扑鼻而来。"哈哈，没想到这里还有火硝石啊，好啊，鬼大哥你快快教我们做什么火器，我们手正痒痒得不行呢，教训长脸巫师一伙才能解气。"

鬼师傅拍了拍我大哥的肩膀，"王兄弟别急，还是得让野驴帮咱们，光靠咱们四个人开采不了多少火硝石的，你带着狼孩跟我去找驴头商量去，让驴头也开开眼界。"

看着鬼师傅胸有成竹的样子，我想到了什么，"哦，鬼大哥想得真周到，让野驴抬起蹄子对着山背那么一踢一踹，火硝石就稀里哗啦下来了，可是悠着点啊，火硝石也挺危险的。"

鬼师傅挠了挠脑袋，笑呵呵地说："看到没有，二愣兄弟多聪明，想的和我一模一样，靠野驴帮助，弹起蹄子的事，我们干一天也未必能弄下多少火硝石来。放心，现在空气潮气大，火硝石没那么容易起火出事。"

天空打了几个响雷，雨越来越大了，我们走到驴头跟前，狼孩跟驴头用怪声怪语交流了起来，驴头看了看鬼师傅。鬼师傅拿出火石使劲地撞击，撞击几次之后终于燃烧起来，鬼师傅赶快点着地上的干驴粪。驴头看着燃烧的火苗，眼睛眨了眨，好像十分惊异。狼孩又跟驴头交流了起来，指了指山背处。

驴头张开大嘴"呜啊呜啊"叫了两声，所有的野驴都齐刷刷地站立起来，像是在等待命令的士兵。

"狼孩说了，驴头答应跟咱们合作，还有可以和狼族联合作战，但是前提是不在一起作战。现在驴头先命令驴群帮咱们解决火硝石的问题，鬼大哥你就看着弄吧，所有的野驴都等着你的安排呢。"我大哥兴奋地传达着狼孩的话。

鬼师傅龇着牙，更是美得不行，小手一挥，摇头晃脑地说："嘿嘿，这个驴头还真给面子啊，咱也用不了所有的野驴帮忙，有个百八十头驴子就够了，走，哥几个也跟着我回去，让咱们跟前那些野驴帮忙就行了。"

"还说给我弄个军师当，自己先谋个野驴官的差事，鬼大哥啊，你以后就跟着驴干吧，将来做个野驴大将军，也是统领千军万驴的。"我在一旁开玩笑道。

　　"不行啊，鬼哥我经常吃素肚子可受不了的，看着这么多野驴，时间久了弄个驴肉火烧啥的，还得当罪人，这些驴还不得把我踏入十八层地狱。"鬼师傅也嘿嘿笑着回道。

　　我们走到众多野驴前，鬼师傅指了指后面的山背，用脚踢了踢山背上的火硝石，结果没把火硝石踢落下来，反而弄疼了脚，抱着脚揉了起来。狼孩上前说了几句，那些野驴后蹄扬起，一时间"呼呼"的火星迸出。火硝石从山背上稀里哗啦地往下掉，看得鬼师傅眼都直了。

　　没多大会儿，踢落下来的火硝石堆了半人高，"够了够了，哈哈，真是速度啊。"鬼师傅连连摇手示意。

　　狼孩又大声发出了怪声怪语，野驴们仰着脖子叫着，后蹄停了下来，驴声伴着风声雨声和雷声，感觉像是古代战争的号角，振奋人心。

　　鬼师傅招呼我们去捡驴粪，开始我还以为又跟我开玩笑，指着鬼师傅说："鬼大哥你是不是玩上瘾了，这么大人了，你让兄弟怎么说你？"

　　"二愣兄弟，你是没见识过我做的火器呢吧，待会儿见识了就知道厉害，快点收集驴粪，然后揉成大驴粪球，驴粪球中间到时候放上火硝石粉，外面的驴粪球上再撒上一层火硝石粉，稍微沾上点火星子，就成了驴粪火球。"鬼师傅唾沫星子乱飞，激昂地讲着他的火器。

　　我大哥听得入了神，跟着点头，附和地说："对啊，真有道理，这个驴粪火球真厉害啊，鬼大哥，你的脑瓜子真转得快啊，风马牛不相及啊。"

　　"什么风马牛不相及，王兄弟别逮住什么成语就乱用啊，这话说得太不靠谱了。"鬼师傅挠着脑袋，眼睛又眯到一起了。

"咋不靠谱呢，风马牛的速度都不及你脑袋转的速度，这个意思不对吗？"我大哥解释着。

我跟着逗了起来，"对啊，我大哥说的那个风马牛就是马和牛的速度跟风一样，这样夸你还不对啊，这个比喻你还不靠谱吗？"

鬼师傅笑着不说话，弯腰捡驴粪去了。

"这个好，咱们整它几百个驴粪火球，让长脸巫师他们尝尝驴粪球的味道，哈哈，想到这事就让人高兴。二愣，快点的，别偷懒，多捡点驴粪。"我大哥美滋滋地捡着驴粪。

我也蹲下来跟着捡起驴粪来，突然想起一件事情来，于是问道："你们说那个驴头长得还挺怪的，而且脖子上还套个链子，链子上还有个牛皮布袋子，真是怪啊？"

"好歹也是驴头，长相不出众那叫什么驴头？"我大哥插话说道。

鬼师傅停下来，自言自语地说着："脖子上套着链子，链子上有个牛皮布袋子，会是什么东西呢？"

"对啊，肯定是人为的吧，要么驴子怎么给自己套上去的链子呢？咱们应该让狼孩去问问，我就挺好奇这种事情。"我把手里的驴粪堆到一起，伸了个懒腰说道。

我大哥把手里的驴粪扔了过来，指着我说道："二愣别给我偷懒啊，多准备点驴粪，你琢磨那些没用的，不如多干点有用的事情，再说了，人家脖子上祖传下来的什么宝贝啥的都是秘密，你让狼孩乱问，犯了野驴的忌讳怎么办？"

"这个我倒是没有想过啊，还真是不能乱问，万一驴头不高兴起来，驴脾气发作，咱们有好受的了。不过真如大哥你说的是什么宝贝，长脸巫师一伙肯定也是为了抢宝贝来的吧。"我随口一说，又联想到长脸巫师和我们之间的事情来，难道长脸巫师他们并不是单单因为我们得罪了龙神，也不是简单的因为我们是龙神的活人祭祀，而很有可能是冲着我们手中关于天书的东西来的，那么驴头脖子上的牛皮袋子也很有可能跟天书有着莫大关联。

"难道那里面的东西……不会这么巧吧？"鬼师傅挠了挠脑袋，边说边看向我，跟我眼神交流起来。

"很可能啊，一切事情都赶在一起了，没这么巧吧，再说了，因为食物追杀野驴，没必要如此急迫吧？"我分析道。

我大哥不高兴地骂道："你们两个偷懒，还装模像样地谈正事似的，都给我老老实实地捡驴粪，现在这才是大事。"

"对对对对，王兄弟教训的是，咱们快点收集武器原料，其他事情等忙完了再说。"鬼师傅赶紧赔笑捡起了驴粪。

我也不能闲着，拍拍发酸的大腿，蹲下去收集驴粪，干干瘪瘪的驴粪越堆越多，眼看都有一人多高了。外面的雨下得更大了，要不是我们站的地势高，估计都得让水给淹了。

"好了，大家停下来休息吧，这些足够了。"鬼师傅用袖子擦着额头上的汗气喘吁吁地说着。

可是我大哥扔摇头说："不够不够，多多准备，对咱们有利，万一长脸巫师带的人更多呢，我们要做到万无一失。"

"王兄弟，这些足够对付百十个人的了，真的够用了。"鬼师傅拍着胸脯保证起来。

大雨一连下了两天，我们在这期间准备了大量的驴粪火器，两天过得很是漫长，我们除了睡觉就是望雨兴叹。

第三天雨终于停了，太阳也出来了，天空干净得跟水洗过一样。地上的积水也越来越浅，我们活动的空间越来越大。

我大哥高兴地唱起了山歌："嘿，太阳出来亮堂堂呦，咱们的心里暖洋洋勒……"

鬼师傅拍拍我大哥，笑着说道："别唱了，看到没，野驴们都被你吓跑了，比狼嚎的还可怕啊。"

"关键是别把长脸巫师一伙吆喝来就行，我们的驴粪火器在这种潮湿的情况下不好用吧？"我有点担忧，补充说道，"是不是乘这当口咱们得派个人去联系下狼族啊，咱们之间得有信号联系，要不然怎么联合作战呢？"

"狼孩说他去联系狼族，然后他会派出一些灰狼在沿途传递信号，然后等我们放信号，狼孩已经交给我几声狼族的暗语了。"我大哥胸有成竹地说道。

"好，狼孩速去速回，沿途小心啊。"鬼师傅语重心长地嘱咐着。

狼孩朝我们挥挥手，独自一人离开了山谷。我们也开始安排起来，鬼师傅在谷口派了几头野驴负责警戒工作。

"也不知狼孩能不能找到狼族，会不会迷路什么的，路上安全不安全啊？"狼孩刚走一会儿，我大哥就担心起来。

鬼师傅安慰我大哥说："放心吧，狼孩在大山里的本领比我们强多了，他要是和我们在一起，可能我们会拖累他，但是狼孩自己行动肯定没有危险。"

山谷的天空出现一道彩虹，野驴们都停止吃草，抬头看着彩虹出神，如此的良辰美景让我心旷神怡。

"就这样安安稳稳地生活多好，人生难求的就是安稳的生活啊。"我大哥感慨地说道。

"王老弟不是一向争强好胜吗，怎么也一时感慨起来了？"鬼师傅略有深意地说道。

彩虹渐渐消失，我说："美好总是短暂的，美好也总是别人的，我们其实一直都在盲目追求。经历了这么多，我们看破人生、看破生死，可是大多数人看不破，生死不爽。"

正在我们感慨人生的时候，突然有什么亮闪闪的东西晃了我眼睛一下，我环顾四周没有发现什么，抬起头的时候才发现山背的裸石上都是金灿灿的符文。在太阳的照射下，一闪一闪的，有的光就折射到我们眼前了。

鬼师傅也发觉了异常，仰着脖子张大嘴巴惊叹道："好字、好功夫，你们看到没有，能跑到上面写字得有多难，上不着天下不接地，就是从上面往下放绳子那绳子得有多长？也不知这人是长了翅膀呢，还是练就了高深的壁虎功啊。"

写在山背裸石上的符文我看不懂是什么字，更不清楚字用什么写成的，多少年的风吹日晒和雨淋霜冻的也没有把字迹冲刷或毁掉，也不明白那人为什么冒着生命危险把字写到那上面去，难道是为了让后人赞叹他的本事之高吗？

"上面写的都是什么啊，当年孙悟空被押在五指山下，山上贴了个什么符文，难道这个也是镇妖的符文吗？"我大哥伸出左手五个手指头，右手点着左手手心比画起来。

鬼师傅背着手，颔首微笑起来，"呵呵，按王兄弟这么说，我们都是唐僧啊。"

"鬼大哥快别跟我们打哑谜了，你知道我的好奇心重得很，还吊着我的胃口玩，能在上面写字的人肯定不简单，而且轻易也不会让人发现，会不会是天书？"我把心中的疑问说了出来。

太阳越爬越高，眼看快到午时了，山背上的金字频率闪得越来越快，空中临近的飞鸟都被金光惊吓得鸣叫而逃。

鬼师傅听我说完耸了耸肩，三角眼眯了起来，"天书肯定不是，这还真是一个人为了显露本事在上面涂鸦玩的。我们管这种人物叫什么来着，神话传说，人家就靠这两把刷子混出名堂来了。"

"这些人脑袋都怎么想的，我看都是被驴踢的，踢得不正常了。"我大哥听完鬼师傅说的之后很是生气，懒得再去看那些金字了。

我还是好奇，接着问道："他把字写到那上面去，一般人不容易发现，但是还想让人们发现，所以就让字发光来吸引人们，亏他能想得出来，大费周章啊。"

"古来圣贤皆寂寞，大多数人还是想名扬四海名垂千古的，呵呵，他们也没别的事情可做，天天研究怎么出名，所以搞得神乎其神。"鬼师傅摇头晃脑地解说着。

我点了点头笑道："鬼大哥你这样子也像个圣贤，你比他们弄得还好，估计将来你就是神话传说，到时候我们哥儿俩也跟着沾光了。对了，鬼大哥，那他上面都写了些什么啊，就是自己留下来的什么风骚文字吗？"

鬼师傅来回踱步吟咏道："君不见巍巍青山插云霄，君不见滚滚碧水济桑田。风花雪月虚度日，高山流水品自高。功名岁月空悲叹，布衣隐者自寻乐。"

我大哥听着听着就受不了，堵着耳朵说道："鬼大哥你还是别念了，我一听这种高雅的词就起鸡皮疙瘩，古代的文人骚客真骚啊。"

鬼师傅哈哈大笑，差点笑得喘不过气来，连连摆手说道："我不说就是了，你可别侮辱了人家文人学者。"

"是啊大哥，骚客不是那个骚，骚客就是雅士。你起鸡皮疙瘩肯定是因为鬼大哥念诗的模样太让人受不了吧，看他那个怪样子我也起鸡皮疙瘩了。"我连忙解释道。

"呜啊呜啊"，鬼师傅派出去的野驴叫了起来，声音很是急促。

鬼师傅脸色一变，右手一挥，"那边有情况，大家准备好，王兄弟快点放信号给狼孩。"

我大哥赶紧学起了狼叫声，吓得四处的野驴朝我们这边警惕地张望过来，"野驴们把我当成恶狼了，别跟我急眼啊。"我大哥喊完后自我嘲讽地说。

谷口的野驴纷纷慌乱地跑了回来，显然是受到了什么惊吓，驴头嘴里"秃噜秃噜"个没完，所有谷内的野驴蹄子都不停地蹭地，急躁不安。

紧接着一片锣鼓呐喊之声先传进谷中，然后冲进来百十号穿着鹿皮狼皮花脸的人，他们手持长矛，背着弓箭，耀武扬威地射倒射伤一些野驴，更让野驴害怕的是他们扔出的一种圆球"嘭"的爆炸之后冒出大量的白烟，然后就倒下不少野驴。

野驴们纷纷退后，还有一部分野驴朝着谷口的方向逃跑而去，驴头无奈地嘶鸣着。

鬼师傅拿着两块火硝石打起了火，然后塞到我们制作的驴粪火器之内，朝着那群人跟前扔了过去。只听"轰"的一下，驴粪火器喷出了巨大的火焰，烧着了站在前面的两个人的皮衣，吓得他们哇哇大叫。"兄弟们，乘这工夫灭灭他们的气焰，让他们尝尝咱们的驴粪火器，赶紧扔啊。"鬼师傅高声喝喊指挥着。

我和我大哥早就等待这一刻，看到鬼师傅扔出去的驴粪火器有如此巨大的威力，让我们心痒手更痒。我们的驴粪火器天女散花般落到那些人的眼前，巨大的火焰从他们身边呼啸着，有的人被烧着了顺地打滚，有的人慌乱地朝后跑去，地面上成了一片火海。

"都别跑，赶紧给我灭火，快用旁边草荆子给我打灭了。"长脸巫师从人群的中间走了出来，指手画脚地指挥起来。

原来长脸巫师也跟了过来，但是一直隐藏在人群当中，直到局势不可控之后才现身。果然，在长脸巫师指挥下，人群又逐渐稳定下来，他们拔了好多草荆子扑打着地面上的火，在长脸巫师的指挥下散开强攻过来。

"鬼大哥不行啊，眼看他们就包围咱们了。"我大哥被烟火味熏得挤眉弄眼的，看着围上来的人着急地说道。

鬼师傅手一挥，喊道："撤，快点，咱们撤到后面那个大岩石后面躲着，我倒要让他们都过来包围咱们呢。"

我们撤退到一个巨大的岩石后面，看着野驴们都聚集在谷口踌躇不前，也不知遇到了什么情况。长脸巫师带着手下也逼近了我们，看到他们走到我们堆积的驴粪火器的地方，鬼师傅把让我点好的一个火把扔了过去，喊道："蹲下去，快。"

我们刚刚蹲下身子，就听一片惊听动地的"轰隆"之声，然后一阵热浪袭来，好多土灰掉到了我们三人头上、身子上。待声响过后，我们拍了拍身上的灰土，小心翼翼地站了起来朝前巡视。

地面上横七竖八地躺着一大片人，有的一动不动，有的呻吟着，看样子这群人被驴粪火器弄得几乎没有了战斗力。

鬼师傅急匆匆地跑了过去，"长脸巫师呢，你们的长脸巫师呢？"鬼师傅问着一些还可以在地上轻微移动的人，可是都摇头示意，也不知道是不知还是不告诉。

"长脸巫师能跑到哪里去呢，不可能被火焰吞没了吧？"我看着满地的黑灰说。

"是啊，地上这些人数肯定不对啊，他们来的时候百十号人呢，可是地上躺的才几十个啊，还有几十人不会凭空消失吧？"我大哥挠着脑袋，左看右看想不明白。

"嘿嘿，你们说得对，我这几十人在这儿呢。"长脸巫师阴森森的笑声从我们身后传来。

我们回过头去，发现长脸巫师和手下几十人从地面上一个土坑里爬了出来，长脸巫师拿着一个黑色葫芦对着我们，恶狠狠地说道："要让你们尝尝剔骨的滋味才解我心头之恨，你们都别想跑，就是那些蠢驴也跑不掉，谷口已经被我的人堵住了，哈哈……"

我大哥拎着一个木棍就冲了过去，只见长脸巫师拍了黑葫芦的屁股一下，从葫芦嘴里就喷出一个黑色的东西钻进了我大哥的左腿中，我大哥"啊"的一声惨叫，一股血花从左腿上喷了出来，我大哥瘫软在地上。

我立刻上前去扶我大哥，赶紧脱下上衣包裹伤口，鬼师傅也上前蹲下来帮忙，我们顾不得长脸巫师要怎样对付我们了。

正在这时，长脸巫师一伙突然大声惊叫起来，然后腾空而起，我们抬头看时，原来山背上不知何时出现了一个大黑洞，长脸巫师一众人正是被吸入黑洞中没了动静。

我们面面相觑，"怎么回事，难道长脸巫师他们是神仙，还会腾云驾雾？"我纳闷起来。

鬼师傅摇了摇头，"还记得我们之前看到的那个吸人的黑洞吗，八成这个就是。"

狼王争霸

我更加不解，问道："那难道我们是神仙，黑洞怎么单单把长脸巫师一伙吸了进去，我们却还好好的？"

鬼师傅看了看长脸巫师一伙刚站的地方，脸色大惊道："快，快抬着你大哥往后退，长脸巫师一伙刚刚站立的地方有阴影，而我们站立在太阳下面，肯定就是这个原因。"

我和鬼师傅抬着我大哥往谷口走去，正在这时传来了狼嚎声，我大哥苍白的脸上强挤出笑容，说道："狼孩回来了，看来带着狼群前来接应我们啦。"

果真，狼嚎声越来越近，谷口明显大乱起来，人声鼎沸，驴叫连连，驴头带着野驴渐渐往后退，狼孩带着群狼出现在谷口。

鬼师傅跟我大哥说道："赶紧跟狼孩说别着急进谷中来，野驴们很害怕，怕狼群也把持不住，到时候野驴也得鱼死网破和狼群争斗。"

我大哥跟狼孩交流了下，狼孩果真守在谷口不让狼群进到谷中来，驴头看了看我们，然后跟鬼师傅交流起来。

鬼师傅先是皱眉后来又舒展开来，对我们说道："驴头跟我说了些剔骨虫的情况，以前它们也有野驴中了剔骨虫的，有的死，有的残，还有一些活着的，后来发现了剔骨虫的规律，而且一种野草对伤口愈合很有效果，那种野草就在谷口。驴头还有一件事情需要我们帮忙，就是带着狼群离开山谷，狼群对野驴的威胁很大。"

"既然这样，我们给我大哥弄了草药，然后跟狼孩离开这里就是了。"我说道。

我大哥也同意离开，于是我们跟驴头告别，在谷口采了野草，给我大哥的伤口处理好后，一头大狼驮着我大哥，我们朝着狼窟走去。

我们四人回到狼窟，彼此谈论了一番，身心疲惫不说，心情开始低落起来，本来我们一行几人从狼窟出发是高高兴兴的，可是再次归来的时候如此落魄。我心情低落是因为小梦妹妹，真没想到她竟然是长脸巫师的女儿，更没想到我对她有了感情，可是这份感情被玩弄被利用。

我大哥拄着拐棍，忧郁地看着自己被剔骨虫弄伤的左腿唉声叹气，如果真如鬼师傅所说，剔骨虫是公的，那么我大哥的腿就没事，如果剔骨虫是母的，那么我大哥的左腿就存在风险，而且人命堪忧。虽说那有可能也是七年之后的事情，但是这样一个包袱死死地背在身上压着，很是沉重。

鬼师傅眼皮耷拉着，虽然有所收获，但是收获的东西突然间又落入了他人之手，三个刻有符文的骷髅头落入了长脸巫师的手里，长脸巫师又被吸入黑洞中生死不明，骷髅头到底在和尼寨里还是在谁的手中下落不明，那东西发挥的作用所带来的后果令人担忧，鬼师傅筹划着怎么找回骷髅头。

狼孩心痛被长脸巫师惨杀的灰狼，要不是给我们带路帮我们放哨，它们会和眼前的狼群一样安然地晒太阳，狼孩好像十分内疚。

狈在洞穴口迎接我们，长嚎一声"嗷"，紧跟着其他狼也纷纷站立起来，伸着脖子对着天空长嚎，不知是庆祝我们归来还是召唤没有归来的同伴，我们内心积压的许多东西也被宣泄出来，先是狼孩长嚎起来，我们也跟着吼叫，吼叫之后心情敞亮了许多。

随着狈我们陆续进了洞穴，狈早已为我们准备好了食物，我们也不客气，或坐或站着狼吞虎咽起来。我们太需要补充了，在暗无天日的地下忍饥挨饿了两天，虽然多少吃点东西，但是根本没有像样的一顿。

吃完之后，狼孩和狈交流了许久，面色更加沉重起来，鬼师傅拍了拍我大哥，使了个眼色。

我大哥会意地点了点头，然后跟狼孩沟通询问起来，问完后跟我们说："狼孩说狈让他参加明天的狼王争选，希望他可以成功争选成为新的狼王和首领，然后带领和保护好狼族。"

"哦，那不是挺好的事情吗？"我说道。

鬼师傅看了看狼孩，又看了看狈，摇摇头说："不是二愣兄弟想的那样，这次的选举比较特殊，不仅是单独狼王的位置，争霸成功后还要接替狈首领的位置，一个新的首领产生代表着老的首领即将离开，首领不是想来就来想走就走，首领的使命是跟所带领的狼族共存亡，因为他负责的是眼前所有的生命。"

"是啊，这样狼孩就不能和我们一样回到人类的生活当中去了，狼孩怎么选择呢？一边是自己的养父，另一边是亲切的狼族，狼孩抉择不下。"我大哥叹了口气说道。

听完鬼师傅和我大哥说的，我看了看精神状态健佳的狈，怎么也想不到它即将离我们而去，"鬼大哥，你是说狈真的要离开了，可是，看眼前的精神头？"

"二愣兄弟，人还有回光返照呢，一旦心愿了却，也就安然了，狈是因为要看到新的狼王当选后才放心，这就是世间的奇迹，但是究竟是什么能让微弱的生命在此刻变得如此强大，谁也不知道。"鬼师傅挠了挠头，拍了拍狼孩，然后朝洞外走去。

"大哥，你的腿脚不方便，好好歇会儿，我出去和鬼大哥聊聊。"我还有好多事情想要和鬼师傅聊聊，而且在暗无天日的地下待了那么久，也想在阳光下多多看看光明的世界。

"怎么，二愣兄弟也出来透透气了，呵呵，还是这有光的日子舒服吧？"鬼师傅躺在洞外的一块斜石上望着蓝天，笑着说道。

我也抬头看看蓝天白云，环顾四周青山绿水，揉了揉还有些酸痛的眼睛，也斜靠在鬼师傅的旁边，说道："是啊，还是有光的日子舒服，人就得活在阳间，鬼才喜欢暗无天日的阴间呢。"

"我们想活在阳间，可是有人不让，还要把我们带到阴间呢，康老板他们、长脸巫师一伙、那些想要得到天书的歹人们，我们找不到天书不会安宁，让他们找到天书我们更加不得安宁。"鬼师傅边说边坐了起来，托着下巴看着我摇着脑袋唉声叹气，"唉，我的错啊。"

"鬼大哥，别自责了，事情会向好的方向发展的。"我安慰道，这话说起来是给鬼师傅听的，其实也是说给自己的，真希望事情会朝好的方向发展。

"你大哥的腿伤因我而起，如果我不带你们进九龙墓找什么天书，而在那时早早退出山去回到你们的山寨里，还会出现这些事情吗？往好了说没事最好，往坏了说轻则残废，重则没命，还有你们也被邪人盯上了，你们是生命堪忧，都是我害了你们啊。"鬼师傅拍着自己的脑袋痛苦地说着。

"好人一生平安，我们做的是好事，我们对得起良心，对得起社会，我相信老天不会不公，好人就有好报，我们经历了那么多磨难，险些丢了几次命了，可是我们还是活在阳光下。康老板、长脸巫师那些邪人我们不怕，如果好人怕坏人，这个世界就没法活了，我们的革命不是都要胜利了吗？赶跑了日本人，打垮了反动派，马上又要解放全中国了，地主恶霸那些坏人不是都打跑了吗？我们要和坏人斗争，胜利肯定属于我们。"我顺口说出这么多激情澎湃的话，本来低落的心情好转过来。

鬼师傅的脸色也泛起光泽，激动地说道："好兄弟，你能说出这样的话来，鬼大哥我很是佩服，对，我们要和坏人斗争，我们不能怕了他们。谢谢二愣兄弟一席话，鬼大哥我心里有数了，等狼孩参加完明天的狼王争霸后，咱们好好研究接下来去和尼寨夺回骷髅头的事，跟剩余邪人较量一番，今天我们就好好休息，养精蓄锐。"

我掏出两枚红果，递给鬼师傅一枚，问道："鬼大哥你怎么知道狼孩就一定参加明天的狼王争霸呢？他起码也有家，还有义父，而且是人类，虽然狼孩看起来很难抉择，但是那是他认为狼族帮助我们太多了，而且也牺牲了好多狼，他认为亏欠了狼族。"

鬼师傅把红果扔进口中，摆了摆手，"狼孩本来就不属于咱们生活里的，虽说我们是同道中人，讲义气有道义，你没看到狼孩跟狼族处在一起是多么开心、多么自由吗？和我们在一起反而有些拘束，而且几乎很少交流，除非有必要的麻烦时。狼孩更多是想留在这里过这样的生活，心里面割舍不下的就是他的养父。"

"也是啊，狼孩在我们寨上生活得也很单调，从来没有像和狼族在一起那样无拘无束，如果他真的想留下来过这般生活也好，我让我大哥跟狼孩好好唠唠，回头他义父那边我们好好说说也能说通，平时我们哥儿俩多多照顾他义父就是了。"我内心里也愿意狼孩做出自己的选择，不希望狼孩像以前那样憋屈的活着，太没意思了。

鬼大哥点了点头，拍了拍我的肩膀，说道："那就快点让你大哥跟狼孩说道说道，也好让狼孩放心参加明天的狼王争霸，别小看了狼王争霸，那也不是闹着玩的，参加狼王选举的都是体格强壮好勇斗狼的狼，比赛的时候可不是我们正常比武点到为止，场面也很血腥，情景相当残酷呢。我们必须让狼孩有饱满的精神，体力更要充足，心里别有杂念，发挥最佳状态。"

"既然这样残忍,何必让狼孩参加狼王争霸呢？我看还是算了吧，这要是有点意外，我们岂不成了罪人？"我听完鬼师傅说的有点犹豫。

鬼大哥手指点着我取笑起来，"二愣兄弟又菩萨心肠了，每个领域都有自己的规则，也是生存法则，狼族必须要有个佼佼者才能带领狼族生存发展，要不然选个窝囊废当狼王，狼族只能灭族。放心吧，血腥些是血腥些，咱们明天也去现场，有些事情咱们可以帮助点到为止啊。"

看到鬼师傅的三角眼又眯缝起来，我挠挠脑袋傻笑道："这话提醒了我，有你鬼大哥在场就好说了，我这就去找我大哥说去。"

进了洞穴见了我大哥，我把跟鬼师傅说的又和我大哥说了一遍，看看我大哥有什么想法，毕竟我大哥跟狼孩交情也很不错。

"我跟你们想法一样，狼孩属于这个世界，那我就跟狼孩把这个事情说了，也让他放下包袱。"我大哥点了点头，然后招呼狼孩过来和狼孩沟通起来。

狼孩听完我大哥说的之后，紧皱的眉头舒展开来，一个劲地点头，然后握着我大哥的手一个劲地感谢，旁边的狈看到这个情景时眼睛泛起泪光，然后卧在地面上欣然地睡了起来。

第二天清晨，狼嚎声把我叫醒，鬼师傅早已经洗漱完毕，正和我大哥有说有笑地吃着东西。

"二愣兄弟，可以再多睡会儿，嘿嘿，别说我们吃饭不叫你，我和你大哥都喊了你三次了，你睡得跟死猪似的。所以我们哥儿俩就不好意思打扰你了，快点吃早饭，吃过后我们得去给狼孩助威呢。"鬼师傅随手扔过来一只烤好的鸡腿，抹了抹腮帮子，又拍拍肚子，笑着说："我吃饱了，先出去看看，你们继续。"

我大哥也拿着拐棍站立起来，吐出一根骨头，说道："我也吃好了，走。"

　　我揉了揉眼睛，活动活动筋骨，嚼了几口鸡肉狼吞虎咽，追在鬼师傅和我大哥身后说道："等等我，我就边走边吃吧。"

　　出了洞穴后，发现斜坡下的平地处围满了上千头狼，这些狼都如列队的士兵精神抖擞，没有一个趴着或卧着的，都聚精会神地注视着中间的狈，狈由一头大狼背着站在场地上长嚎一声，群狼在狈嚎叫之后跟着齐嚎起来。狈等群狼叫声停止后从大狼背上下来匍匐到地上，大狼退到狼群中去了，然后狼群也学狈一样匍匐在地上，狼群中走出四条健壮高大的狼来，狼孩也跟着四头大狼一同走到狈的跟前跪了下去。

　　狈用舌头舔了舔狼孩和四头大狼的脑门，又扬起脖子"嗷"了一声，只见一头大狼站立起来，紧跟在它旁边的另一头大狼也走过去，两头大狼对视了一会儿后扑到一起厮打起来。

　　"先走过去那个脑门有白点的大狼不是现任的狼王吗，看它多勇猛啊。"我大哥用手指着围场中间说道。

　　鬼师傅点了点头，三角眼睛撑大了许多，回道："你还真是好记性，那个就是现任的狼王，估计跟前这大狼还真不是对手，当狼王还真没白当，有头脑，你们看它不是强攻乱打，而是伺机专找空隙。"

　　果然没多大会儿，挑战狼王的大狼后腿被伤，倒在地上起不来了，上来几只灰狼把受伤的大狼拖了下去。群狼一阵欢呼，嚎叫声一片，然后第三只大狼走了上来，群狼才停止嚎叫。第三只大狼毛色深灰，明显区别于其他灰狼的毛色，两只狼都一动不动地注视着对方。

　　"这个狼可不简单啊，前狼王可遇上对手了。"鬼师傅默默地念叨着。

　　"是吗，我看它还不如刚才的大狼呢，是不是没胆子进攻啊？"

我大哥回道。

我倒是看出点门道来了，深灰色的大狼并不是不进攻，而是用爪子挠着地面，还把土块抛向前狼王挑逗。前狼王倒也沉得住气，对挑逗视若无睹，也不上前主动进攻，这样还能恢复体力。

"输了。"鬼师傅脱口说出一句话。

就在此时，前狼王不知怎的突然扭着脖子朝下低去，也就在这瞬间，对面的大狼闪电般跃起扑倒前狼王跟前，把前狼王按倒在地面上，双爪死死地掐住前狼王的脖子，前狼王后腿蹬地想要翻过身来，却无济于事。大狼张开大嘴，露出锋利的牙齿，正要俯身撕咬前狼王，只见狈吼了一声，大狼像是受了惊吓，立刻松开爪牙放了前狼王。前狼王颤巍巍地站立起来，耷拉着脑袋退到狼群中去了。群狼又是一阵欢腾，嚎叫过后，第四只大狼上来对战，结果没出四个回合就被深灰色的大狼打得滚出好远起不来了，狈看了看狼孩，狼孩看了看狈后点了点头，然后又对我们笑了笑。

"大哥，你看到没有，狼孩也会这样笑啊，以前都没看到过他咧嘴露牙的笑。"我看到狼孩的笑，就感觉看到一个纯真孩子的笑一样。

"是啊，不过有点担心啊，那只大狼心机很深啊，而且还真挺猛，狼孩不会有啥危险吧。"我大哥担忧起来。

我晃了晃鬼师傅的手，鬼师傅嘿嘿地笑道："不是说了吗，没事，你们就放心地看吧，还说和狼孩是一个寨里生活多年的兄弟呢，还不相信狼孩能胜利？狼王首领之位也是公平争斗，咱们还能上去帮着狼孩一块争吗？"

"啊，还以为鬼大哥你能有什么手段暗中帮助狼孩呢，原来是拿话当我们的解心丸，早知道这样，真不该让狼孩参加这种争斗。"我气呼呼地说着，"鬼大哥，你就忍心看这种热闹吗？"

"我可没看热闹啊，二愣兄弟，别和我斗嘴了，快看，打起来啦。"

鬼师傅把手一指，又把我的目光带到争斗的场地中去。

大狼来回跳跃，狼孩左躲右闪，身上衣服被撕扯了几处，看样子大狼也是采取闪电战想把狼孩拿下。狼孩也不示弱，在躲闪时也趁机拳脚并上，大狼中了几下拳脚，也放慢节奏跟着狼孩绕起圈子来。

"狼孩难道没看到前车之鉴吗？前狼王就是眼睛被阳光刺痛的瞬间被大狼一击即中的，狼孩千万不能再走了，否则走到对着太阳那面也是一个下场。"我大哥着急起来。

鬼师傅摸出铜锣，随手一甩，喊道："接着，既是盾牌又是武器。"

狼孩眼睛还盯防着大狼，但是耳朵听到风声，左手手指一张接住铜锣，然后跃了起来，舞着铜锣砸向大狼。大狼没想到狼孩拿了个东西就敢上前，也跳跃起来，舞着双爪扑了过去，大狼的双爪碰到铜锣上抓挠不住，一阵"刺啦刺啦"乱响。狼孩脚也不闲着，来个横扫，扫到刚刚落地的大狼，大狼没有站稳，一个踉跄跌倒在地面上。大狼也不是吃素的，顺着地面翻滚后又站立起来，马上又跳跃过来。狼孩把铜锣舞得虎虎生风，大狼或是撞、或是咬、或是抓，都碰到铜锣上，一番折腾后，大狼居然有些站立不稳了。

"这是怎么回事，怎么还练起醉拳来了，大哥、鬼大哥你们看看，大狼是不是又要玩什么阴招啊？"看着大狼晃晃悠悠的身体，我又担心起来。

"哈哈，是啊，练醉拳呢。"鬼大哥心不在焉地笑着说。

我大哥指着鬼师傅，眼睛转了转，跟着笑道："你啊，鬼大哥你还真是老谋深算啊，说说给大狼做了什么手脚。是不是又施用什么迷魂法，还是障眼法之类的啊？"

"你们哥儿俩脑袋也让铜锣撞了吗，一个撞傻了，一个撞坏了，我是那样的人吗，没事老弄什么障眼法干什么？大狼是被狼孩打败了，铜锣撞你们脑袋几下试试，你们不晕吗？"鬼师傅好像生气似的，转身往洞穴走去了。

"鬼大哥,这还没结束呢啊,你不看了吗?"我大哥挠着脑袋喊着。

"结束了,大哥,你看,大狼躺在地上了。"我刚刚说完,狈就站立起来长嚎,紧跟着群狼都站立起来跟着长嚎。

"狼孩胜利了,太好了,耶!"我大哥要不是腿脚不方便都得蹦了起来,高兴得像个吃了蜜糖的孩子。

狼孩在争夺狼王的仪式中大胜,成为新的狼王,狈为狼孩举行了狼族神圣而又庄严的仪式,所有的狼都一一上来舔了舔狼孩,这是对新的首领新的狼王的尊敬。仪式之后,狈和狼孩进入洞里面完成另一些狼族交接仪式,所以我们三人就不便进洞打扰。

转眼间五天过去了,我大哥左腿的伤口差不多愈合了,看来草药的效果相当好,狼孩也成为了狼族正式的首领。狈在交接仪式后消失了,从来没有出现过一次。在和狼孩商量了之后,狼孩同意率领一部分狼群帮助鬼师傅去和尼寨夺回骷髅头,我大哥腿脚不利索就和剩余的狼群留在狼窟。我们风风火火地赶到和尼寨的时候,才发现和尼寨的人们都搬走了,然后我们在祭祀龙神的那个洞里找到骷髅头还有我们的武器。

最后较量

又在狼窟住了几日，鬼师傅惦记着驴头脖子上挂的牛皮布袋，所以想去山谷和驴头再聊聊。我和我大哥也都是闲不住的人，于是也就打算陪着鬼师傅去一趟，狼孩成了狼族的首领，所以做其他的事情就不太方便，走哪儿都得跟着一大群野狼，我们便没要求狼孩同我们一起去。

鬼师傅还准备了草绳，怕在山谷中出现什么吸人的黑洞，遇到突发情况的时候做个应急。

我们正商量着见完野驴之后就准备出山回寨，就听到有人笑道："我看你们哪里也别去了，这里不是挺好的吗？"

一个巨大的石球从前面的斜坡处朝我们滚动过来，我们三人迅速朝后退去，石球突然停了下来，我们三人惊魂未定地待在原地喘气。

正在这时，鬼师傅和我大哥所处的盆地在剧烈的摇晃中开始迅速下沉，鬼师傅把随身携带的草绳扔到上面让我接住，没想到我背后让人一推掉了下去，紧接着四个贼人纷纷跟着跳到我们对面，我们站的地面轰隆隆直到下沉了十几米后这才停了下来，我们就像站在一个巨大盆子的盆底。四周虽然有适当的斜坡，但是不借助任何外力要爬上去还是有一定难度的,就是想爬上去的话还得顾忌后面别被敌人算计。看来这地方是个机关,而且四个贼人熟识这里的地理环境,专门把我们逼到这个地方来对付我们。

"这地方藏风纳气,得天独厚,你们看看是否合适?"胖大和尚指了指眼前这块地方。

鬼师傅冷笑着说:"刚开始就知道你们四个肯定不是一般的劫匪,原来最阴险的不是康老板、不是长脸巫师,而是你们四个贼人啊,这招螳螂捕蝉,黄雀在后真是厉害啊。说吧,你们又是哪个派系的?方鱼的后人?白日邪教?还是贼人的走狗?"

那胖大和尚双手合十,嘴里念着阿弥陀佛,十分淡定地说:"不生不灭者,本自无生,今亦无灭,非外道,将灭止生,以生显灭,灭犹不灭,生说不生。"

我大哥听不懂禅语,吐出口唾沫扔出一句话:"你这样的坏人装什么好和尚,什么生不生死不死的,今天不就是你灭我或是我灭你吗?别看你们人多,我们还怕了你们不成?打就打,杀就杀,啰啰唆唆地磨叽个没完。"

我把七星杆拿在手里,盯着四个贼人的举动,现在这种状况十分不利于我们,只好见机行事,先稳住我大哥,我镇定地说:"大哥,先别着急,都说得道高僧和什么成仙的道士都会给人们讲经传道呢,能听懂的人也跟着那叫什么来着,对,就是鸡犬升天。"

鬼师傅走到我大哥跟前拍着我大哥的肩膀,低声说:"兄弟把这粒药丸服下,能让你的腿恢复,不过此药对身体副作用很大,而且药性维持不了太长时间,我们处境太危险了,这是不得已,待会儿我想办法缠住他们,你们借机脱身离开。"

我大哥张开左手手掌接住鬼师傅随手丢下来的药丸,沉声说道:"鬼大哥你说的什么话,我们哥儿俩不是窝囊废,之前的大风大浪都一起闯过来的，今天还怕这几个鼠辈？有这药太好了，只要我腿能自由，哈哈，非得好好跟他们打一场。"

"二愣兄弟，咱们还得再拖延点时间，等你大哥的药性显灵了，腿脚方便了才能跟他们动手。"鬼师傅小声嘱咐道。

"施主也是有佛性有慧根的人，懂得取舍才是。"胖大和尚和善的言语中有种迫使我们舍弃的语气。

"哈哈，好啊，你也是佛门中人，佛说，怀善念，行善举，必得福报。诸恶莫做，众善奉行。做个好人，身正、心安、魂梦稳，修菩提心，做好人，说好话，行善事，天知地鉴鬼神钦。一念之慈，万物皆善；一心之慈，万物皆庆。心怀慈悲，是度人也是度己。远离邪恶，心存善念做善事，必能改命、修福、避祸。你为何不给自己多积善果，反惹红尘俗世，你没有放下屠刀，怎能立地成佛？"鬼师傅用佛语讥讽着胖和尚。

"都怪世人太贪嗔痴，我这屠刀斩去三毒，是为世人净化，正所谓我不入地狱谁入地狱，施主何必害得贫僧一同下到地狱苦海无涯之中。"胖大和尚把挂在脖子上的骷髅佛珠放在手里把弄起来，用眼睛扫了扫我们三人，略带寒光。

牛鼻子道士沉不住气了，把拂尘一甩，凡是触及拂尘的花木折的折、断的断，"哇呀呀，敬酒不吃吃罚酒，慧丰兄别跟他们讲你那些佛经了，他们听不进去，看看他们牛气冲冲的，都是地狱出来的小鬼，让我用拂尘清扫了他们，落得眼前清净。"

"牛鼻子真是吹牛高手啊，凭你的拂尘想扫了我们？你去扫扫小花小草还行，反正它们也没胳膊没腿的，不能跟你一般见识，这还真是能耐啊？"我大哥也学会了拐着弯的骂人。

"哇呀呀，看我不扫了你。"牛鼻子老道拿着拂尘就要冲过来。

胖大和尚伸出左手一拦，喝道："道长不要无理取闹，待我佛普化后再行处理。"

牛鼻子老道像是很怕胖和尚，停了下来，然后不敢再说话了，只是怒视着我们。

胖大和尚蒲扇般的大手一伸，目光如炬地盯着鬼师傅说道："交出来吧，这些东西都不是什么好东西，它们要人命的。"

"是啊，不是好东西，不好的东西给不好的人，佛祖会不会惩罚我呢，给了你，我真的怕佛祖惩罚我。"鬼师傅斩钉截铁地说。

这时起风了，风中夹杂着一股花草的芳香，好像小虫子一样顺着皮肤的毛孔要钻进去，而且浑身上下有一股异样的感觉。

鬼师傅拿起铜锣重重地敲了一下，这一敲起了非常好的效果，好像把正往里面钻皮肤毛孔的小虫又敲了出来，身体内没了异样的感觉，舒服极了。鬼师傅鄙夷地看着四个贼人，说道："下三滥的路子只有下三滥的人物才会用，别说这就是真正本事啊。"

"鬼大哥，刚才他们是不是用什么迷幻药之类的东西啊，借着起风之际想要陷害咱们，我闻着那个味道就不对劲儿，幸好你的铜锣声。"我大哥气呼呼地说着，然后把大拇指朝下对着四个贼人。

胖大和尚莫名其妙地笑着，而且笑得很狰狞，把手里的骷髅佛珠攥在手里，然后展开时骷髅佛珠就变成了粉末，胖大和尚用嘴吹散粉末，说道："粉身碎骨浑不怕，要留清白在人间。阿弥陀佛，看来你们是要逼我陪着你们下地狱了。"

看到我大哥给我们使的眼神，立即会意刚刚服用的药物起了作用，我用七星杆指着胖和尚，说道："和尚你就别装斯文人了，下地狱的是谁还不知道呢，想打就打。"

"那就交给你们了，阿弥陀佛，罪过罪过。"胖大和尚假惺惺地叹息着。

胖大和尚刚刚说完，牛鼻子道士第一个甩着拂尘冲了过来，鬼师傅甩下一句话："这个牛鼻子老道交给我了，二愣对付蛇蝎女人，小孩就留给你大哥了。"

蛇蝎女人和小孩暂时并没有冲上来，而是冷笑着观看牛鼻子老道和鬼师傅的热闹，本来我还担心他们会一起上呢。

"噼里啪啦"，好像密集的雨点敲击在铜锣上，牛鼻子的拂尘跟鬼师傅的铜锣闪电般碰撞在一起又疾风似的分开，两人过招也是精彩。你看那牛鼻子老道使出的秋风扫落叶，地堂腿，对着鬼师傅的下盘一阵急攻猛打。鬼师傅也不简单，燕青十八翻，鹞子翻身，躲闪得十分轻巧。鬼师傅乘着牛鼻子老道一味地紧追猛打之际，瞧好破绽，铜锣脱手而出飞向牛鼻子老道的面门，牛鼻子老道赶紧撤回拂尘护住面门，鬼师傅借助铜锣挡住牛鼻子老道面门之际，来一招猴子偷桃，牛鼻子老道"哎呀"一声惨叫，倒在地上胡乱打滚起来。

鬼师傅拍拍双手，捡起掉在地上的铜锣，笑着说道："我手不是太黑，懂得该收手时就收手，但是也不会太软，该出手时还要出手。"

蛇蝎女人解开缠在腰间的软鞭，冷冰冰地走上前来，"我最讨厌自负的男人，他们往往不知道自己有多大本事，你知道吗？"

鬼师傅刚要上前去对付蛇蝎女人，被我拦了下来，"不是说这个交给我吗，怎么还要跟我抢买卖，跟女人动手我是不会留情的，我怕鬼大哥你就下不了手了，呵呵。"

"那好吧，趁热打铁，我去会会胖和尚，他在旁边看得我心慌。"鬼师傅说完朝胖大和尚走去。

我大哥在一旁也待不住了，指着小孩骂道："那个黄毛，不，毛还没长全的，过来，把裤子脱了，让我打一顿屁股，然后你乖乖回家，就饶了你。"

小孩一听火也上来了，挥舞着豹纹短棍冲着我大哥骂道："死瘸子，老子本来不屑和你玩，看你这个臭嘴，老子先打光你的牙再说。"

原来小孩只是长得像小孩，实际上是个侏儒，但这个侏儒可不简单。

我跟蛇蝎女人缠斗到一起，开始有好几次险些被蛇蝎女人的软鞭给扫到，那软鞭跟一条灵蛇似的，还好我的七星杆运用得到位，专门认准蛇蝎女人的关键穴位去打，蛇蝎女人也是顾忌到这一点，软鞭及时抽回防守。正在我们缠斗激烈之时，我看到蛇蝎女人眼珠转了转，知道她要耍计谋了，于是也计上心头。果然，蛇蝎女人急攻之后往后跳出一段距离，随后掏出三枚飞镖冲我飞了过来，其中两枚被我躲过，擦着两边的上肩而过，那一枚射中我胸口，我捂着胸口倒在地上痛苦地指着蛇蝎女人："你……你……你好毒……"我借着机会假装躺在地上之时，顺便看了看眼前的情形，鬼师傅和胖大和尚打得难分难解，我大哥跟小孩打到离我们挺远的距离了，这场捉对厮杀任何一方有一个先胜利者出来，都会影响整体战局结果。

"呵呵，我就是玩暗器的，难道还会傻到跟你死缠烂打下去不成？怎么样，还以为自个儿多了不起，自负的男人，不，自负的男孩，你还以为能赢呢吧？"蛇蝎女人丑恶的嘴脸离我越来越近。

"是啊，暗器高手，你的东西还给你，接着。"说时迟，那时快，我把手里的飞镖射出去的同时，手里的七星杆也飞了出去。

蛇蝎女人大惊失色，没想到被我来个以其人之道，还治其人之身，蛇蝎女先是侧身躲过了飞镖，再是扭头闪避了七星杆，但是我同时也用手指点中了蛇蝎女人的风池穴，蛇蝎女人当场昏厥过去。我捡起地上的七星杆，揉了揉胸口处，多亏鬼师傅给我的神木护符带在身上，然后我利用身法让蛇蝎镖正好射在神木护符上，让蛇蝎女误认为我中了毒镖，这才让蛇蝎女人放松警惕。

我看了看现在的形势，我大哥拿着砍柴刀舞得虎虎生风，拳脚并用，小孩已经吃了我大哥好几拳，脸上青一块紫一块的了。鬼师傅跟胖大和尚打得胶着，但是仔细看得出来鬼师傅落了下风，鬼师傅的额头上大滴的汗珠冒了出来，而且衣服都湿透了。我二话不说，赶紧跑到鬼师傅那边助阵去，边跑边说："鬼大哥，别担心，我来会会胖和尚。"

谁知鬼师傅气喘吁吁地说："谁要你过来帮忙，快去帮你大哥尽快解决了小孩，还不知道你大哥能坚持多长时间呢？"

"哦，那你能对付得了他吗？"我有些犹豫地说。

"还站着看什么，不知道分分秒秒都重要吗，快去，别管我。"鬼师傅吃力地招架之余催促我。

我又赶紧跑向我大哥那边，果然我大哥腿脚明显有些不利索起来，小孩似乎又占了上风，豹纹短棍恶狠狠地抡向我大哥。

"嗨，小毛孩，看我来收拾你，赶紧回家吃奶去吧。"我大喝一声飞跃过去，七星杆顺势点了过去。

小孩收紧后背，朝一边躲了，我大哥砍柴刀压上了豹纹短棍，我一个扫堂腿，把小孩扫倒在地，然后用七星杆点了小孩的膻中穴，小孩也昏迷了过去。

再看我大哥的腿开始发抖，然后又站立不稳了，我把拐杖捡了回来让他拄着，"怎么回事，难道药性没有了？"

"是啊，我的腿开始疼了，站不住了，本来就快把小孩打趴下了，这个腿就不行了，真是扫兴啊。你先去鬼大哥那边帮忙，我随后就过去。"我大哥吩咐道。

我二话没说，赶紧赶到了鬼师傅和胖大和尚跟前，鬼师傅招招应付得很是吃力，胖大和尚依然行动如常，好像在和一个小孩过招。这种情况鬼师傅时刻都有生命危险，我提着七星杆就上去为鬼师傅解危。胖大和尚右手一挥，我的七星杆碰到胖大和尚宽大的衣袖上受阻，当时手心一震，好似碰到了什么硬物，我哪里还敢强顶，立刻要抽回七星杆，谁知七星杆又好像被一股巨大的吸力吸住了似的，粘在衣袖上抽不回来了。

"倒。"胖大和尚高喝一声，我和鬼师傅同时向后飞倒，重重地摔在地上，登时感觉全身跟散架了似的。胖大和尚笑眯眯地看着一瘸一拐的我大哥，弹出一颗骷髅佛珠射向我大哥，"你也倒吧。"我大哥果然也被放倒在地上，痛苦地呻吟着，但嘴里还骂着什么。

"你的功力如此之高，为何当初不痛快地解决掉我们，而且你的同伴都被我们打败了，为何你不出手帮忙呢？"鬼师傅勉强半坐在地上问道。

"运筹帷幄，掌控全局，你们开始都猜对了，还问什么啊？"胖大和尚笑得猖狂起来，完全没有了刚才那副深沉老道的样子。

我脱口而出："螳螂捕蝉，黄雀在后，你连自己人也算计进去了？"

胖大和尚点了点头，看着自己昏迷中的同伴，说道："世界上没有自己人，唯有信自己，何况这种大事更是需要做得完美，我做事一向干净利落，不留后患的。"

"你个贼和尚，那为啥开始还阻拦牛鼻子道士跟我们打？"我大哥骂着问道。

胖大和尚把骷髅佛珠捏得"咔咔"直响，嘴里说道："我这个人在演戏的过程中也追求达到完美，不留破绽，最后不是证明了？"

鬼师傅把包袱解了下来，然后打开，将三个骷髅头放到铜锣上堆成三角形，看着胖大和尚笑道："这么多人千辛万苦千方百计地跋山涉水，历尽生死一程又一程的，都是为了这个而来吧。你很厉害，所有人都为你服务，你是不是认为你现在已经胜利了？"

"难道不是吗，你不会想早点上路吧，还是省省力气多吸口新鲜的空气吧。"胖大和尚缓缓地走向鬼师傅。

鬼师傅右手单掌提起，左手指着胖大和尚："站住，你敢再往前走一步，我立刻拍碎一个骷髅头，走三步拍碎三个，嘿嘿，难道你现在还认为主动权在你手里吗？"

胖大和尚果然停住脚步，脸色阴沉地看着鬼师傅，嘴唇张了又合，合了又张，说道："怎么，惜命了想和我谈条件吗？刚开始为什么不扔下东西，现在恐怕有点晚了。"

"东西在我手里，你认为晚吗？"鬼师傅反问道。

胖大和尚伸出三个手指头，说道："三个骷髅头换你们三条命，怎么样？给我一个骷髅头，我就放一个人。"

我大哥呸了一口吐沫，"你个阴险小人，我们不是贪生怕死之徒，鬼大哥不要把骷髅头给他，你就下手毁了吧。"

"是啊，毁了骷髅头，咱们哥仨最后再拼一把，我也死而无憾了。"我不希望鬼师傅为了考虑我们哥儿俩的安全和胖大和尚做交易。

胖大和尚捏住一颗骷髅佛珠，阴森地说道："既然这样，那么我先送走一位？"

"且慢，三个骷髅头换三条人命，我同意了，不过你先让我们三个聚到一起商量下谁先走。"鬼师傅生怕胖大和尚会出手对我们不利，赶快答应了。

胖大和尚伸出一根手指头，"一刻钟内决定谁先走，不要跟我要心眼儿，你们想靠拖延时间恢复体力什么的都是徒劳，抓紧时间考虑怎么保全性命吧。"

我和我大哥好不容易爬到鬼师傅跟前，我大哥摇着鬼师傅的胳膊说道："鬼大哥，为什么要答应那个贼人呢？不是说过这东西危害无穷吗？我们拼了命地找它是为了什么？不就是不想它落入歹人的手里吗？"我大哥一阵激动，连问了好多。

"是啊，我们现在毁了它一切就结束了，没了这几个骷髅头也就不容易找到其他的骷髅天书了。"我也想改变鬼师傅的主意，接着劝道。

鬼师傅摇了摇头叹气道："没那么简单的，我们必须保存实力，然后才能想办法夺回骷髅头，即使我们毁了手里的骷髅头，贼人还是会通过各种途径和办法寻找其他的骷髅头的。王家兄弟听好了，你们两个出去之后一定要想尽办法找寻剩余的天书，这个牛皮地图你们藏好，回去之后细细研究，肯定和天书有关。"

"鬼大哥，你这是什么意思？"我大哥眼睛红了。

"没时间了，我就是想让你们安全地离开，同时要把贼人拴在这里，最好不能让贼人轻易地离开。给，把药丸服了，你们体力可暂时恢复，要合理利用时间看准机会立刻离开，此时也只能这样了。好了，二愣你先走，等你爬上去后用草绳把你大哥拉上去。"鬼师傅勉强露出笑容，满怀期许地看着我们两个。

胖大和尚早已不耐烦了，高声喊道："还没决定好吗，我的耐心是有限的，下一秒我就变卦了，你们到底选好先走的人没有，走还是不走？"

"当然走了，二愣兄弟，你先走吧，大和尚接着，可拿好了，别摔着。"鬼师傅拿起一个骷髅头使劲儿往空中一抛，骷髅头划出一道优美的弧线。

乘着这当口，我迅速地站了起来，那药丸还真是好用，此刻全身都是力气，而且一点也不觉得疼痛了。我飞奔着跑到山壁斜坡处，用壁虎爬的招式咬着牙关爬到了平地上，也顾不得喘口气，赶紧找到我们携带好的草绳扔了下去。

只见鬼师傅朝我招了招手，伸出大拇指赞道："好样的，把你大哥弄上去后就轮到我了，动作麻溜点啊。"

"能不能别把骷髅头扔得那么远，是不是想玩什么调虎离山？"胖大和尚翻着白眼阴阳怪气地说。

"大家都心知肚明，我既然都把骷髅头给你了，让你跟我们有个安全距离，万一你拿到骷髅头又不认账了怎么办？"鬼师傅把玩着手里的骷髅头，使劲往空中一抛，喊道："接着啊，这个距离更远。"

与此同时，我大哥跟个兔子似的朝我扔下的草绳这边跑来，我大哥抓到草绳后，我使劲往上拉着。终于把我大哥拉了上来，我也累得倒在地上大口喘气。

"起来，现在还不是休息的时候，我们得接应下鬼大哥啊。"我大哥焦急万分地说。

我有气无力地坐了起来向下看去，胖大和尚正阴沉着脸看着鬼师傅，鬼师傅三角眼睛一眯，手里抚摸着最后一个骷髅头。

"拿来吧，你可以走了。"胖大和尚伸手要着最后一个骷髅头。

"世上的东西不属于我们的，我们何必强求呢？呵呵，给了你又怎样，还不是跟咱们一起陪葬吗？"鬼师傅说完把骷髅头抛了出去，同时拿起铜锣甩到一处凸出来的山石上，同时朝我们喊道："王家兄弟快走，要山崩了。"

我们脚底下一阵颤动，我拉着我大哥赶紧朝后跑去，跑了大概有百米左右，才没感觉地下动静，我和我大哥的药性过了，两人瘫软倒在草地上痛苦地呻吟起来。耳边的山石轰隆声刚刚停止，我们跑过来的地方塌陷了二十多米，上空飘浮着灰蒙蒙的烟尘。也不知刚刚发生了什么事情，鬼师傅和胖大和尚到底怎么样了？

"二愣，给哥找个棍子去，我的拐杖丢在下面了，我们得去那儿瞧瞧，鬼大哥是不是有事了，我这心总感觉突突的。"我大哥脸色不太好，可能是两次用药的效果。

想到鬼师傅吉凶未卜，我也坐不住了，在附近找个棍子给我大哥当拐杖，然后我们哥儿俩相互搀扶着往回走。走近之后让我们大吃一惊，塌陷的地方扩大了一圈，而且我们刚刚站着的盆地不见了，出现在我们眼前的是一个巨大的黑洞……

我们找了一块石头，刻了鬼师傅的名字，权当墓碑扔进了黑洞中，为了完成鬼师傅的心愿我们见了驴头，只可惜驴头不肯把脖子上的东西交给我们，但是野驴对我们还是很好，我和我大哥最后在野驴的帮助下回到了寨子，狼孩的事情我们也和王为善说了，王为善听完后沉默地走了。我大哥修养了几月，腿是暂时好了，不过留下了后遗症，阴寒天气经常抽筋。我大哥娶了妻子，生了孩子，孩子就是王忠，我暗地里继续研究牛皮图纸，走遍大江南北去寻找跟天书有关的线索……

刺耳的闹钟声把我从睡梦中惊醒，我睁开蒙眬的睡眼看了看正在喝酒的二叔，难道我刚才做的是一场梦？看看天已经微亮，昨天傍晚下了火车后就找了个宾馆歇息，二叔非要我陪他喝点酒，于是我就边喝边听二叔讲他的故事，没想到糊里糊涂地睡着了。

二叔还趴在桌子上打呼噜，我揉了揉蒙眬的睡眼，看着二叔耸动的蜡油鼻子眼前一亮，我终于知道眼前的人为什么这么熟悉了，他的脸可以化妆，他的头发可以处理，他的眼睛、他的鼻子都不能逃过我的眼睛，对，就是他，古玩的秃顶老人，曾经暗地里帮助我的秃顶老人就是眼前的二叔。

"醒了啊，二叔你可真能喝啊，两瓶酒我只喝了半瓶，都被你喝了，对了，二叔我问你一个人，看看你认识不？"我贴上前去眨了眨眼睛问道。

二叔耸了耸蜡油鼻子，诡异地笑道："我认识的人多了，你找我打听人算是找对人了，不过你可不能白打听，一瓶红星二锅头哦。"

我翻了翻白眼，心想这个二叔还是个酒痴，点头应道："没问题，一瓶红星二锅头再加一袋酒鬼花生米，两根四川腊肠，这个人是个秃顶的老头，长着蜡油的圆鼻子……"

二叔指了指自己，耸了耸蜡油鼻子，"人找到了，好了，酒，快去拿酒吧。"

"真的是你，二叔，呵呵，谢谢你在暗中帮我，你真是给了我一个很大的惊喜呢。"

　　"当然，我还要给你一个更大的惊喜，那就是你在 ZJK 要找的王玉龙就是我。"二叔掠着胡子笑嘻嘻地说道。

　　"二叔您就是王玉龙？您的故事中提到的名字不是王二愣吗？"我还有疑惑。

　　"ZJK 北郊园吴门废品回收站王玉龙，这个书上的密语只有本门中人才能识别，我也是无门中人，当年在找天书的途中再次遇到了僧丐师傅，然后拜他为师，师傅让我换了名字，并告诉我天书已经找到并藏在别的师兄那里研究翻译。告诉我在 ZJK 北郊园开个吴门废品站，等待天书翻译完后会有有缘人将天书带过来的。"二叔朗朗地说着。

　　我心中还有一事不明，挠着脑袋问道："二叔，你既然也是同门中的人，为什么不和文师叔直接碰头拿了天书呢？"

　　"无门的规矩，同门师兄弟不能见面，我只好在暗中帮助你们了。也只好按着规矩，等你这贵人把书给我送过来了，哈哈，说了这么多，我口渴了，赶紧给我弄酒去。"二叔耸了耸蜡油鼻头说。

　　我恍然大悟，又拍了拍自己的脑袋说："这都是真的……我不是……做梦……"